A VIDA SECRETA DE MAC

MELINDA METZ

A VIDA SECRETA DE MAC

Tradução de
Márcia Alves

1ª edição

EDITORA RECORD
RIO DE JANEIRO • SÃO PAULO
2023

CIP-BRASIL. CATALOGAÇÃO NA PUBLICAÇÃO
SINDICATO NACIONAL DOS EDITORES DE LIVROS, RJ

M555v Metz, Melinda
A vida secreta de Mac / Melinda Metz ; tradução Márcia Alves. – 1. ed. - Rio Janeiro : Record, 2023

(Um amor de gato 2)

Tradução de: The Secret Life of Mac
Sequência de: um amor de gato
ISBN 978-65-5587-595-9

1. Ficção americana. I. Alves, Márcia. II. Título. III. Série.

CDD: 813
22-81879 CDU: 82-3(73)

Meri Gleice Rodrigues de Souza – Bibliotecária – CRB-7/6439

Título original: The Secret Life of Mac

Publicado mediante acordo com Bookcase Literary Agency e Kensington Publishing.

Texto revisado segundo o Acordo Ortográfico da Língua Portuguesa de 1990.

Direitos exclusivos de publicação em língua portuguesa somente para o Brasil adquiridos pela
EDITORA RECORD LTDA.
Rua Argentina, 171 – Rio de Janeiro, RJ – 20921-380 – Tel.: (21) 2585-2000,
que se reserva a propriedade literária desta tradução.

Impresso no Brasil

ISBN 978-65-5587-595-9

Seja um leitor preferencial Record.
Cadastre-se no site www.record.com.br e receba informações sobre nossos lançamentos e nossas promoções.

Atendimento e venda direta ao leitor:
sac@record.com.br

Para Robin Rue — uma pessoa tão inteligente, tão gentil,
tão engraçada —, com muita gratidão, e em
homenagem ao meu pai, um poeta
extraordinário

CAPÍTULO 1

MacGyver mordeu o fecho e, com ele entre os dentes, deslizou-o até abrir o zíper. Com um movimento forte e rápido da pata, abriu a tampa da mala e se enfiou lá dentro, deitando esparramado sobre a pilha de roupas dobradas. Que lugar maravilhoso para um cochilo. E podia ficar ainda melhor. Ele não conseguia entender a mania dos humanos de achatar as coisas. Após um breve suspiro, Mac se levantou, afofou as roupas e se deitou outra vez, as garras estendidas fincadas na maciez de um suéter de seda. Sardinhas do céu, que sensação maravilhosa!

— Mac! Não! — gritou sua humana, Jamie. Ela arrastou-o para fora do ninho de cochilo perfeito que ele havia feito e, depois, com um *smapt* e um zzzzpt, fechou a mala. Como se ele não pudesse abri-la de novo com a mesma facilidade. — Vou viajar para a minha lua de mel! Lua. De. Mel. Quero passar uma imagem romântica, não a da maluca dos gatos, toda coberta de pelos.

Ele ignorou o falatório de Jamie, pois sabia que os humanos se comunicavam daquela maneira, mas isso era só porque o nariz deles não passava de uma protuberância inútil no rosto. Já o nariz de Mac era capaz de lhe dizer muito mais do que um bilhão de falatórios, e, naquele instante, seu nariz lhe dizia que Jamie nunca estivera tão feliz em toda sua vida. E adivinha a quem ela devia agradecer? A ele. MacGyver. Jamie estava precisando de um companheiro de bando — detestava ter de admitir, mas, nesse quesito, ela era como os cachorros —, então ele resolveu sair à procura de um para ela e o encontrou.

Mac ronronou, todo orgulhoso.

— Você não está nem aí para o que estou falando, não é, seu pestinha? — Ela se virou para a porta, e Mac viu David, o companheiro que *ele* havia encontrado, vindo na direção deles. — Mac fez uma consultoria de moda na minha mala — disse Jamie. — Agora a minha roupa está enfeitada com lindos pelos laranja e marrom de gato tigrado.

— É por isso que a minha mala tem cadeado — falou David. Mac sentiu o corpo de Jamie sacudir quando ela começou a rir. — O que há de tão... — começou David, então ele se abaixou para pegar uma das três gravatas com as quais Mac estava brincando antes de resolver tirar um cochilo e olhou para a mala com atenção. — Continua trancada. Seu gato conseguiu abrir o zíper o suficiente para puxar as pontas das gravatas para fora da mala.

— *Meu* gato, não. *Nosso* gato. Somos casados agora. O que é meu é seu, e isso inclui o Mac — disse Jamie.

— Acabei de comprar para o *nosso* gato aquele Octo-rato com oito patas enrugadas capaz de garantir horas de entretenimento para os felinos. — David encarou Mac. — Oito patas enrugadas e ainda assim você não consegue não fuçar nas minhas coisas — disse ele balançando a cabeça, enquanto percorria os dedos por um longo rasgo numa das gravatas.

Mac também ignorou o falatório e a cara amarrada de David, pois havia sentido o cheiro dele antes de agir com as próprias patas, e David costumava exalar um cheiro tão ruim quanto o de Jamie, às vezes até pior. Mesmo que não soubesse disso naquela época, David estava desesperado por uma companheira, e Mac havia encontrado uma para ele. Agora ele estava tão feliz que parecia que tinha rolado em erva-de-gato.

— Mac adorou o presente. É que às vezes ele gosta de se aventurar em uns projetos artesanais — explicou Jamie enquanto David colocava a combinação no cadeado inútil da mala.

A campainha tocou, e Catioro começou a latir na mesma hora. O babacão até hoje não aprendeu que a discrição era a chave para um ataque bem-sucedido. O cão estava simplesmente alertando a pessoa lá fora de sua presença. Mac pulou do colo de Jamie. Agora Catioro fazia parte de seu bando, um sacrifício necessário em nome da felicidade de sua humana. O que significava que Mac tinha de fazer o possível para manter o babacão a salvo das próprias babaquices.

Ao chegar à porta, Mac deu uma patada no rabo de chicote de Catioro, não só para tirá-lo de seu caminho, como também porque era divertido. Ele abriu bem a boca e usou a língua para puxar o ar, pois isso trazia informações extras. A pessoa do outro lado da porta era uma mulher, e ela estava triste. Muito triste.

Jamie abriu um pouco a porta.

— Briony, oi! Deixa eu segurar meu gato. MacGyver é um mestre em fugas, do tipo que escala chaminés e tudo. Tivemos que interditar a lareira. E o Catioro, o cachorro, *vai* pular em você. Sei que devia falar para ele não fazer isso. E até falo, só que não adianta nada. Mas ele é amigável. Então, se prepara. — Jamie pegou o gato e o encaixou debaixo do braço, abriu a porta e deu um passo para trás.

Assim que a mulher entrou, o babacão fincou logo as patas nos ombros dela, mas, antes que conseguisse lamber todo o rosto dela com sua língua enorme, David o pegou pela coleira e o afastou. Ele arrastou Catioro para o andar de cima e, alguns segundos depois, uivos ridículos ecoavam por todos os cômodos da casa. Era possível abrir a porta com as habilidades mais básicas, mas nem isso Catioro possuía.

Mac puxou o ar mais uma vez. Sim, a mulher estava muito triste. Ela precisava de sua ajuda. Ele tinha umas coisas para fazer: fugas, cochilos, mas não havia dúvida de que teria de cuidar desse caso. A mulher provavelmente era mais esperta que Catioro, mas obviamente não o bastante para descobrir o que havia de errado. E isso demandava um especialista.

Por sorte, ela havia batido na porta de MacGyver.

Uns cinco minutos depois de chegar à casa de sua prima, Briony Kleeman estava sentada à mesa da cozinha. Jamie enchia a chaleira de água, enquanto seu gato, MacGyver, sentado na bancada, encarava Briony fixamente com seus olhos dourados.

Briony não tinha muita certeza de como havia chegado até ali. Na verdade, não sabia nem como tinha ido parar em Los Angeles. Há menos de vinte e quatro horas, ela estava seguindo para o altar da igrejinha luterana branca Paz do Príncipe, em Wisconsin. Sua mão apoiada no braço do pai. Os pés avançavam sobre pétalas de rosa que haviam sido espalhadas pela prima de três anos. A cauda, com detalhes em renda, do vestido de casamento da tataravó era carregada pela sobrinha de Caleb. Tudo estava saindo conforme o planejado.

Ela olhou para Caleb. Ele sorria ao vê-la se aproximando. De repente, tudo saiu dos trilhos. O piso. O braço de seu pai, o rosto dos convidados. Caleb. Um misto de vertigem e náusea a dominou, e tudo foi esmaecendo até apagar.

— Briony — chamou Jamie, despertando a prima das lembranças daquela terrível manhã. — Qual sabor de chá você quer? Temos infusão de laranja, capim-limão, chá preto, Earl Grey, menta e outros sabores. Recentemente me rendi aos chás. Mas isso não significa que desisti do café. Você pode tomar café, se preferir. Também tenho suco de cranberry e de laranja. E água com gás. E sem gás. Então, o que você vai querer?

Quantas opções. Briony não se lembrava nem da metade, provavelmente porque ainda tinha a sensação de estar na igreja, com o mundo inteiro desmoronando sob seus pés.

— Você decide.

— Tem certeza? Alguns desses sabores de chá não costumam agradar todo mundo — explicou Jamie, os olhos castanhos cheios de preocupação.

— Parece que... de alguma maneira, eu... — Briony balançou a cabeça, ela parecia esgotada. — Não consigo tomar uma decisão, nem mesmo escolher o que vou beber. Sei que isso é meio idiota.

— Isso não é idiota. Você deve estar exausta — comentou Jamie.

— Pois é, achei que conseguiria dormir no avião, mas não rolou — confessou Briony. Em vez de assistir a um filme durante o voo, ela ficou relembrando aquela caminhada até o altar da igreja várias vezes. Não conseguia pensar em outra coisa.

— Não tem problema. Vou escolher um para você. — Jamie se levantou, abriu a porta do armário que ficava acima da cafeteira e começou a examinar as caixinhas de chá.

Briony soltou um breve suspiro de alívio. Jamie estava assumindo o posto que seus pais costumavam ocupar. Desde o Incidente na Igreja — foi assim que Briony passou a se referir àquele episódio —, todas as suas decisões tinham sido tomadas por outra pessoa. Ela foi levada às pressas para o aeroporto, e seus pais prometeram que cuidariam de tudo. Então lá estava ela no avião. Depois entregando ao motorista do táxi um papel no qual estava escrito o endereço de Jamie. E ali estava Jamie, agindo como se fosse completamente normal cuidar de Briony, muito embora as duas não se vissem desde uma festa de família que aconteceu há... sei lá... uns onze anos.

Jamie colocou uma caneca de chá diante da prima.

— O nome desse é "Pra relaxar". Não sei por que, mas algo me diz que você está precisando disso. E minha intuição é muito boa — brincou ela.

A caneca tremia nas mãos de Briony enquanto ela a levava aos lábios e depois a colocava em cima da mesa sem nem sequer tomar um gole.

— Você tem razão, ainda estou... um pouco abalada — confessou Briony. Aquele era o eufemismo do milênio, pois ela se sentia como um tênis dentro de uma máquina de lavar velha e caindo aos pedaços durante a etapa de centrifugação. — Obrigada por me deixar ficar aqui. Eu realmente....

— Pode parar com isso. De acordo com os meus cálculos, você já me agradeceu cento e três vezes. — Jamie colocou uma das mãos sobre as de Briony. — Você é muito mais do que bem-vinda aqui. Às vezes a gente precisa mesmo sair um pouco da nossa rotina. E o Conjunto Residencial Conto de Fadas é um ótimo lugar para isso. Pode acreditar. Além disso, nós teríamos que levar os nossos filhos peludos com a gente, e agora eles poderão ficar em casa.

Lágrimas surgiram nos olhos de Briony. Jamie estava sendo tão legal com ela, como se não enxergasse a péssima pessoa que ela era.

— Quer conversar sobre o que aconteceu? — perguntou Jamie. — Sei que não somos tão próximas... Você e a sua família se mudaram para Wisconsin quando você tinha uns dez anos, eu acho. Mas lembra aquela vez que fiquei tomando conta de você? Eu tinha dezesseis anos e te levei para a casa do meu namorado... bom, quer dizer, para a casa do meu péssimo ex-namorado, porque sabia que ele e a família tinham saído, e...

— Nós invadimos a casa! Você me deixou colocar sal na escova de dentes dele e colar papel higiênico com fita adesiva no banheiro. Aquela foi uma das melhores noites da minha vida! Eu me senti superousada. Uma menina durona de nove anos! — exclamou Briony. As lembranças daquela noite a distraíram dos motivos que a haviam levado até a casa da prima. Ela não conseguiu conter o sorriso. — Foi muito divertido...

— Até os seus pais brigarem comigo! E olha que eles nem sabiam o que nós tínhamos aprontado, só sabiam que eu tinha saído de casa com você. Falei para eles que fomos a pé até a lanchonete. O que era verdade, só que isso aconteceu depois. Mas foi o suficiente para tirá-los do sério!

— Pois é, eles eram meio superprotetores — comentou Briony.

— Meio? Aposto que você só teve permissão para atravessar a rua sozinha quando entrou na faculdade. — Jamie tomou um gole do chá. — Então, *quer* conversar sobre o que aconteceu?

As pétalas das rosas. O pai. O sorriso de Caleb. Por um instante, parecia que Briony havia esquecido como respirar.

— Não — respondeu ela por fim. — Se você não se importar — acrescentou, depressa.

— Claro, sem problemas — concordou Jamie.

— E os seus pets... — disse Briony, mudando de assunto. — O que eles comem? Onde dormem? O que vou precisar fazer? Confesso que nunca tive um bichinho de estimação.

— É mesmo? Eu me lembrava de você ter tido um hamster.

Briony balançou a cabeça.

— Você foi privada das coisas boas da vida — disse Jamie.

— Pelo visto você não se lembra do meu quarto. Eu tive todos os brinquedos que já foram inventados no mundo. Pelo menos os educativos, que não tinham bordas afiadas nem peças soltas que uma criança poderia engolir, que não causavam nenhum risco — explicou Briony.

— Como eu disse, você foi privada das coisas boas da vida. — Jamie se levantou, foi até a geladeira e pegou um pedaço de papel que estava preso por um ímã no qual estava escrito: "Tudo passa, até a uva-passa" e entregou-o a Briony.

— Bem, vamos aos pets. Preciso avisar logo que Mac sempre pede o café da manhã às sete e meia, e você tem que dar. Você pode até tentar dormir mais um pouco, mas já vou avisando que não vai conseguir. Ele come às sete e meia da noite também, mas você pode dar comida para ele mais cedo, se for sair. Nesse caso, não tem problema. E o Catioro não mastiga nada. Ele basicamente aspira a comida. O que significa que às vezes acaba vomitando. Mas isso não acontece com tanta frequência assim. E não precisa ficar preocupada se isso acontecer. Ah... e você precisa saber que Mac é um gatinho traiçoeiro.

Mac murmurou algo entre um miado e um rosnado.

— É isso mesmo, estou falando de você — disse Jamie, virando-se para Mac. Ela se inclinou para trás e fez um carinho embaixo do queixo dele. — Talvez a opção mais segura seja trancá-lo em um dos quartos antes de sair. O que não quer dizer muita coisa, mas pelo menos isso te dá uma vantagem. Ah, e o Catioro faz uma coisa que o David diz que quase desloca o ombro. Então, se você estiver passeando com ele e aparecer um esquilo ou...

— Assim você vai assustar a sua prima — disse um homem de cabelo escuro parado na porta. Ele parecia o Ben Affleck, só que mais jovem. — Você só precisa se lembrar do seguinte: você é o alfa. Você é quem manda — disse ele a Briony. Jamie bufou, mas David a ignorou. — É você que dá comida para ele, isso significa que está no comando — continuou, depois abriu um sorriso e estendeu a mão. — Sou o David, o marido da Jamie.

— Isso ainda soa muito estranho... — comentou Jamie. — Muito estranho, incrível, maravilhoso e gostoso. — Ela foi até David e o abraçou pela cintura. O rosto dela brilhava ao olhar para ele, da mesma forma que o rosto dele se iluminava ao olhar para ela.

Briony precisou baixar os olhos. Estava feliz pela prima, mas ainda era doloroso ver um casal tão apaixonado. Ela acreditava que estava perdidamente apaixonada por Caleb. Não estava? Mas como isso era possível? Uma mulher não abandona no altar o homem que diz amar do fundo do coração. Uma mulher não tem um ataque de pânico quando está andando em direção ao altar, para os braços do amor de sua vida.

— Vou pegar o carro — disse David. — Mil desculpas por termos que sair correndo. Quando a gente voltar, a gente sai para jantar com você — disse ele a Briony antes de partir.

— Você não devia estar sentada aqui tomando chá comigo — disse Briony, parecendo preocupada de repente. A prima estava de malas prontas para a lua de mel. — Não quero que vocês percam o voo.

— Não vamos perder o voo. Está tudo sob controle. Bom, as instruções dos pets são essas. O quarto de hóspedes fica lá em cima, à esquerda. O David também fez uma lista com os melhores restaurantes e algumas coisas para fazer por aqui por perto, embora eu ache que conheço Los Angeles no mínimo tão bem quanto ele. Eu saía muito para conhecer lugares novos quando me mudei para cá.

— Eu sei! — exclamou Briony. — Comprei o seu livro!

Jamie havia escrito um livro, que tinha relatos e fotos de várias pessoas de Los Angeles contando sobre suas experiências profissionais.

— Sério? Aiii, que fofa — disse Jamie. — Aqui estão as chaves. Estou esquecendo alguma coisa? Também fizemos uma relação dos vizinhos que poderão te ajudar, caso você precise. Tenho certeza de que a Ruby vai ligar para saber se você precisa de alguma coisa. Se o Catioro estiver dando muito trabalho na hora do passeio, o Zachary, o vizinho do outro lado da rua, pode dar uma volta com ele para você. E você também pode deixá-lo solto no quintal. A gente tinha uma portinha daquelas para cachorro, mas o Mac só aprontava, então ela acabava ficando o tempo todo fechada. — Jamie respirou fundo e continuou. — Você tem os nossos números, não tem? O meu e o do David? O que mais? O que mais? — perguntava-se Jamie enquanto esquadrinhava o cômodo.

— Está tudo bem, Jamie, você está entrando na zona de insanidade — disse David ao retornar para a cozinha. — Você devia ter visto a sua prima uma semana antes do casamento; ela deixava listas por todo lado e ficava grudada no celular ou no computador, tudo ao mesmo tempo, enquanto falava sozinha — contou ele a Briony.

Com Briony foi bem diferente. Caleb havia contratado a melhor cerimonialista de casamento do estado, e ela assumira o comando como um general a caminho de uma batalha.

— Vou pegar as nossas malas — acrescentou David.

— Quer que eu ajude? — indagou Briony. Ela só queria que eles fossem logo. Tanto Jamie como David haviam sido muito receptivos, mas ela não tinha ficado nem um único segundo sozinha desde que começara a se arrumar para o casamento ontem. Ontem! E ainda estava com o penteado da cerimônia e o vestido longo que planejara usar no avião a caminho da lua de mel. Ela precisava de privacidade para chorar, gritar, desmoronar ou qualquer coisa do tipo.

— Não, obrigado. Pode deixar comigo — disse David e foi pegar as malas.

— Meu carro! — exclamou Jamie. — Eu sabia que estava esquecendo alguma coisa. Você pode usar o meu carro. É o fusca verde-claro estacionado na rua Gower, que fica atrás da fonte no pátio. Dá para vê-lo daqui. É proibido estacionar no nosso condomínio. — Jamie pegou o molho de chaves em uma das gavetas do aparador e o colocou em cima da mesa.

— Maravilha. Obrigada, muito obrigada. Sinto muito por ter aparecido justamente quando vocês estão...

Jamie ergueu uma das mãos, com a palma virada para Briony.

— Para com isso. Já falei que você apareceu no momento perfeito.

— Ok, tudo pronto para ir, Mi! — afirmou David.

— Às vezes ele me chama de Mi — explicou Jamie. — Ele é tão fofo. — Ela se levantou e pegou Mac no colo. — Ok, melhor gatinho do mundo. Seja bonzinho com a Briony. Nos vemos em breve. Vou trazer um presente para você. — Ela enterrou o rosto no pelo de

Mac e deu um abraço carinhoso em seu gato. — Vou levar o Mac lá para cima e me despedir do Catioro, mas não se espante se o Sr. MacGyver estiver de volta logo depois — disse ela a Briony.

— Tudo bem — respondeu Briony. Ela saiu da cozinha com Jamie e seguiu lá para fora, onde David estava, aguardando perto do carro. Ele tinha sido tão gentil quanto Jamie... Mas o que será que ele devia pensar dela, depois que soube o que tinha feito com Caleb? Briony tentou não ficar pensando muito nisso. Nem tudo era sobre ela. — Então, um mês no Marrocos. Uau! — Sua mãe havia lhe contado tudo sobre os planos de Jamie e David.

— E tudo graças a um produtor de cinema que adora meus cupcakes de mojito — explicou David. — Quando ele ficou sabendo que eu ia me casar, ofereceu sua casa de veraneio em Essaouira.

— Tenho que confessar que não sei onde fica Essaouira — revelou Briony.

David deu uma risada.

— Eu também não sabia. Fica na Costa Atlântica, a cerca de três horas de carro de Marraquexe. Nós queríamos...

— Marrocos, aqui vamos nós! — exclamou Jamie, disparando pela porta da frente, quase esbarrando em Briony e David. — Espero que o Conjunto Residencial Conto de Fadas seja tão bom para você quanto foi para mim. Vir para cá mudou a minha vida — continuou Jamie, sorrindo para David.

Vão embora; por favor, vão embora, pensou Briony. Ver aquela felicidade toda era doloroso. Era para ela estar a caminho da própria lua de mel. Com o cara perfeito. O que ela tinha de errado?

Finalmente o casal alegria contagiante entrou no carro e partiu. Briony ficou observando até o carro desaparecer na curva suave no final da rua.

Então ela entrou em casa.

Fechou a porta.

Depois a trancou.

Fechou as venezianas redondas de madeira da casa no estilo toca--de-hobbit, a fim de bloquear o sol forte do sul da Califórnia.

Então se deitou no sofá.

Ela só queria esquecer aquilo tudo, mas sua mente não parava de girar em um bombardeio de imagens: Caleb sorrindo no altar, a boca escancarada da tia-avó Mémé ao ver Briony desmaiar, seus pais tentando disfarçar a terrível decepção ao levarem a filha ao aeroporto.

Algo caiu sobre sua barriga, interrompendo o filme de terror que se passava em sua mente. Briony abriu os olhos. O gato — MacGyver — a encarou de volta e começou a ronronar. Aquela sensação era... agradável. O calor do corpo do gato se espalhava pelo dela, e as vibrações de seu ronronar de alguma forma faziam seus músculos relaxarem.

Alguns minutos depois, o cachorro — Catioro — se aproximou e deu um jeito de espremer o corpo enorme em um dos cantos do sofá. Uma poça morna de baba surgiu no joelho dela imediatamente. Aquilo era o tipo de coisa que não deveria ser reconfortante, mas era — reconfortante e nojenta. E o som do ronco daquele cachorro grandalhão quando ele adormeceu parecia um convite para que ela também se deixasse levar pelo sono. Então fechou os olhos outra vez, agradecida aos dois pets, embora não merecesse o menor de seus agrados. Não depois do que havia feito.

CAPÍTULO 2

A respiração da mulher era lenta e cadenciada. O babacão soltava uns roncos barulhentos, sinal de que também estava dormindo. Já Mac era pura energia. Era hora de se divertir.

Ele pulou para o chão e arranhou o traseiro do vira-lata com as unhas. Catioro acordou bufando, dois longos rastros de saliva jorrando dos cantos de sua boca. O babacão era nojento, mas podia ser útil para alguma coisa. Mac seguiu para a cozinha, saltou para a bancada e, sorrateiramente, abriu a tampa do pote de petiscos de Catioro. Com uma das patas, tirou um biscoito de lá de dentro. A essa altura, Catioro já estava ali perto, implorando pelo petisco. Gato nenhum se sujeitaria a isso, muito menos a comer algo que cheirava a poeira.

Mac olhou para a janela redonda, que era alta demais para ele alcançar — pelo menos era isso que seus humanos pensavam. Então, com uma patada, jogou o biscoito no chão bem debaixo da janela. Catioro saiu correndo e abaixou a cabeça na direção do que julgava ser um mimo. Na mosca! Mac pulou em cima do cachorro, que ergueu a cabeça, surpreso. E foi aí que o gato, usando um truque semelhante à jogada "ponte aérea" do basquete, aproveitou o impulso para alcançar o parapeito da janela, abrir o basculante com a cabeça e desaparecer noite adentro.

Já no gramado, ele parou por um breve momento, saboreando cada perfume. Mac adorava os cheiros familiares de sua casa, mas estava na hora de se divertir, e seu quintal não era o melhor lugar para isso, pelo menos não naquela noite. Então percorreu o Conjunto Residencial Conto de Fadas, avançando pelas casas que agora conhecia tão bem. A maioria dos humanos exalava alegria. Tudo graças a ele, que os ajudara como pudera, pois essa era a vocação de uma criatura evoluída.

Mac parou de repente, o nariz farejando. Sardinhas! Havia sardinhas em algum lugar ali perto. Então começou a correr, disparando na direção daquele cheiro delicioso. Ultrapassou os limites do condomínio de casas e entrou em um novo território. Odores misteriosos pediam para serem explorados, mas isso ficaria para mais tarde.

Naquele momento, toda sua atenção estava voltada para o cheiro das sardinhas. Então ele focou naquele aroma e só parou quando chegou ao bangalô, com paredes que bloqueavam o caminho até suas queridinhas. Mas não por muito tempo. A primeira opção que Mac viu para invadir a casa foi a chaminé. Talvez houvesse um jeito mais fácil, mas preferiu não perder tempo procurando. Escalou a palmeira na lateral da casa, que lhe deu acesso ao telhado. Daí foi só descer pela chaminé, apoiando as patas nas paredes do duto. E em um, dois, três, quatro, cinco, ele estava dentro da casa.

As sardinhas estavam perto, bem perto. Mas também havia um humano. Um homem sentado na frente de uma televisão, de costas para Mac. Sobre a mesinha ao lado da poltrona, estava uma latinha aberta repleta de gostosuras.

Mac avançou de maneira furtiva, se abaixando até roçar a barriga no tapete. O babacão teria galopado até lá e começado a implorar por um pouco de comida. Mac não suplicava, ele pegava o que queria. Seguiu rastejando até estar na posição ideal. Então se apoiou nas patas traseiras e, com uma pata dianteira, foi empurrando a latinha para a beirada da mesa.

— Ei! O que você pensa que está fazendo? — gritou o homem, afastando aquelas delicinhas do alcance de Mac. A humilhação tomou conta do gato, que se virou e foi se esgueirando para a chaminé com o rabo entre as pernas. Como um cão. Ele não pretendia ficar nem mais um segundo no lugar onde havia fracassado epicamente.

O homem deu um suspiro.

— Ah, que se dane! Pelo menos alguém ainda pode ter uma noite boa.

O cheiro das sardinhas ficou um pouco mais forte. Mac olhou para trás. Duas belezinhas cintilantes estavam ali, na palma estendida do homem.

Ele se virou, erguendo ligeiramente o rabo. Pressionou as orelhas para trás enquanto analisava a situação. Os olhinhos das sardinhas pareciam implorar para que ele se aproximasse. O homem continuava imóvel. Podia ser uma armadilha. Mas Mac não se intimidava com armadilhas. Ainda estava para nascer o dia em que inventariam uma da qual ele não conseguisse escapar.

Segundos depois, o primeiro peixinho oleoso escorregava pela goela de Mac. Quase dava para sentir o rabinho mexendo.

Perfeição.

— Você gosta mesmo disso, não é? — perguntou o homem. — Eu também gosto. Principalmente porque consigo comê-las em boa companhia. O que não acontece naquele refeitório. — O homem comeu uma sardinha enquanto Mac triturava os ossinhos de seu segundo peixe.

Mac estava arrebatado pelo prazer que sentia ao comer as sardinhas, e ficou ainda mais feliz quando o homem lhe ofereceu a terceira. Mas, assim que ele a engoliu, percebeu que o homem não sentia o mesmo prazer. Mesmo que vivesse mil vidas, Mac achava que jamais conseguiria compreender de verdade os humanos. O gato respirou profundamente, esforçando-se para ignorar o cheiro das sardinhas, então abriu a boca. Mac já tinha uma pessoa infeliz em casa para tomar conta. Mas, quando o homem lhe ofereceu outra sardinha, ele soube que precisava arranjar uma forma de ajudar aquele humano também. Ele merecia.

* * *

Nate Acosta entrou no refeitório e foi recebido pelo leve aroma cítrico de bergamota do óleo aromático que saía como vapor pelos dutos de ar. O avô tinha visto aquele sistema de ventilação em um cassino em Las Vegas e mandou instalar um parecido. Ele queria que o refeitório e as demais dependências do centro comunitário parecessem um hotel luxuoso e elegante e achava que o cheiro do ambiente era tão fundamental quanto a decoração.

O refeitório era bonito, e os garçons, atenciosos. Os residentes e seus convidados se deliciavam com hambúrgueres de peru com queijo feta e saladas refrescantes. Ele fez uma anotação mental para ir até a cozinha elogiar o trabalho de LeeAnne, a chef. Fora um golpe de mestre convencê-la a sair do Suncafe.

Seu olhar se fixou no pé de figueira-lira plantado em um vaso de canto. A planta estava começando a ficar muito volumosa. Ele precisava arrumar um tempo para fazer a poda e talvez replantá-la. Julho era um bom mês para isso, pois a planta teria tempo de sobra para absorver bons nutrientes.

Ele semicerrou os olhos, imaginando o formato de guarda-chuva que queria dar à planta, enquanto decidia em que ponto seria melhor para estimular o crescimento dos galhos.

Uma gargalhada sonora chamou sua atenção para a mesa perto da janela.

Parecia que o novo inquilino, Archie Pendergast, estava se adaptando à vida no complexo. Ele jantava com Peggy Suarez, Regina Towner e Janet Bowman, três das residentes mais populares da comunidade de aposentados chamada Jardins. Rich Jacobs, conhecido como o poeta, cujos cartões de visita validavam o título, também estava à mesma mesa, rascunhando alguns versos em um caderninho com uma das mãos, e segurando o hambúrguer com a outra.

— Quer escutar minha mais nova criação? — perguntou Rich a Nate, ao vê-lo se aproximar do grupo.

— Sempre! — respondeu Nate, sentando-se em uma cadeira vaga, que geralmente era ocupada por Gib Gibson. Já fazia três noites que Gib não aparecia para jantar na companhia dos outros. Nate suspeitava que ver Peggy flertando com Archie fazia o estômago de Gib revirar. Era óbvio para Nate, e talvez até para Peggy, que Gib tinha uma quedinha por ela.

Rich levantou o caderninho, pigarreou e começou a ler:

— Era uma vez um homem chamado Pendergast / que fazia mulheres grudarem nele como chiclete / todas queriam intensamente / ser sua esposa para todo o sempre / Mas ele nunca seria preso por uma dama de corpete.

Archie passou uma das mãos por seus cabelos brancos e ralos.

— Você está me fazendo parecer um xavequeiro, Rich.

— Um o quê? — indagou Peggy, aconchegando-se a ele com um sorriso que ressaltava suas covinhas. Era justamente esse tipo de coisa que Gib não queria ser obrigado a ver.

— Vocês sabem, um galanteador — respondeu Archie. — Fui casado com a mesma pessoa por quase cinquenta anos. A única mulher da minha vida.

Peggy, Regina e Janet soltaram um suspiro sincronizado. Elas não tinham a menor chance. Nate reparou que elas haviam caprichado esta noite. Peggy usava uma saia longa com uma estampa de flores contornando a bainha, que Nate podia jurar que era nova. Parecia que Regina tinha retocado as luzes no cabelo curto e loiro, e Janet havia mudado completamente a cor dos fios, passando de um vinho bordô para um vermelho cereja não tão sutil, que combinava com o tom de seu batom.

Ouvir Archie falar sobre sua devoção à falecida esposa só contribuiu para sua imagem de romântico inveterado. E o fato de ele estar em boa forma em seus setenta e muitos anos e de cuidar da aparência só colaborava. Até agora, ele viera jantar todas as noites de blazer, camisa branca engomada e gravata-borboleta. Ao contrário de Rich, que preferia conjuntos de moletom de cores vibrantes e tênis de tons igualmente vibrantes.

— Sinto muito pela sua perda — disse Regina, esticando-se sobre a mesa e tocando o braço de Archie.

— Reggie, você quer experimentar esse creme maravilhoso que acabei de comprar? — perguntou Janet, vasculhando a bolsa. — Você reclamou hoje de manhã que sua pele estava ressecada.

Janet entregou um pequeno tubo para Regina, que conseguiu olhar feio para a amiga e sorrir para Archie ao mesmo tempo.

— Bobagem! — disse Archie. — Os dedos dela são macios como seda.

— Obrigada — respondeu Regina, recolhendo a mão devagar. Agora ela sorria para Janet com um ar triunfante.

— É incrível que você tenha tido um casamento feliz. A coitada da Regina foi casada quatro vezes — confidenciou Janet a Archie.

Nate só esperava que a disputa pela atenção de Archie não se tornasse um problema. Não seria a primeira vez que um novo inquilino perturbaria a paz deste lugar. Ele ficaria de olho. Antes que Regina pudesse revidar a provocação de Janet, Nate comentou:

— Estou sabendo que vocês três estão montando uma exposição de arte.

— Isso mesmo. Queremos mostrar o que estamos aprendendo nas aulas — respondeu Peggy. — Vamos receber até um crítico de arte daqui da região para julgar as obras.

Archie mexeu as sobrancelhas grossas e grisalhas para cima e para baixo.

— Tenho certeza de que não haverá nada mais belo na exposição do que vocês três, minhas senhoras.

Isso fez com que as três ficassem vermelhas e dessem risadinhas. Nate ficou aliviado por ele ter se dirigido a todas.

— Vai com calma, vovô. Você não vai querer partir o coração de ninguém.

Nate se virou na direção da voz aguda e doce, e viu Eliza, neta de Archie, vindo na direção deles. Sua blusa branca estava abotoada até o pescoço, e a saia florida batia na altura dos joelhos. Para Nate, ela parecia aquelas professoras de antigamente, por quem um dos alunos da turma teria se apaixonado.

Peggy jogou a trança platinada por cima de um dos ombros.

— Não se preocupem comigo. Geralmente sou eu que arraso corações — disse ela, dando uma piscadinha para Archie, que retribuiu o gesto. Mais uma cena que Gib não teria gostado de ver.

Nate fez uma anotação mental para checar se estava tudo bem com ele depois. Conhecendo o homem, Nate sabia que a alimentação dele se resumia a feijão, sardinhas e quaisquer outros alimentos que pudesse comer direto da lata. E algumas cervejas. Faltar às refeições no refeitório uma vez ou outra não tinha problema; o que Nate não queria era que Gib fizesse disso um hábito.

— Eliza, pode sentar aqui — chamou Nate.

Ele se levantou para abrir espaço para ela. A neta de Archie ia ao Jardins todos os dias desde que o avô havia chegado.

Ela provavelmente estava contente por ver que o avô estava se saindo bem, uma vez que se mudar para uma comunidade de aposentados podia ser uma transição difícil. No entanto, Archie se adaptou com facilidade e rapidamente já estava se sentindo em casa. Em pouco mais de uma semana, ele tinha ido ao cinema com o grupo, participado de uma reunião sobre seguro social e havia se tornado uma das estrelas da noite de jogos.

— Você se importa se eu me sentar ao lado do vovô? — perguntou Eliza a Peggy.

— Isso não é... — Archie começou a dizer, mas Peggy já estava se acomodando na cadeira que Nate havia liberado.

— Obrigada — disse Eliza ao se sentar, então se esticou para ajeitar a gravata-borboleta do avô. Ele apertou os dedos dela com delicadeza.

— Gosto de ver uma neta cuidar do avô. — Rich enfiou uma garfada generosa de salada na boca. — Tenho três netas, mas elas moram em diferentes cantos do país. Nos falamos pelo Facebook e fazemos ligações pelo FaceTime, mas não é a mesma coisa. Pelo menos meu neto está perto. Ele estuda na Universidade da Califórnia, aqui em Los Angeles. Cheguei a me oferecer para pagar a passagem para as meninas virem me visitar, mas não adiantou. Estão sempre muito ocupadas. — Os olhos dele cintilaram. — Acho que isso dá um poema. — Pegou o pequeno lápis encaixado atrás da orelha e abriu o caderninho em uma página em branco.

— Acho o máximo vocês usarem o FaceTime e o Facebook para manter contato — comentou Regina.

— Você quase me fez derrubar o lápis — disse ele. — Sempre tive a impressão de que você achava que eu não tivesse nenhuma qualidade admirável.

— Você não tem muitas — falou ela. — Olha esses tênis, Rich...

Nate deu uma olhada nos calçados que Rich usava. Os de hoje eram de estampa de oncinha roxa com cadarço laranja neon.

— Também acho ótimo que você esteja por dentro da tecnologia de hoje em dia — comentou Eliza. Rich resmungou enquanto escrevia no caderninho. — Meu avô não quer nem comprar um computador.

— Muito complicado. E desnecessário — insistiu Archie, alisando o bigode com dois dedos.

— Eu poderia te ensinar o básico — ofereceu Peggy. — Eu não consigo viver sem o Google.

— Pesquisa Google no Google — murmurou Rich, apagando uma linha.

— Talvez eu aceite sua oferta — disse Archie a Peggy.

— Se quiser aprender a usar um computador, eu sou a pessoa mais indicada para ensinar — disse Regina. — Trabalhei como programadora por quase quarenta anos.

— Você sabe muito para ser uma boa professora — disse Janet. — Vai passar muita informação para ele.

— Provavelmente vou precisar de vocês três, minhas rainhas, para entender como funciona uma máquina dessas — falou Archie.

Ele sabia agir com diplomacia. O que era ótimo, concluiu Nate e olhou o relógio. Ele queria dar um pulo na cozinha para elogiar o trabalho de LeeAnne. Havia descoberto que elogios eram a criptonita dela. Quando estava tentando fazer com que ela deixasse o Suncafe para trabalhar com ele, salário maior ou mais ajudantes não foram o suficiente para fazer com que ela mudasse de ideia. O que a conquistou foi o reconhecimento pelo seu trabalho.

— Preciso ir. Tenham uma boa noite, pessoal. Prazer em revê-la, Eliza. Você já jantou? Eu devia ter perguntado antes. Posso buscar um prato para você. — Nate encorajava os familiares dos residentes a ficar para jantar.

— Não, obrigada. Vou dividir com o vovô. — Ela deu uma mordida no hambúrguer do avô.

Aquilo foi um pouco estranho, mas também fofo. Provavelmente era um hábito de infância, da época que dividia sanduíche de pasta de amendoim e geleia com o avô.

— Tudo bem. A gente se vê por aí então.

— Com certeza — respondeu Eliza.

Nate se despediu do grupo com um aceno e começou a atravessar o refeitório, lançando um último olhar à figueira-lira. Estava com a mão coçando para começar a cuidar da planta. Talvez devesse usar barbante encerado para firmar os galhos na posição certa... Mas não tinha tempo para isso agora. Havia uma pilha de documentos à sua espera.

Assim que entrou na cozinha, percebeu que aquela não era uma boa hora. LeeAnne e sua equipe estavam finalizando as sobremesas para que os garçons pudessem servi-las. Não era o momento de distribuir elogios. Ele se sentou à enorme mesa na qual os funcionários faziam suas refeições e, sem que tivesse pedido nada, Hope pôs um prato com hambúrguer e salada à sua frente. Pouco depois, ela retornou com um chá gelado, servido com uma fatia de limão e adoçante, sua bebida favorita.

Hope não estava lhe dando um tratamento especial por ele ser o chefe. Sua melhor qualidade era identificar o que precisava ser feito e colocar a mão na massa. Ela fazia um pouco de tudo: desde anotar os pedidos dos residentes que não tinham condições de ir até o refeitório para fazer as refeições até se reunir com fornecedores e fazer encomendas.

— O que temos de sobremesa? — perguntou Nate.

— Sopa de ginja com cerejas frescas — respondeu Hope.

— Também conhecida como *meggyleves* húngaros! — afirmou LeeAnne de uma das ilhas da cozinha.

Quando os garçons começaram a levar as tigelas, e LeeAnne ficou conversando com ele, Nate entendeu que aquela era uma boa hora para enaltecer o trabalho da chef. Eram elogios absolutamente sinceros e que ele não poderia deixar de fazê-los se quisesse manter a cozinha funcionando às mil maravilhas.

— Como conseguiu as cerejas frescas? — Ele se lembrou de uma época de escassez de cereja, quando era praticamente impossível comprá-las no sul da Califórnia.

— Você tem que chegar ao mercado de agricultores antes do dia amanhecer. E ser rápido e esperto. Estar lá antes do amanhecer é o mais difícil. Mas o resto acontece naturalmente — respondeu LeeAnne, sorrindo.

— Hope me lembrou que hoje é aniversário da Gertie, e eu quis fazer a sobremesa de presente para ela, pois sei que ela adora culinária húngara.

Nate fez uma anotação mental para avaliar a possibilidade de dar um aumento a Hope. Ela merecia. Trabalhava duro e tinha uma postura exemplar, e ainda dava um jeito de conseguir cursar quase todas as matérias na Universidade da Califórnia enquanto trabalhava praticamente em horário integral.

— Hope, você pode fazer uma quentinha para mim, por favor? Preciso voltar para o escritório.

LeeAnne se virou para ele com os olhos escuros semicerrados.

— Nada de quentinha, Hope. Se ele quer comer a minha comida, deve dar a ela a atenção que merece.

Erro de principiante, pensou Nate. Ele gerenciava aquele estabelecimento e não tinha de receber ordens de LeeAnne nem de ninguém; mas, por outro lado, não dar a devida atenção à comida dela era um exemplo de má administração. Só Deus sabia quanto tempo LeeAnne levaria para se acalmar, caso ele se recusasse a dar o devido apreço à comida dela.

— Desculpa. É que estou atolado de trabalho. Mas você está certa. Preciso saborear a sua comida

— Pode apostar sua bundinha que sim — concordou LeeAnne.

Nate pensou se deveria conversar com ela sobre política de prevenção e combate ao assédio sexual outra vez. Mas, como nunca tinha visto LeeAnne falar algo assim com mais ninguém, achou melhor deixar para lá. Ele podia sentir o olhar dela enquanto comia a primeira garfada da salada refrescante.

— Que delícia. Você deu um toque especial — comentou ele.

— Conforme a pessoa vai envelhecendo, suas papilas gustativas vão ficando menos sensíveis. É por isso que acrescento um sabor a mais.

Dava para ver que LeeAnne estava tentando conter um sorriso. Ego massageado com sucesso. Missão cumprida. Nate também disfarçou um sorriso, pois havia sido ele que ensinara a ela sobre sensibilidade das papilas gustativas.

— Hope vai supervisionar a limpeza. Fui — disse LeeAnne, tirando o avental de chef. A regata verde-limão que usava por baixo revelava uma tatuagem de uma árvore com utensílios de cozinha no lugar das folhas.

— Divirtam-se — disse Hope. — Ela e a Amber vão para o Black Rabbit Rose, aquele lugar fantástico.

— Também estou pensando em dar uma passada lá para conhecer — comentou Nate.

LeeAnne bufou enquanto enfiava nos dedos os anéis de prata que usava quando não estava cozinhando.

— Aham, sei. Cara, o lugar abriu já tem quase dois anos!

— Tem tanto tempo assim? O meu problema é que, quando saio do trabalho, a única coisa que quero fazer é cair na cama — confessou Nate. — Como você consegue, LeeAnne?

— Bom, eu não trabalho o dia inteiro mais a metade da noite — respondeu ela, e, em seguida, retirou a bandana, soltando o cabelo, cuja raiz estava em um tom escuro de roxo, mas que ia clareando até um tom de lavanda quando se aproximava das pontas. — Ao contrário de você, eu tenho vida. Você tem vinte e oito anos, mas se comporta como se fosse um dos residentes... Se bem que os residentes têm uma vida social mais agitada que a sua. — Ela estava seguindo em direção à saída, então se virou e lançou um olhar severo para Nate. — Quando foi a última vez que você conversou com uma mulher?

— Pensei que estivesse falando...

LeeAnne apontou para ele.

— Não, você sabe muito bem do que estou falando.

— A neta do nosso mais novo residente conta? — perguntou Nate. Eliza tinha mais ou menos a idade dele, Nate imaginava. Era bonita. Devotada ao avô, claramente responsável. E estava se dando ao trabalho de garantir que o avô estivesse em um lugar bom.

— Você convidaria a neta de um residente para sair?

Agora ela o pegou.

— Não.

— Então a resposta é não.

Nate tentou se lembrar de quando tinha sido a última vez que havia saído com alguém.

— Esse lugar toma muito do meu tempo. — Aquilo soou ridículo até mesmo para os próprios ouvidos.

LeeAnne apenas balançou a cabeça e foi embora, deixando a porta bater. Hope ajeitou o elástico de cabelo que sustentava seu rabo de cavalo.

— Se serve de consolo, tenho vinte anos e, assim que terminar minhas lições de casa, vou cair na cama.

— Você está sobrecarregada de trabalho? A gente pode fazer alguns ajustes.

— Não! — gritou ela. — Não — repetiu, dessa vez mais baixo. — Preciso do dinheiro. Tenho bolsa de estudo, mas... — Ela agitou as mãos no ar, indicando que não havia o que fazer.

— Você pode fazer o que quiser. As coisas funcionam melhor quando você está aqui. — Nate a tranquilizou.

Hope abriu um belo sorriso. Ela era uma boa pessoa, responsável e digna de confiança.

Se fosse alguns anos mais velha... Ainda assim ele não faria nada. Porque ela era sua funcionária. Nate pegou seu prato e se levantou.

— Não conta para a LeeAnne — sussurrou ele, seguindo em direção à porta, fazendo Hope cair na gargalhada.

Dez minutos depois, ele estava concentrado nas contas do mês.

Três horas mais tarde, ele se espreguiçou, tentando relaxar os ombros. Talvez agora pudesse voltar para o refeitório e pensar no que fazer com a figueira. Mas já fazia dias que ele não abria a correspondência. Então pegou o primeiro envelope e o abriu. Era de uma empresa que oferecia uma linha de aparelhos de ginástica específicos para idosos. Vai para a reciclagem. Ele havia reformado a academia fazia uns dois anos. Próximo da pilha. Outra carta daquele corretor que queria comprar o complexo — provavelmente para construir um prédio de apartamentos de luxo. Fazia meses que ele vinha mandando e-mails, ligando e enviando cartas. Nate não se daria nem ao trabalho de responder. Já havia falado não. Vai para a reciclagem. Próximo envelope.

Cerca de meia hora mais tarde, ele havia lido todas as correspondências. Mas, se não começasse a escrever as cartas que enviava mensalmente às famílias dos residentes agora, não conseguiria mandá-las a tempo.

Seu celular começou a tocar as notas agudas dos violinos da trilha sonora de *Psicose*, que era o toque que ele havia configurado para as chamadas de sua irmã. Ele a amava e tudo o mais, mas ela conseguia deixá-lo... louco, e aquele toque o ajudava a manter a sanidade.

Nate hesitou. Se atendesse a ligação, poderia ficar horas pendurado no celular, horas de que tanto precisava. Mas uma das crianças poderia estar doente ou... Nate então resolveu atender.

— O que foi, Nathalie? — perguntou à irmã gêmea.

— Estava conversando com o Christian e perguntei se ele queria ter filhos — começou ela.

— Peraí! Você saiu com esse rapaz duas vezes, não foi? — Às vezes Nate tinha dificuldade em se manter atualizado sobre a vida da irmã.

— Três vezes. Enfim... Acho importante esclarecer isso logo de cara. E ele disse que não, que não queria ter filhos. E por mim está tudo bem. Os dois que eu tenho são maravilhosos. Mas eu queria saber se ele desejava ter filhos biológicos. Então continuamos conversando, e ele falou que não queria filhos de jeito nenhum. E olha que botei no meu perfil que tinha filhos, e mesmo assim ele quis me conhecer. Só queria saber quando é que ele ia me informar sobre essa política de zero filho? O que ele acha que eu vou fazer com os meus?

Nate revirou os olhos. A irmã não deveria ter uma amiga específica para esse tipo de conversa? Ou então ligar para a mãe deles? Isso solucionaria dois problemas de uma só vez. A mãe deles precisava de atenção. Ela morava no Jardins, em uma casa que pertencia à família havia muitas gerações. Nate a visitava quase todos os dias, mas sua mãe necessitava de *muita* atenção e iria adorar se Nathalie conversasse com ela sobre sua vida amorosa.

— A mamãe pode ser uma boa pessoa para você conversar sobre esses assuntos — começou ele.

— A mamãe? — repetiu Nathalie. — A *mamãe*? Toda vez que eu começo a falar sobre um cara, ela começa a chorar. E faz anos que o papai foi embora. Ela já devia ter superado isso, mas está na cara que não. E ela acha que, agora que tenho dois filhos, não preciso de homem para mais nada.

Nate abriu um arquivo do Word. Decidiu que começaria com a carta para o filho de Gertie. Ele poderia escrever sobre... *como era mesmo o nome que LeeAnne tinha dado para a sopa de cereja? Muh...alguma coisa.*

— O que acha que eu devo fazer em relação ao Christian? Será que devo confrontá-lo? Ou fazer algum tipo de dessensibilização para que ele vá se acostumando aos poucos com as crianças?

Não. Meh... *alguma coisa. Meh...Meh ...*

— Meggyleves!

— Você não está trabalhando enquanto estamos conversando, não é, Nate? Estou no meio de uma crise. Preciso de toda a sua atenção.

Ele cogitou explicar à irmã que uma crise seria um tornado, ou um apêndice supurado ou quando alguém perde o emprego, mas isso provavelmente prolongaria a ligação por mais quarenta minutos, e Nathalie ficaria toda sensível e ia começar com a ladainha de que ninguém a compreendia, que ninguém entendia a vida que ela levava sendo mãe solo.

Nate fechou o notebook, inclinou a cabeça para trás e cerrou os olhos.

— Agora você tem toda a minha atenção. Pode falar.

Ele começou a pensar no que ia escrever na primeira carta, enquanto sua irmã continuava falando. Na maioria das vezes, lidar com Nathalie significava dar tempo para ela desabafar, desabafar... e desabafar.

Um leve farfalhar fez com que ele abrisse os olhos e levantasse a cabeça. Havia um gato em cima da mesa dele. O gato tigrado laranja e marrom olhou decidido dentro dos olhos de Nate e deu um tapa com a pata, jogando toda a papelada no chão. Depois encarou Nate novamente e isolou a agenda dele longe.

— Nathalie, tenho que desligar. Amanhã a gente conversa. Entrou um gato no escritório e está fazendo a maior bagunça aqui.

Nate desligou antes que ela conseguisse protestar. Quando os violinos agudos da trilha sonora de *Psicose* recomeçaram poucos segundos depois, ele só ignorou a chamada. Nate sabia que não era nenhuma emergência com uma das crianças e que a irmã não precisava que ele ligasse para os bombeiros nem nada do tipo.

O gato deu um tapa na minirrosa sensível que Nate vinha cultivando desde que a flor era apenas um brotinho. A terra do vaso se espalhou pelo tapete. *Droga!* Justo agora que tinha acabado de encontrar o pH certo.

— Ei! Para com isso.

O gato olhou para Nate, piscou bem devagar e deu um tapa no grampeador, que saiu voando, em seguida escapou por um rasgo na tela da janela. Um rasgo que não estava ali quando Nate trabalhava no escritório antes do jantar. Ele teria notado. Afinal, parte do seu trabalho era prestar atenção aos mínimos detalhes.

Ele se levantou e arrumou a bagunça deixada pelo gato-furacão. Então, quando ia se sentar de novo, pensou *Ah, que se dane!* Eram quase dez horas da noite. Ele ia para casa. Talvez até tomasse uma cerveja. Afinal, passara os últimos três dias trabalhando no escritório até depois da meia-noite. Amanhã colocaria tudo em dia.

Sim, ele merecia um descanso.

CAPÍTULO 3

O pai de Briony cutucou a ponta do nariz dela e perguntou: "O que a gente faz quando atravessa a rua?" Outra cutucada. "O que a gente faz quando atravessa a rua?" Outra cutucada. "O que a gente faz quando atravessa a rua?"

As cutucadas ficaram um pouco mais fortes. As rugas no rosto de seu pai se tornaram mais profundas conforme sua raiva aumentava. "E o que a gente faz quando aceita um pedido de casamento?" Cutucada. "A gente.", Cutucada. "A gente." Cutucada. "A gente se casa."

Isso não aconteceu, Briony disse para si mesma. *Estou sonhando. Preciso acordar.*

"A gente se casa!", gritou seu pai, e ele nunca gritava. O rosto dele tinha sido tomado por um tom de vermelho escuro, quase roxo, dando a impressão de que estava prestes a sofrer um derrame. Cutucada, cutucada, cutucada.

Acorda, acorda, acorda, pensava Briony. Ela conseguiu abrir os olhos e deu de cara com um gato tigrado sentado em seu peito, batendo em seu nariz com uma das patinhas macias.

Ela precisou de um tempo para se orientar: estava na casa da prima Jamie. E aquele era MacGyver, o gato dela, que tornou a bater em seu nariz. Cutucada.

— O que foi? — resmungou ela. — Não acredito que está na hora de comer de novo.

Mas, quando ela pronunciou a palavra *comer*, Mac miou.

Briony foi se sentando devagar e pegou o celular na mesinha de centro. Sete e trinta e dois. Havia dormido quase onze horas. Ela acabou se aconchegando no sofá outra vez naquela mesma manhã, logo depois de ter dado o café da manhã de Mac e de Catioro e deixado o cão dar uma saidinha para fazer xixi. Ela colocou o celular de volta na mesinha. Não queria nem ver quantas mensagens de texto e de voz havia recebido. Sabia que teria de entrar em contato com, bem, praticamente todo mundo, mas não agora. Ainda não. Havia mandado uma mensagem de texto para os pais assim que o avião pousou avisando que tinha chegado em segurança. Todo o resto poderia esperar.

Briony soltou um grunhido ao se esforçar para se levantar. Catioro começou a saltitar sem sair do lugar, latindo sem parar, e aquele som fez seus tímpanos vibrarem. Mac miou mais alto. Estou aqui para cuidar de vocês e vou dar um jeito em tudo.

Ela pegou o gato no colo e deixou o cachorro sair. Verificou se a porta estava fechada e colocou Mac no chão. O gato saiu trotando para a cozinha com o rabo empinado. Aquele rabo parecia uma ordem: *Siga-me*. Ela o seguiu.

— Que tal peru com batata-doce? — perguntou ela ao abrir a porta do armário da cozinha que estava repleto de ração e petiscos para os pets.

Sentiu um gosto ruim na boca. Não havia escovado os dentes desde que chegara, algo que nunca deixava de fazer. Quando ela deu um passo na direção da geladeira para pegar uma garrafa de água, Mac soltou um miado indignado.

— Tudo bem. Você primeiro. Onde eu estava com a cabeça?

Ela serviu o jantar de Mac, colocou Catioro para dentro, deu comida para ele também e água fresca para os dois. Depois bebeu um copo de água e se permitiu voltar para o sofá. Ainda lhe faltava disposição para ir para o quarto de hóspedes. O cômodo parecia muito longe.

Ao se espreguiçar, sentiu as emoções do sonho vindo à tona outra vez. Os gritos de seu pai a deixaram enjoada. Mas aquilo não tinha acontecido de verdade, ela se recordou. Seus pais haviam cuidado de tudo desde o Incidente na Igreja, não abriam a boca para criticá-la. Mas as emoções do sonho a atingiram. Eles deviam ter gritado. Toda aquela fortuna desperdiçada... E o que ela havia feito com Caleb...

Ela deu uma olhada no celular. Devia ligar para eles. Devia ligar para Caleb. Devia ligar para Vi e para todas as outras madrinhas. Devia ligar para a cerimonialista. Devia ligar para... Então fechou bem os olhos. Agora não. Ainda não.

Assim que Mac teve certeza de que Briony havia caído no sono de novo, escapou pela janela com a assistência de Catioro. Depois trotou para o cedro e arranhou a árvore com vontade, para camuflar o fedor deixado pelo cachorro, que saía mijando em tudo assim que colocava as patas para fora de casa. O babacão ainda não tinha entendido que o jardim pertencia a Mac. O jardim, a casa, as pessoas da casa, a vizinhança, tudo era de Mac. Até o próprio Catioro pertencia a Mac — não que ele quisesse isso.

Agora que essa tarefa havia sido concluída, estava na hora de Mac começar os trabalhos. Precisava ver o Homem das Sardinhas. Então seguiu em direção à casa dele, saboreando a mistura de aromas da noite. Oh, minha deusa dos gatos! O Homem estava comendo sardinhas de novo. Mac partiu em disparada. Podia praticamente sentir seus dentes triturando os ossinhos.

Entrou na rua onde ficava a casa do homem e parou. Sua missão não era fazer uma boquinha, e sim ajudar o Homem das Sardinhas. Seu bigode mexia impacientemente enquanto avaliava as possibilidades. Um presente. Jamie nem sempre dava o valor merecido aos presentes que Mac lhe dava. Às vezes ela até tentava se livrar deles. Ela não era muito inteligente. Ainda bem que tinha Mac para cuidar dela.

O Homem das Sardinhas tinha o paladar mais apurado. Jamie dava sardinhas a Mac de vez em quando, como um mimo, mas nunca chegava a comê-las. Ela sempre torcia o nariz quando encostava nos peixinhos. Já o homem adorava. Então talvez soubesse apreciar um presente.

Mac se virou para a casa mais próxima. Sentia que não havia ninguém lá dentro. Pode ser que haja alguma coisa lá que seja do agrado do homem. Mac poderia ter descido pela chaminé, mas as sardinhas o chamavam. Então usou suas garras para rasgar a tela que cercava a varanda. Jamie costumava dizer que ele era um gato malvado. Ela não entendia que ser um gato malvado era divertido, e útil. Sim, apesar de amá-la, ele precisava admitir que o nível de inteligência de sua humana não chegava nem perto do dele.

Mac se contorceu todo para atravessar o rasgo que havia feito na tela. Após vasculhar alguns cômodos, encontrou uma coisa que poderia servir. Oferecera algo semelhante a David uma vez, e ele pareceu gostar. Pelo menos não tinha jogado fora. Mac prendeu o objeto macio entre os dentes. Então correu a caminho das sardinhas

Não! Correu a caminho do homem. O homem era sua missão.

Como Mac já o conhecia, foi direto para a porta da frente. Apoiou-se nas patas traseiras e ficou cutucando o botão da campainha até escutar um din-don.

— Não estou em casa — balbuciou o homem. Em seguida, Mac ouviu os passos dele, e a porta se abriu em uma fresta. — Ah, é você. — Então a porta foi aberta completamente. Mac colocou o presente em cima do tênis do homem, que o pegou e revirou o objeto nas mãos para examiná-lo.

Missão cumprida. Mac foi direto para as sardinhas.

Nate tocou a campainha da casa de Gib.

— Não estou em casa! — gritou ele, mas Nate pôde ouvi-lo se aproximando da porta.

Ainda bem! Gib era um sujeito comunicativo — na maioria das vezes — e, se realmente estivesse cogitando deixar Nate plantado na porta de sua casa, isso significaria que as coisas estavam bem feias para ele.

— Ah, é você — disse Gib, abrindo a porta. — Quer uma cerveja?

— Sim, claro — respondeu Nate, acompanhando Gib até a cozinha. Ele pegou uma lata de Schlitz na geladeira e a entregou a Nate, depois serviu leite num pires. — Você adotou um gato?

— Não sei como ele entrou aqui em casa ontem. Hoje tocou a droga da campainha. Mas não está morando aqui.

— Certo... — Nate foi para a sala de estar com Gib. Sentado na poltrona reclinável favorita do dono da casa, estava um gato tigrado laranja e marrom, o mesmo gatinho que havia praticamente destruído seu escritório na noite anterior.

— Espero que não queira comer sardinhas. Ele comeu a última. — Gib pegou o gato e se sentou na poltrona, com o bichinho acomodado em seu colo.

— Não gosto de comer nada que possa olhar para mim — respondeu Nate. Então abriu a lata da cerveja com um estalo e pegou um punhado de mini pretzels.

— Pode ser que ele tenha lambido isso aí — comentou Gib.

Nate ficou sem saber o que fazer com os salgadinhos. Por fim, enfiou-os no bolso ao se sentar no sofá diante de Gib e do gato. O bichano o encarou por um bom tempo, depois piscou devagar.

— Se veio me falar que eu devia comer no refeitório, já vou logo dizendo que isso não é da sua conta.

Gib tinha a língua afiada. Nate decidiu adotar o mesmo tom.

— A comida de lá é melhor, mas respeito sua decisão, se não quer ver a Peggy paquerando o Archie.

— Isso não muda nada para mim. — Ele pegou um mini pretzel, forçando um ar casual, e enfiou-o na boca.

— Você disse que o gato pode ter lambido os biscoitos — falou Nate.

Gib parou de mastigar, hesitou e depois engoliu.

— Por que você acha que eu me importaria em ver a Peggy se oferecendo para o Sr. Gravata-Borboleta?

— Eu não disse que ela estava se oferecendo, falei que estava paquerando. E achei que você poderia se importar, sim, porque... bem, deixa eu pensar... porque tenho olhos. Vejo como você olha para ela. Mudando de assunto, se você não regar aquela peperômia nos próximos dias, já era.

Nate fazia questão de que todos os residentes tivessem uma planta. Em outras circunstâncias, ele mesmo teria ido à cozinha e regado a planta, mas não queria desviar o foco da conversa que estavam tendo. Não que Gib estivesse ajudando. Ele só ficava encarando o gato, enquanto coçava seu queixo, até que o bichano começou a ronronar.

— Então quer dizer que todo mundo sabe? Inclusive ela? — perguntou Gib finalmente, sem erguer os olhos.

— Duvido muito. Eu é que presto muita atenção em tudo. Meu avô sempre sabia de tudo o que acontecia no Jardins. Acho que isso faz parte do trabalho. Aliás, eu já vi esse gato — acrescentou ele, convencido de que já tinha dado a dura necessária em Gib. Como havia dito antes, ele observara os olhares de Gib para Peggy, mas talvez pudesse ter deixado escapar quão profundos eram os sentimentos dele por ela. — Esse pestinha fez uma bagunça no meu escritório.

O gato piscou lentamente para Nate outra vez, como se entendesse que o humano estava falando dele.

— Quer um conselho? Invista numas latas de sardinhas — disse Gib, tomando um gole de sua cerveja. — Eu ficava admirando ela na época do colégio. Você sabe que nós fizemos o segundo grau juntos, né?

Pelo visto, ele não queria fugir do assunto.

— Sim, você me contou. — Esse assunto veio à tona assim que Peggy se mudou para o Jardins, há alguns anos.

— Nunca cheguei a conversar com ela naquela época. Mas agora pelo menos eu falo com ela. Bom, isso até o Sr. Gravata-Borboleta aparecer...

— Ele é a novidade do mês — disse Nate. — Os novos moradores sempre recebem bastante atenção. Você sabe disso. E não acredito que a Peggy tenha parado de falar com você.

Gib deu de ombros e continuou fazendo carinho no gato.

— Só não consigo entender por que você fica se escondendo — falou Nate. — Você é um adversário implacável no baralho, mas está jogando a toalha sem nem ao menos tentar.

Gib ergueu o queixo.

— Mas eu venho tentando uma aproximação já faz tempo.

— Ah, eu não sabia. Então você convidou a Peggy para sair e ela não aceitou?

— Não exatamente.

— Você ligou para ela e ela desligou na sua cara?

— Sou capaz de perceber quando uma mulher não está interessada, e ela não está. Somos amigos e só isso. E tudo bem.

— Talvez ela pense a mesma coisa de você. Ao que parece, você não chegou a falar sobre os seus sentimentos com ela.

— Quem você pensa que é para dar conselhos amorosos? — questionou Gib. — Quando foi a última vez que você conversou com uma mulher com menos de sessenta anos?

Até tu, Gibson?, pensou Nate.

— Manter esse lugar em ordem dá mais trabalho que ter um emprego em horário integral — comentou ele.

— Que nada! Aquela sua subgerente pode cuidar de tudo. Você tem funcionários competentes em todos os departamentos. Não precisa estar aqui o tempo todo.

— Para sua informação, percebi que você desviou a conversa para mim porque você não quer falar de si.

— Para sua informação, percebi que você desviou a conversa para mim porque você não quer falar de *si* — replicou Gib.

— Um brinde aos desvios. — Nate bateu sua lata de cerveja na de Gib, que assentiu e bebeu um longo gole.

— Olha, se você não quiser fazer as refeições no... — Nate hesitou, seu olhar se fixou em um pedaço de tecido brilhoso em cima da mesa, ao lado da lata de sardinhas. — Aquilo ali é uma...? — Ele se inclinou para ver melhor. — É uma calcinha?

Gib assentiu, pegou a calcinha com as pontas dos dedos e ergueu-a para Nate ver.

Uma tanga. De cetim. Rosa. Minúscula.

— Talvez você possa *mesmo* me dar umas aulas sobre como lidar com mulheres — disse Nate, sem desviar os olhos da calcinha.

— Ele que trouxe — explicou Gib, apontando para o gato.

— *Ele* que trouxe — repetiu Nate, encarando o gato, que parou de lamber a pata e a esfregou atrás da orelha. Ele parecia dizer "Sim, eu sou incrível". Nate retomou o assunto. — Gib, se você não quiser comer no refeitório, a escolha é sua. Mas pelo menos deixa alguém trazer as suas refeições aqui. Não dá para você viver à base de sardinhas e cerveja.

— Sardinha é proteína pura — rebateu Gib. — E cerveja diminui a pressão arterial.

— Você está inventando isso?

Gib sorriu.

— Eu realmente me sinto mais relaxado depois que tomo uma cerveja.

O gato rolou de barriga para cima e começou a tentar pegar algo invisível no ar.

— Quantas cervejas você deu para ele antes de eu chegar? — perguntou Nate. — Se ficar ainda mais relaxado, vai cair no chão.

— Sardinhas são o álcool dele. — Gib coçou a barriguinha do gato.

— Está pensando em ficar com ele? — perguntou Nate. Ele incentivava os residentes do Jardins a terem bichos de estimação. Havia muitas pesquisas que comprovavam os benefícios dos pets para a saúde. — Li um artigo que dizia que ter um gato é tão emocionalmente satisfatório quanto ter um relacionamento amoroso. E já que você não vai fazer nada para se aproximar da...

— Se isso for verdade, você é que deve ficar com ele — Gib o cortou. — Sou um homem velho. Já passei dessa fase de romance.

— Ao contrário do Sr. Gravata-Borboleta — comentou Nate.

— Enfim... o gato tem dono. Tem um número de telefone na coleira. E um nome também. MacGyver.

O gato se sentou e deu um breve miado. Nate pegou o celular.

— Alguém pode estar preocupado com o nosso amiguinho. Vamos ligar para esse telefone. — Ele digitou o número que Gib lia em voz alta. Depois de chamar várias vezes, a ligação caiu na caixa postal. Ao ouvir o bip, Nate começou a deixar uma mensagem. — Só queria avisar que o gato está aqui no Jardins. Ele pode ficar aqui, aí você...

— O quê!? — exclamou uma voz feminina e rouca do outro lado. A mulher pigarreou. — Você disse que o meu gato...

— É, o MacGyver. Um gato tigrado laranja e marrom — explicou Nate.

— Mas ele está aqui. Ele estava aqui. Eu caí no sono. Mac! Pssst, pssst, pssst. Não consigo achar ele!

— É porque ele está aqui — disse Nate.

— Mas ele não pode ter saído. Pssst, pssst, pssst? Pssst! — Ela parecia à beira de um ataque de nervos. — Tudo o que eu tinha que fazer era cuidar do gato e do cachorro. Isso não pode ser tão difícil. Eu sempre estrago tudo.

— Fica calma. Ele está aqui e está bem. Seu gato veio passear e comer sardinhas aqui no Jardins, a comunidade de aposentados na avenida Tamarind, na esquina com a Sunset.

— Não sei onde fica. Acabei de chegar aqui. Estou no... Estou no... Como é mesmo o nome desse lugar? Conjunto Residencial Conto de Fadas! Você está aqui por perto? — perguntou a mulher.

— Bem perto. Nosso complexo fica atrás do seu condomínio.

— Você pode me passar o endereço? Daqui a pouco estou aí.

Depois que Nate lhe deu o endereço de Gib e a ensinou como chegar à rua, a mulher desligou sem dizer mais nada.

— Pelo que entendi, era a pessoa que está cuidando do gato. Ela está vindo para cá, nem sabia que o gato tinha fugido.

— Não parece levar jeito para tomar conta de bichos.

Cinco minutos se passaram. Depois, dez. Então, quinze.

O gato, MacGyver, se levantou, se espreguiçou, olhou para a lata vazia de sardinhas e saltou para o chão. Em seguida foi até a porta e miou.

— Nada disso. Tem alguém vindo te buscar.

— Ela já devia ter chegado. Ela estava no Conjunto Residencial Conto de Fadas.

MacGyver olhou para trás, para Nate e Gib, e soltou quatro breves miados. Gib achou graça.

— Ele pensa que a gente é idiota. Está nos dizendo para abrir logo essa maldita porta. Vou buscar mais leite. Isso vai distraí-lo. — Ele foi para a cozinha. O gato continuava encarando Nate, como se quisesse controlá-lo com a força do pensamento. — Aqui está — disse Gib, ao voltar e colocar o pires com leite perto do gato. MacGyver cheirou o leite e soltou outra sucessão de miados. — Anda, vai. Bebe esse o leite.

MacGyver bufou, deu meia-volta, trotou até a lareira e... escalou a chaminé.

— Não acredito! — Gib balançou a cabeça. — Não acredito!

Nate correu atrás do gato, se agachou em frente à lareira e usou o aplicativo de lanterna do celular para inspecionar o interior da chaminé.

— Ele conseguiu fugir.

A campainha tocou, e, em seguida, houve uma série de batidas na porta, depois a campainha soou mais uma vez.

— Não estou em casa! — gritou Gib, indo em direção à porta, que se abriu antes que ele conseguisse alcançá-la, e uma mulher invadiu a sala.

— Onde ele está? Onde está o gato? — perguntou ela, nervosa.

Gib a encarou. Nate tentou não fazer o mesmo, mas não conseguiu. Havia marcas de rímel pelo rosto dela. Uma parte do cabelo castanho-avermelhado estava preso em um coque elaborado, meio despencando na altura dos ombros. O vestido longo azul-celeste estava amarrotado, sujo de grama e tinha um rasgo que subia até uma de suas belas coxas torneadas. Ela estava sem um dos sapatos, e o pé descalço era elegante e exibia unhas perfeitas, pintadas de cor-de-rosa.

— O gato... — hesitou Nate. A moça parecia prestes a ter um ataque. Ele não queria simplesmente jogar a informação de que o gato tinha fugido.

— O gato foi embora — disparou Gib.

— O quê? — exclamou ela, seus grandes olhos azuis brilhando. Lágrimas se acumularam em seus cílios sem escorrer pelo rosto. — O que aconteceu? Alguém me ligou e falou que o gato estava aqui.

— Fui eu que liguei — disse Nate.

— E você deixou ele escapar? — Ela se virou para Nate e recuou como se tivesse levado um soco. Ficou em silêncio por um breve momento, depois recomeçou a tagarelar, falando ainda mais depressa. — Você sabia que eu estava vindo para cá. Eu só tinha uma tarefa. Uma tarefa. Cuidar dos pets. E então o MacGyver some? Como ele pode ter fugido? Vim o mais rápido que pude. Me perdi pelo caminho, e um sapato acabou saindo do meu pé. E eu tropecei. Como você deixou o gato fugir?

— Ele saiu pela chaminé — explicou Gib.

— O quê?

Nate assentiu.

— Ele conseguiu escalar a chaminé não sei como. Deve estar voltando para casa.

— Deve estar? Deve estar! Você está me dizendo que ele deve estar... — Ela se virou e saiu correndo porta afora. — MacGyver! Psssst, pssst, pssst!

— Eu não responderia a esse chamado — comentou Gib. — E aquele gato também não. É esperto demais.

Nate foi atrás dela. Era só o que faltava: ter de lidar com outra mulher maluca, como se sua irmã e sua mãe não fossem o suficiente. Mas, antes que conseguisse chegar à porta, seu celular tocou. Ele o pegou para ver quem estava ligando. Era sua gerente do turno da noite.

— Pode falar — atendeu Nate.

— Estamos com um problema aqui — disse Amelia. — Um problemão, na verdade. Do tamanho de um titanossauro *Argentinosaurus huinculensis*. E aquele idiota pesava mais de noventa e seis toneladas. Você precisa vir para cá. Agora.

CAPÍTULO 4

— Você. Você! Você está aqui. — Briony balançava a cabeça enquanto encarava MacGyver, aninhado na poltrona ao lado do sofá. Ela começou a andar pela casa. A porta dos fundos estava trancada.

Ela parou. Havia uma janela aberta! Mas era muito alta até mesmo para um gato incrivelmente ágil alcançar. Seguiu vasculhando a casa, sem achar nenhuma provável rota de fuga. Mas MacGyver havia escapado por algum lugar.

Briony entrou no banheiro principal. A janela estava fechada e travada. Quando se virou, congelou ao dar de cara com o próprio reflexo no enorme espelho.

— Ai, Deus. — Respirou fundo e acendeu a luz para se ver melhor. — Ai, meu Deus.

O lindo vestido longo que ela e Vi, sua melhor amiga e madrinha de casamento, tinham levado um dia inteiro para escolher estava todo amarrotado, o que não era uma grande surpresa, já que ela não o havia tirado do corpo desde que trocou o vestido de noiva por ele. Estava sujo de grama e com um rasgo tão grande na saia que chegava a ser indecente.

E os cabelos. Os cabelos! O penteado elegante que tinha levado meses para escolher estava um desastre. Parte dele estava amassado na cabeça, e algumas mechas caíam em tufos emaranhados. O batom já havia perdido a cor fazia muito tempo, mas o rímel continuava ali, só que nas pálpebras inferiores, em vez de nos cílios. Parecia acabada.

Suas pernas vacilaram, e ela se sentou na beirada da banheira. Não dava para continuar daquele jeito. Primeiro, um banho. Começou desfazendo o penteado e colocando os grampos de cabelo com pérolas em cima da pia. Quando acabou, foi pegar um roupão na mala. Está aí mais uma coisa que tinha para resolver: desfazer a mala. Mas, primeiro, um banho. Não, primeiro escovar os dentes. De volta ao banheiro, ela escovou os dentes três vezes, em seguida tirou a roupa e entrou debaixo do chuveiro. Lavou o cabelo e passou o condicionador duas vezes para desembaraçar o emaranhado com mais facilidade e permaneceu sob o jato de água quente até que esfriasse.

Vestiu uma calça preta skinny e uma camisa listrada, algo que todas as revistas de moda afirmavam ser a combinação perfeita para uma lua de mel em Paris, bem ao estilo de Audrey Hepburn. Secou os cabelos e prendeu-os para trás. Guardou as roupas usadas e seus itens de higiene pessoal, então parou na frente do espelho e avaliou a própria imagem. Bem melhor. Agora podia sair na rua sem passar vergonha. Só precisava ter a sorte de nunca mais encontrar aqueles dois homens. Principalmente o de olhos castanhos escuros, tão escuros que...

Mas no que ela estava pensando? Não queria encontrar com nenhum deles de novo, pois ambos a haviam visto naquele estado deplorável.

Certo. Ficar minimamente apresentável era apenas um pequeno passo. Agora ela tinha de... tinha de... Qual era mesmo o próximo passo?

A resposta a atingiu em cheio. Pedir desculpas a Caleb. Ela não havia trocado uma palavra sequer com ele desde que desabou a caminho do altar. Deixou os pais encarregados de pedir desculpas aos convidados. Eles também devem ter falado alguma coisa com Caleb, mas sabe-se lá o quê.

Sim, esse com certeza seria seu próximo passo. Certo? Certo. Pedir desculpas e devolver o anel que havia retirado durante o voo e guardado dentro da bolsa, em um compartimento com zíper. Aos poucos, ela foi bolando um plano. O anel precisava estar em segurança. A agência dos Correios estava fechada, mas provavelmente tinha um centro de envio do FedEx em algum lugar. Era só pesquisar no Google. Então mandaria um bilhete junto com o pacote. A verdade é que ela ainda não se sentia pronta para conversar com Caleb. Sabia que era a coisa certa a fazer, mas não conseguia agir ainda. Não agora. Então esse seria o plano.

Ela assentiu para si mesma. Depois mais uma vez. Então assentiu pela terceira vez. Era a coisa certa a fazer. E ela conseguia fazer aquilo. Obrigou-se a pegar o celular e pesquisou pelo centro de envio do FedEx mais próximo. Ficava apenas alguns quarteirões de distância de onde estava. Dava para ir andando. Então pegou a bolsa e verificou se o anel ainda estava lá dentro. Era óbvio que estava.

De repente Briony ficou imóvel, as mãos apertando a bolsa. *Vamos lá. Próximo passo. Sair de casa. Ir andando até o FedEx.*

— Certo, meninos, vou sair rapidinho — disse ela para MacGyver e Catioro, que começou a ganir, todo empolgado. — Mas sozinha dessa vez. — Ela também precisava levar o cachorro para passear, mas isso tinha ido para o final da lista. — Por favor, esteja aqui quando eu voltar — pediu ela ao gato.

Relembrando as instruções de Jamie, trancou Mac no quarto de hóspedes antes de sair de casa. Quando já estava do lado de fora, trancou a porta e congelou outra vez. *O Plano. Siga o plano,* disse a si mesma e pôs-se a caminhar, colocando um pé na frente do outro. Disso ela conseguia dar conta.

Briony avistou o posto do FedEx em uma esquina, exatamente no local onde o Google indicou que estaria. Então entrou e pegou um envelope. Próximo passo: preencher a etiqueta do destinatário. Seus dedos tremiam quando começou a escrever o nome de Caleb. Sacudiu a mão algumas vezes e seguiu em frente. Sua letra não era das melhores, mas dava para entender.

Não pare, disse a si mesma. Precisou respirar fundo duas vezes, uma respiração trêmula, antes de pegar o anel de noivado na bolsa. Embrulhou-o em um lencinho de papel Kleenex que sua mãe sempre enfiava em sua bolsa, quando ela não estava olhando, então colocou-o dentro do envelope. Agora o bilhete. Por que não escreveu o bilhete antes de sair de casa? Ali não era o lugar ideal para escrever um pedido de desculpas decente, muito menos para explicar o que tinha acontecido. Por fim, acabou rabiscando as palavras *sinto muito* em um pedaço de papel que encontrou sobre o balcão, então colocou-o dentro do envelope, selou tudo e dirigiu-se ao balcão principal.

— Você está bem? — perguntou o atendente.

Briony concordou com a cabeça, sem encará-lo. A voz dele era amigável, mas ela tinha medo de conversar com alguém que demonstrasse o mínimo de gentileza e acabar chorando. Isso era... a sensação era... era como se ela estivesse seguindo pelo corredor da igreja de novo. Só que, em vez de sentir tudo ao seu redor desmoronando, era como se seus ossos parecessem estacas de gelo frágeis, prestes a quebrar — crac, crac, crac —, fazendo com que ela caísse e nunca mais se levantasse.

— Você não parece estar bem — comentou o atendente.

— Quanto custa tudo? — Briony conseguiu perguntar.

— Nove e noventa.

Ela empurrou para ele uma nota de vinte e saiu apressada, ignorando os apelos do rapaz para que voltasse para apanhar o troco. Ela precisava encontrar um lugar onde pudesse se trancar, apagar as luzes e respirar. Precisava concentrar toda sua atenção na própria respiração. *Apenas alguns quarteirões,* disse a si mesma. *Você está a apenas alguns quarteirões da casa de Jamie. Continue andando. Continue andando. Um passo de cada vez.*

Era virou a esquina, e lá estava o Conjunto Residencial Conto de Fadas. Dava para ouvir a fonte do pátio. *Estou chegando. Estou chegando.* Briony reuniu todas as suas forças para seguir adiante até chegar à fonte, então desabou sobre a margem de pedra. As palmeiras tremiam diante de seus olhos, e sua cabeça parecia um balão preso ao corpo por uma corda fina.

Briony pressionou as mãos no peito, que subia e descia com a respiração ofegante. Os pulmões estavam funcionando. Mesmo que não parecesse, estava recebendo o oxigênio de que precisava. Fechou os olhos com determinação e manteve as mãos onde estavam. Ela estava respirando. Só precisava ficar sentada ali, respirando, e logo seria capaz de andar novamente. Então voltaria para a casa de Jamie, e tudo ficaria bem.

Inspirar. Expirar. Inspirar. Expirar. Inspirar. Expirar.

Rápido demais! Rápido demais! Desacelere, Briony ordenou a si mesma. Mas ela não estava conseguindo.

Inspirarexpirarinspirarexpirarinspirarexpirar.

— Você poderia me ajudar com essas sacolas?

Inspirarexpirarinspirarexpirarinspirarexpirar.

— Você se incomodaria em me dar uma mãozinha? Eu adoro o Conjunto Residencial Conto de Fadas, mas é um saco não poder estacionar aqui dentro. Então será que você poderia me ajudar?

Briony teve a sensação de que as palavras chegavam aos seus ouvidos com atraso. Não, não eram as palavras em si, eram seus significados. Alguém estava lhe pedindo ajuda. Ela abriu os olhos devagar. Havia uma mulher de cabelo curto e preto com mechas grisalhas parada à sua frente. Estava segurando sacolas de compras e tinha alguns rolos de tecido sob um dos braços.

— Meu nome é Ruby, sou amiga do David e da Jamie. E você deve ser a Briony, prima da Jamie, certo? — Ruby estendeu-lhe uma das sacolas de compras, e Briony se esticou para pegá-la.

— Sou. Meu nome é Briony. Sou prima da Jamie — ela conseguiu dizer.

— Jamie me mandou uma mensagem avisando que você ia ficar com o Mac e o Catioro. Eu pretendia ligar para você assim que estivesse acomodada. Minha casa é aqui pertinho. Se você puder me ajudar a levar essas bolsas até lá, já ajuda — disse Ruby, já seguindo na direção de sua casa.

Quando Briony se deu conta, estava seguindo a mulher. Elas pararam em frente a uma casinha que parecia pertencer a uma bruxa de um conto de fadas, tinha até uma aldrava de aço preto no formato de uma aranha na porta.

Ruby destrancou a porta e fez um gesto para que Briony entrasse.

— Pode deixar a sacola em cima da mesa da cozinha. É só virar à esquerda.

Mais uma vez, Briony obedeceu às ordens de Ruby. De alguma forma, enquanto não estava prestando atenção em sua respiração, ela acabou desacelerando um pouco.

— Pode sentar. Fique à vontade — disse Ruby, assim que Briony colocou as compras sobre a mesa.

Briony se sentou.

— Desculpa.

— Pelo quê? Por me ajudar a carregar as sacolas? — retrucou Ruby, ao largar os rolos de tecido e as outras sacolas. Ela molhou um pano de prato e o torceu.

— Desculpa por... — Briony fez um gesto indicando a si mesma, como se ela fosse o motivo.

— Não há por que se desculpar. — Ruby entregou-lhe o pano úmido. — Coloque ao redor da nuca. Jamie comentou que você teve um ataque de pânico recentemente. Presumo que estivesse tendo outro. Estou certa?

Briony assentiu.

— Eu... estava.

A médica da família examinou Briony logo depois de ela ter desmaiado a caminho do altar. Como estava presente na cerimônia, pôde avaliar a situação rapidamente. Ela explicou que, fisicamente, não havia nada de errado com Briony, e que um ataque de pânico poderia explicar todos os sintomas manifestados por ela na igreja.

— Experimenta colocar o pano úmido na nuca. David costumava sofrer ataques de pânico e disse que isso ajudava.

— O David? — Ela tinha passado poucos minutos com o marido de Jamie, mas era difícil imaginá-lo caindo no chão, com o coração querendo sair do peito, tamanha ansiedade.

— O pano — insistiu Ruby.

Briony pressionou o pano de prato úmido na nuca, e aquela pequena faixa refrescante de fato ajudou. Ela fechou os olhos e focou nisso.

— Obrigada — disse Briony, sem abrir os olhos. Sua respiração já estava quase normal de novo. — Obrigada. Só preciso de mais um minuto para estar em condições de ir embora.

— Não, não! Agora você está me devendo uma. Tomo café com a Jamie quase todos os dias e já estou com saudade dela. Você precisa pelo menos beber alguma coisa comigo e bater um papinho. Estou pensando numa limonada. Um copo de limonada é perfeito para um dia quente de julho como esse.

Briony abriu os olhos. Ruby sorria para ela, e era impossível não sorrir também.

— Eu aceito uma limonada.

— Que bom. — Ruby abriu a geladeira e pegou um jarro de suco. Depois tirou dois copos altos bem gelados do congelador.

— O David tinha ataques de pânico? — indagou Briony. Ela achou que precisava dizer algo, e essa foi a primeira coisa que lhe veio à mente.

— Tinha. Por um breve período, quando ele e Jamie estavam se conhecendo melhor. Era como se uma parte do David nunca mais quisesse se apaixonar por outra mulher depois da Clarissa. Então vieram os ataques de pânico quando ele começou a se interessar pela Jamie — explicou Ruby.

— Clarissa?

— A primeira esposa do David. Achei que a Jamie pudesse ter comentado sobre ela quando falou do David. E tenho certeza de que ela conversou com você sobre ele. Falar do David é um dos passatempos favoritos dela. — Ruby cantarolou um trecho da trilha sonora de *A noviça rebelde* enquanto arrumava a mesa. — Para falar a verdade, a Jamie me lembra um pouco a Maria do filme. Não conte para ela. Quer saber, pode contar. Ela provavelmente vai adorar saber disso. Ela é o tipo de pessoa que vive a vida com uma alegria contagiante. Só falta sair cantando.

— Nós não tivemos muito contato depois que crescemos, só trocávamos cartões de Natal e mensagens no Facebook. Além disso, ela e o David tiveram que sair correndo praticamente na hora que cheguei. Minha viagem para cá foi meio que de última hora — admitiu Briony.

Quanto será que a prima havia revelado a Ruby?, Briony se perguntou. A vizinha sabia sobre seus ataques de pânico. Será que Jamie mencionara que Briony havia abandonado o noivo no altar? Sentiu as bochechas arderem com a possibilidade de Ruby saber a pessoa horrível que ela era. Retirou o pano de prato da nuca e encostou-o nas bochechas.

— Quer que eu o molhe de novo? — perguntou Ruby.

Briony balançou a cabeça, fazendo que não.

— Mas realmente ajudou bastante. Estou me sentindo bem melhor — disse ela. Bom, ela estava um pouco melhor, pelo menos. E havia conseguido devolver o anel. No entanto, ela devia muito mais a Caleb. Só de pensar nele, Briony sentiu sua pulsação acelerar outra vez. Era preciso focar os pensamentos em outra coisa, rápido. — MacGyver fugiu — disparou ela. — Mas ele já voltou. Não sei como ele entrou, nem como saiu, mas agora está em casa.

— MacGyver! Temos sorte de aquele gato não ter aprendido a usar fita adesiva — disse Ruby.

— O quê?

— Deixa pra lá. Não me surpreendo que ele tenha saído. MacGyver está sempre andando por aí. — Ruby se inclinou para perto de Briony, os olhos escuros cheios de preocupação. — Foi isso que desencadeou o ataque de pânico? Você se descontrolou por causa do Mac?

— Não, eu estava chateada. Muito chateada. Mas nada parecido com o estado que eu estava quando você me encontrou. É que... Eu acabei de devolver ao meu... noivo, quero dizer, meu ex-noivo, o anel... — A respiração de Briony voltou a ficar ofegante. Ela tentou tomar um gole da limonada, mas não conseguiu.

— Fico me perguntando aonde o Sr. MacGyver foi dessa vez. Jamie provavelmente não teve tempo de te contar todas as peripécias daquele gato. Ele criou o maior pandemônio no condomínio logo que a Jamie se mudou para cá com ele. Esse gato roubou coisas de todo mundo.

Voltar a falar sobre MacGyver ajudou Briony a se acalmar. Talvez tenha sido por isso que Ruby retomou o assunto.

— Ele estava em uma das casas do Jardins, aquela comunidade de aposentados que fica aqui perto — revelou Briony. Ruby assentiu. — Recebi uma ligação do gerente de lá. Mas, quando cheguei, Mac já tinha fugido. Eles disseram que ele escalou a chaminé. Jamie me falou que o Mac era capaz de escalar chaminés, mas isso parece meio impossível.

— *Impossível* não é uma palavra aplicável àquele gato — disse Ruby. — Mas estou curiosa. Esse cara era bonito?

— Bonito? — repetiu Briony.

— É? O rapaz que ligou para você avisando onde o Mac estava. Ele era bonito?

— Era — respondeu Briony sem hesitar.

Aqueles olhos quase pretos. A covinha no queixo. O cabelo castanho escuro comprido. Os ombros largos. O nariz... parecia que ele já tinha quebrado o nariz. Ao vê-lo pela primeira vez, ela chegou a recuar, como se ele tivesse atirado uma bomba de feromônios nela.

Ruby achou graça.

— Mac gosta de bancar o cupido. Você sabia que foi ele que juntou a Jamie e o David? É melhor ficar esperta. Ele deve estar planejando... — A voz de Ruby foi sumindo, então ela se esticou e tocou o punho de Briony. — Você ficou pálida. Desculpa. Fui extremamente inconveniente. Não pensei direito no que estava dizendo.

— Tudo bem — disse Briony. — Imagino que Jamie tenha contado para você onde e quando tive meu primeiro ataque de pânico.

Ruby assentiu.

— Ela só contou porque ficou preocupada. Ela queria que eu verificasse se estava tudo bem com você. Preciso me desculpar pela piada sobre o Mac gostar de bancar o cupido. Achei que estivesse só fazendo uma brincadeira engraçadinha sobre gatos, mas então *Bam!* — Ela bateu uma palma da mão na outra.

— Está tudo bem, de verdade. Tenho que me lembrar de dizer ao Mac que não vai adiantar ele tentar bancar o cupido para cima de mim. Já tive o homem mais perfeito de todos. E o deixei plantado no altar. — Pelo menos agora Briony parecia ter se recuperado completamente do ataque de pânico. Estava falando sobre Caleb sem sentir palpitações.

— Você chegou a considerar que o ataque de pânico na igreja talvez não tivesse nada a ver com o seu noivo? — perguntou Ruby com toda a calma. — Pode ter sido estresse pré-casamento. Planejar uma cerimônia dessas é exaustivo.

— Eu tinha uma cerimonialista, meus pais e Caleb para cuidar de tudo. Não tive que fazer quase nada — respondeu Briony. — Mas o problema foi... foi ver o Caleb no altar. Esperando por mim. Foi isso que desencadeou tudo. E, mesmo agora, quando penso nele, me sinto péssima pelo que fiz. Mas não tenho vontade de voltar para ele. Mal consegui escrever um bilhete sem surtar. Na verdade, acho que ataque de nervos foi exatamente o que eu tive. — Ela falava cada vez mais rápido, revelando para essa desconhecida coisas que nunca havia dito para ninguém. — Não consigo explicar. Mas, como já disse, ele é perfeito. Todo mundo diz isso. Ele é inteligente, bonito, atencioso, tem um bom emprego, meus pais gostam dele, meus amigos gostam dele. Que tipo de pessoa tem um ataque de pânico quando está prestes a se casar com o cara perfeito? O que você me contou sobre os ataques de pânico do David fazem sentido. Mas e o meu? Não faz sentido nenhum. Além disso, a família do Caleb é perfeita também. Eles foram tão simpáticos e acolhedores. Não sei o que há de errado comigo. Tem algo de errado comigo.

— Não acho que tenha nada de errado com você — disse Ruby.

— Tem, sim — insistiu Briony. — Rejeitar alguém como o Caleb? Se você o conhecesse, diria que sou louca. Louca e sem coração. Não que ele não vá encontrar outra garota... alguém melhor que eu.

— Quando foi a época de ir para a faculdade, resolvi estudar biologia. Sei que isso pode parecer meio aleatório, mas você já vai entender. Eu achava que ia descobrir a cura do câncer ou algo assim. Era tudo muito vago em minha mente, para ser sincera, mas acho que nem cheguei a me dar conta disso. Só sei que, quando faltava um ano para eu me formar, comecei a ter umas dores de cabeça muito fortes e recorrentes. E não por eu estar tendo dificuldade para acompanhar as matérias. Bom, a não ser física... aí eu tinha dificuldade mesmo. Enfim, indo direto ao ponto, mudei para o curso de teatro, e as dores de cabeça sumiram. Acabei trabalhando com cinema, primeiro fazendo maquiagem e agora cenografia. Biologia pode ser a graduação perfeita para muitas pessoas, mas não foi para mim.

— Mas trocar de curso não é como abandonar uma pessoa no altar. Não prejudica ninguém nem custa rios de dinheiro. Nem...

— Teria sido melhor se você tivesse percebido antes que não queria se casar com... Qual é mesmo o nome dele? Caleb? Isso. Mas não foi o que aconteceu. Agora só resta seguir em frente.

Briony estava prestes a abrir a boca para protestar, mas o que Ruby disse fazia sentido. Ela não estava *tentando* ferir os sentimentos de Caleb, nem fazer os pais gastarem todo aquele dinheiro para nada. Apesar disso, ainda havia uma grande pergunta a ser respondida: o que significava seguir em frente?

Nate saiu para a noite quente de verão com os olhos lacrimejando; o nariz, a garganta e os pulmões queimando. Arrancou a máscara cirúrgica e respirou profunda e lentamente. Seu cérebro já estava pensando no que fazer. A sala de TV precisava ser dedetizada. Se isso não adiantasse, teria de substituir os tapetes, as cortinas e os móveis. Ele também...

Amelia se juntou a ele na escada em frente do complexo comunitário e entregou-lhe uma garrafa de água. Ele bebeu metade e tentou falar alguma coisa, mas começou a tossir.

— Continue bebendo. Eu também não consegui parar de tossir quando botei os pés aqui fora. E você ficou lá dentro por muito mais tempo do que eu — disse ela.

Quando terminou de beber a água, Nate recomeçou:

— Não achei nada que pudesse estar provocando aquele cheiro. Precisamos chamar o pessoal da Aromas & Emoções.

— Já liguei para eles — disse Amelia — e expliquei que uma pessoa extremamente intolerante à lactose tomou vários milkshakes de feijão com couve-de-bruxelas lá dentro e não parou de peidar. — Amelia balançou a cabeça. — Nem uma risada sequer. Eu estava tentando animar você, chefe.

— Desculpa, mas não vejo nada de engraçado nesse fedor.

— Verdade. O pessoal da Aromas & Emoções só pode vir amanhã de manhã. Eu disse para eles que era uma emergência, mas não adiantou.

— Certo. — Nate precisou de um breve momento para organizar as ideias. — Quero que todas as salas temporárias estejam prontas antes que alguém apareça para usar as dependências amanhã. Estou cogitando usar o bangalô ao lado da casa da Gertie, já que está vazia. E precisamos colocar algumas placas de aviso. Não quero ver ninguém perto daquele corredor.

— Deixa comigo.

— E vamos retirar também os móveis e as cortinas e levar tudo para o pátio dos fundos. Não podemos correr o risco de deixar nada mais absorver aquela fedentina, embora seja difícil acreditar que ainda possa piorar. Depois a gente dá um jeito nos tapetes.

— Bloqueio o pátio dos fundos então? — perguntou Amelia.

— Com certeza. Isola tudo com uma corda. Quem quiser passar um tempo ao ar livre pode usar o gazebo e os bancos do jardim. — Nate afastou o cabelo do rosto. — Acho que não há mais nada que a gente possa fazer essa noite.

— Quer que eu chame o Bob?

Nate balançou a cabeça. Não tinha necessidade de tirar o chefe da manutenção da cama numa hora dessas.

— Vou pedir para ele dar uma olhada nos cômodos de manhã e ver se deixei passar alguma coisa.

— Se você quiser, amanhã de manhã posso passar na loja da Aldine e pegar alguns livros daquela estante de promoções que ela deixa na calçada e ver o que mais posso comprar baratinho — ofereceu Amelia.

— Seu expediente acabou — lembrou-lhe Nate.

— E daí?

— Não esquece de anotar as horas extras.

— Pode deixar, capitão! Meu capitão — disse Amelia, citando o poema de Walt Whitman. — E nem vou obrigá-lo a pagar o adicional por periculosidade, por causa daqueles peidos monumentais.

Desta vez ele riu. Amelia morava no Jardins fazia mais de vinte e cinco anos. Ela brincava de esconde-esconde com ele e Nathalie no complexo quando os gêmeos eram pequenos. Ele tinha achado que seria difícil ser chefe dela, mas ela fez com que tudo fosse bem fácil. Alguns funcionários foram embora quando Nate assumiu a direção do complexo por acharem que ele não daria conta de administrar o lugar. Nate não os culpava, pois ele havia acabado de se formar. Mas a maioria dos funcionários seguiu firme com ele.

Mac se espreguiçou em cima da almofada de Catioro, que tinha o cheiro do dono. Sua almofada era bem mais confortável e cheirava muito melhor. Mas foi divertido convencer Catioro a deixá-lo usá-la. Foi só olhar bem fundo nos olhos do babacão. Ele tentou encarar Mac também, e esse foi seu maior erro. Mac nunca havia perdido uma competição de olhares. Catioro desistiu quase que imediatamente e foi embora, andando todo desengonçado.

Mac chegou a pensar em inventar outra brincadeira para fazer com o cão, mas Catioro não era um adversário à altura, então ele achou melhor sair para dar uma volta. Desta vez se esgueirou pela janela do banheiro. Aquele trinco era moleza de abrir, e, em segundos, o gato desceu pela árvore que dava para o jardim. Ele hesitou, agitando os bigodes. Um cheiro desagradável o impedia de coletar a quantidade de informações que estava acostumado a reunir. Sentiu os pelos das costas se arrepiarem. Aquele cheiro vinha de alguma coisa morta, porém havia algo mais. O cheiro de putrefação estava misturado com algo doce, melado, algo que não derivava de coisa morta. Era uma morte muito recente para aquele odor.

Qualquer que fosse a origem, Mac sabia que não era nada com que não pudesse lidar. Mas o cheiro parecia vir da casa do Homem das Sardinhas, que não possuía as mesmas habilidades que ele, por isso Mac resolveu ver como ele estava.

Mac disparou pelas ruas do condomínio, todo saltitante. Ao se aproximar da casa, conseguiu sentir o cheiro do Homem das Sardinhas. Ele não estava com medo, nem precisava ser resgatado, mas talvez precisasse de um novo presente. Ele nem tinha dado muita importância para o que Mac havia lhe trazido da última vez.

O gato fez uma parada na casa ao lado à do Homem das Sardinhas. Dava para ouvir o barulho de água corrente do lado de dentro. Alguém estava tomando banho.

Humanos! Será que eles nunca iam aprender que a língua deles tinha sido projetada para mantê-los limpos?

Então deslizou para dentro da casa por um rasgo que havia feito na tela. O fedor não estava tão forte lá dentro, mas, ainda assim, preenchia o ar que Mac respirava enquanto vagava pela casa, procurando alguma coisa... Embora não soubesse exatamente o quê.

Ele avistou algo felpudo sobre a cômoda e se aproximou com um salto. Mac adorava coisas felpudas. Ele tinha um ratinho que era todo felpudo. Mas aquela coisa era menor que seu brinquedinho, embora houvesse certa semelhança entre os dois. Em seguida, deu-lhe uma patada, e a coisa voou sobre a superfície da cômoda até cair no chão. *Que bacana!*

Mac recuperou o objeto felpudo e o levou para a casa do Homem das Sardinhas. Não havia nenhum barulho que indicasse movimento lá dentro, apenas o som que alguns humanos produziam ao dormir. E alguns cachorros também, como o Catioro. Decidiu usar a entrada da chaminé para não acordar seu amigo. Então, pôs o objeto felpudo perto da máquina de café. Jamie sempre ia direto para a máquina de café depois que o alimentava.

Satisfeito, Mac tomou o caminho de casa, torcendo para que Catioro tivesse pegado a almofada de volta, pois seria divertido tirá-la dele mais uma vez.

Na manhã seguinte, Nate chegou ao refeitório assim que abriu para o café da manhã. Ele passou as horas seguintes indo de mesa em mesa, explicando aos residentes o que tinha acontecido.

— A situação é a seguinte — disse ele ao parar ao lado de Peggy e de sua panelinha. Eliza estava sentada ao lado de Archie, e a cadeira que costumava ser ocupada por Gib continuava vazia. — A biblioteca e a sala de TV provavelmente ficarão fechadas o dia todo.

— Já estamos sabendo. E sentimos o cheiro. Até que a situação me deu uma onda. — Rich pigarreou e começou a ler seu caderninho: — Era uma vez um lugar chamado Jardins / que tinha um cheiro doce a que todos satisfaz / Então, um belo dia, tudo começou a feder / O que obrigou todos os moradores a beber / E agora observamos o estrago que o mau cheiro faz. — Ele fechou o caderninho. — Ainda faltam alguns ajustes.

— Muito bom — disse Nate. — Bob trouxe alguns ventiladores industriais hoje bem cedo, e um técnico da Aroma & Emoções, a empresa que contratamos para cuidar dos óleos aromáticos nos dutos de ventilação, está aqui verificando se tem algum defeito no sistema.

— Você tem alguma ideia do que está causando esse cheiro? — perguntou Eliza, com uma pequena ruga se formando entre suas sobrancelhas. — Estou preocupada que possa ser algum tipo de toxina.

Archie afagou a mão da neta.

— Não se preocupe, minha gostosinha, não estive em nenhum desses cômodos desde que a fedentina começou.

— *Minha gostosinha?* — perguntou Janet, franzindo a testa. — É assim que você chama a sua neta? — Nate também ficou se perguntando a mesma coisa.

— Não é gostosinha, e sim garotinha — corrigiu-a Eliza.

— Aaah. Entendi errado. — Janet sorriu para Archie. — Que fofinho...

— Ainda não descobrimos a origem do cheiro, mas vou informar a todos assim que soubermos — disse Nate a Eliza. — Enquanto isso, usaremos o bangalô vazio ao lado da casa da Gertie como biblioteca e sala de TV temporárias.

— Estou pensando se algo como "e os pelos do nariz começam a desaparecer" seria uma estrofe melhor que aquela sobre beber — murmurou Rich, mordiscando o lápis.

— Não tem nada de engraçado nessa situação — retrucou Regina.

— Todos aqueles livros belíssimos... — Peggy suspirou. Ela participava de todos os clubes do livro do Jardins. — Acho que vai ser difícil tirar o cheiro que já está entranhado neles.

— Estou procurando uma empresa para cuidar disso — informou Nate, tentando tranquilizá-la. Bom, na verdade ele estava pensando em fazer isso. — Enquanto isso, Amelia vai ao sebo para fazer umas reposições para nós.

— Eu não estava fazendo piada — disse Rich para Regina. — Estava tecendo observações sobre a situação por meio da minha arte.

— Arte? Você não acha que está exagerando? — perguntou Regina. — É como chamar esse seu *conjunto de moletom* de roupa adequada para um adulto. — Ela alisou o cabelo curto e loiro. Não que fosse necessário. Nate não se lembrava de ter visto Regina com um fio de cabelo fora do lugar nem usando uma roupa de muito bom gosto que não tivesse sido feita sob medida para ela.

— Gosto de cores. Gosto de ser intenso — disse Rich. Ele esticou a perna para admirar a faixa verde e azul-petróleo que descia pela lateral da sua calça amarela. — Para mim, esse é o tipo de roupa que Picasso desenharia.

— Picasso me dá dor de cabeça — comentou Regina. — Se eu fosse vestir uma roupa desenhada por um pintor, escolheria Monet.

— Ai, que tédio — rebateu Rich. — Mas já seria um avanço do bege sobre bege sobre bege que você costuma usar.

— Isso *não é* bege. — Regina tocou um dos botões perolados de seu casaquinho. — É rosa champanhe.

Nate também achava que aquilo era bege, mas não ia falar nada.

— Acho que todo mundo já falou o que tinha para falar, não? — perguntou ele para o grupo. — Vocês querem ir ao bangalô para ver as instalações? Tem chá e café lá, e os jornais de hoje também.

— Estou mais preocupada com os riscos à saúde do que com bebidas e materiais de leitura — disse Eliza.

— Antes de reabrirmos as salas, vamos testar a qualidade do ar. — Ele não havia pensado nisso, mas tomaria todas as medidas necessárias para garantir que os moradores do Jardins estivessem seguros.

Eliza brincava com a corrente de seu cordão, que continha um pingente prateado em formato de coração cravejado de diamantes que ela sempre usava. Depois assentiu, ainda meio relutante, e disse:

— Acho que vai ficar tudo bem.

— Ela está sempre cuidando de mim e é bem esperta — disse Archie, apertando a cintura da neta.

O celular de Nate vibrou, e ele leu a mensagem que havia acabado de chegar.

— É da Amelia. Ela conseguiu arrumar alguns livros. Vamos até o bangalô? Sei que vocês dois vão querer fazer as palavras cruzadas — disse ele, se virando para Rich e Regina.

— Você faz palavras cruzadas, Archie? — perguntou Janet, ajeitando os cabelos ruivos extremamente brilhosos. Então, com a cabeça, indicou Rich e Regina e continuou: — Aqueles dois competem todas as manhãs para ver quem termina primeiro as palavras cruzadas do *New York Times*. E só vale se for a caneta. A gente bem que podia tentar.

— Se o Archie está procurando um adversário à altura, deveria competir comigo — disse Regina. — Você deveria jogar contra o Rich, talvez assim ele tenha chance de vencer pelo menos uma vez na vida.

— Esse tipo de coisa acontece sempre? — perguntou Eliza, aproximando-se de Nate enquanto o grupo seguia para a saída. — Sua avaliação na revista *U.S. News & World Report* foi ótima. Você saberia dizer com que frequência as residências são reavaliadas?

— Anualmente — respondeu Nate. — E, embora a gente tenha alguns problemas de manutenção de vez em quando, um contratempo como esse é bem raro.

— É mesmo! — Peggy entrou na conversa. — Estou aqui há três anos, e Nate mantém tudo em ótimas condições. Eu adoro morar nesse lugar.

— E eu também já amo isso aqui — disse Archie para Peggy, encarando-a com tanta intensidade que Nate percebeu que as pontas das orelhas dela ficaram rosadas. Talvez tenha sido bom Gib ter faltado ao café da manhã.

Nate fiou agradecido por Peggy ter saído em defesa do Jardins, mas ele achava que Eliza ainda não estava totalmente satisfeita. Ela com certeza seria um dos familiares que precisaria de bastante atenção. Mas ele preferia lidar com alguém como ela, uma pessoa mais controladora, a ter um residente cuja família quase não mantinha contato.

Nate abriu a porta do bangalô. Amelia havia trazido alguns móveis do depósito e enchido metade da estante com livros. Vários exemplares de diferentes jornais estavam espalhados em cima da mesa diante de um sofá de canto.

— Está ficando ótimo — elogiou ele. Em seguida, seguiu para a cozinha a fim de checar o estoque de café e chá, mas seu celular começou a tocar a trilha sonora de *Os caça-fantasmas*, o toque escolhido para quando sua mãe ligava, já que ela estava sempre precisando de ajuda e, como diz a canção: *para quem você vai ligar?* — Oi, mãe. Tudo bem?

— Tem alguém rondando a casa — disparou ela com a voz tensa.

Nate nem se abalou. Sua mãe se sentia sozinha, e ele a compreendia, embora preferisse que, em vez inventar algum problema, ela simplesmente o convidasse para jantar. *Não, ela não inventava problemas,* relembrou, tentando ser justo. Da última vez, sua mãe tinha certeza de que havia guaxinins no porão, quando ligou para ele. Igual a quando ela falou que estava sentindo cheiro de alguma coisa queimando. E agora ela podia jurar que havia alguém rondando sua casa.

— Rondando a casa? — repetiu ele, já a caminho da saída mais próxima.

— É! — sibilou ela. — Consigo ver a pessoa agora, embaixo do pé de jacarandá.

— Tem certeza de que não é apenas a sombra da árvore? — perguntou assim que alcançou a rua.

— Tenho! Você já está vindo?

— Já estou a caminho. Podemos ficar ao telefone até eu chegar. — Ele chegaria em menos de dois minutos. Ela morava no complexo, na casa onde ele havia crescido e que fora construída pelo seu bisavô.

— A pessoa ainda está aí? — Nate apressou o passo. O medo dela era real, mesmo que ele tivesse certeza de que não havia nada a temer.

— Acho... acho que sim — respondeu ela. Nate podia visualizar a mãe esfregando o dedo onde costumava ficar a aliança de casamento. Ela havia deixado de usá-la quando o marido fora embora, mas, mesmo depois de todos esses anos, ainda tocava o dedo quando ficava nervosa.

— Não se preocupe, estou quase chegando. Já estou vendo a casa. — Nate correu direto para o pé de jacarandá. Não havia ninguém ali.

Mas alguém havia estado no local, pois havia marcas de sapato sob o jacarandá, entre o murinho de pedra e a base da árvore.

— E aí? — perguntou a mãe dele do vão da porta da frente.

— Não estou vendo nada de mais! — respondeu ele, então esfregou as pegadas com o pé. Ele não ia deixar a mãe apavorada dizendo que ela não estava de todo errada. — Vou pedir aos seguranças que façam algumas rondas extras por aqui, só por precaução — acrescentou ele enquanto subia os degraus da varanda. — Não esquece de ligar o sistema de segurança, tá bom?

Para alguém tão apreensiva, ela se esquecia bastante de ligar o alarme.

— Você pode ficar mais um pouco? — perguntou ela. — Vou fazer um chocolate quente.

— Maravilha. — Ele nunca teve coragem de confessar a ela que, na adolescência, passou a achar a bebida muito doce, principalmente quando ela colocava pedaços de marshmallows, algo que ele amava quando era criança. Sem contar que não era algo que ele gostaria de beber em pleno verão.

Ela sorriu para o filho.

— Consegui comprar marshmallows coloridos na loja essa semana. Como sei que são seus favoritos, comprei o pacote maior.

— Obrigado, mãe. — Ele sempre ficava impressionado toda vez que se dava conta de que sua mãe era bem mais nova que a maioria dos residentes do Jardins. Ela não tinha nem sessenta anos, mas

Peggy, Janet e Regina eram bem mais ativas que ela, mesmo com seus setenta e tantos anos. Elas estavam sempre passeando de um lado para o outro e se interessavam por tudo, inclusive em namorar. Sua mãe ia fazer compras uma vez por semana e, uma vez por mês, ia com Nathalie ao salão de beleza para cuidar dos cabelos. E só.

Seu celular tocou a melodia que ele havia escolhido para Bob, o chefe da equipe de manutenção.

— Preciso atender. Já volto — disse Nate à mãe. Ela assentiu e foi para a cozinha. — Alguma novidade, Bob? — perguntou ao atender a ligação.

— Quer a boa ou a má primeiro? — perguntou Bob. Ele sempre falava como se tivesse de pagar por cada palavra que usava.

— A má — respondeu Nate no mesmo instante. Ele sempre queria saber as notícias ruins primeiro. Às vezes, elas exigiam providências imediatas.

— O técnico da Aromas & Emoções encontrou a origem do problema.

— Ótimo. E...?

— Partes de um gambá morto e comida podre presas nos compartimentos onde colocamos o óleo.

E o sistema fez o trabalho direitinho... espalhou o cheiro do gambá morto para a biblioteca e para a sala de TV. Sabotagem. Era a única explicação.

— Estou indo para aí agora.

Primeiro ele encontra evidências de que alguém estava vigiando a casa de sua mãe. Agora isso. Que diabos estava acontecendo no Jardins?

CAPÍTULO 5

Briony abriu uma fresta da porta da frente e deu uma olhadinha lá dentro da casa para se certificar de que Mac não estaria ali na frente, só esperando uma oportunidade para fugir. Mas, como não viu o gato, ela escancarou a porta, e Catioro começou a puxá-la para a cozinha. Ela bateu a porta com o pé e foi atrás do cachorrão. Ele parou diante do pote de biscoitos.

— Acho que você está com fome, né? — Briony soltou a guia da coleira dele e lhe deu um petisco.

Ótimo, mais uma tarefa concluída da lista de afazeres que havia escrito ao voltar da casa de Ruby. Briony havia saído para passear com o cachorro. Bom, o mais correto seria dizer que Catioro a levara para passear, mas ainda assim estava valendo. Pegou o celular e correu os olhos pela lista. Decidiu começar pelas tarefas mais fáceis. O passo seguinte seria falar com os pais. Ela havia mandado uma mensagem para os dois dizendo que tinha chegado em segurança, mas precisava ligar para eles. Bom, seria melhor fazer uma chamada pelo FaceTime. Eles gostavam de conversar olhando para a filha. E ela estava bem apresentável. Tinha vestido a calça preta e a blusa listrada de novo, mas dessa vez havia passado as roupas. O cabelo estava preso em um coque, e ela usava uma maquiagem básica, porém caprichada no corretivo para disfarçar as olheiras. Briony também tinha pingado colírio nos olhos, para não ficar tão na cara que ontem tinha passado metade do dia chorando. Então estava pronta.

Assim que a mãe dela atendeu a chamada, disparou uma enxurrada de perguntas, sem dar tempo para a filha responder.

— Como você está? Está se sentindo bem aí sozinha? Já falou com o Caleb? Chegou a falar com algum dos convidados? — A mãe suspirou e então continuou: — Quer que eu vá ver você? Não sei onde estávamos com a cabeça quando deixamos você viajar para ficar sozinha. Se a sua prima estivesse com você, seria diferente. Mas não consigo nem pensar em você sozinha aí depois... de tudo o que aconteceu. Eu realmente acho que você precisa de companhia. E se você desmaiar de novo? E se...?

— Mãe, eu estou bem — interrompeu-a Briony. — De verdade.

— Isso é impossível. Ninguém estaria bem depois... do que aconteceu. Sei que a nossa médica falou que está tudo bem, mas fico me perguntando se não seria melhor ter uma segunda opinião. Aquele desmaio... Talvez você precise fazer uma ressonância ou uma tomografia. Posso descobrir...

— Eu estou bem — repetiu Briony.

— Você sentiu alguma coisa depois que chegou aí? — pressionou a mãe.

— Nada — respondeu Briony. Era mais fácil mentir para a mãe quando ela estava do outro lado do país.

— Mesmo assim... James, o que você acha? Você não acha melhor ouvir uma segunda opinião — perguntou a mãe de Briony ao marido.

O pai dela olhava de um lado para o outro, para Briony, no celular, e para a esposa, sem saber de que lado ficar.

— Mal não faria — respondeu ele por fim.

— Vou cuidar disso — falou Briony, sabendo que, se não concordasse, eles ficariam insistindo naquilo pelas próximas horas. E talvez procurar outro médico não fosse mesmo uma má ideia. Talvez ela possa ter desmaiado por estar com alguma deficiência de vitamina. Ou quem sabe...

Mas, lá no fundo, ela sabia a verdade. Ruby estava certa. Seu corpo havia compreendido o que sua mente não queria aceitar. Casar com Caleb não era a decisão certa para ela, mesmo os pais e os amigos achando que ela e Caleb formavam o casal perfeito. Mesmo Caleb sendo de fato perfeito.

— Precisamos falar sobre os presentes — disse Briony. O que fazer com tudo o que havia ganhado estava em sua lista de tarefas. — Pensei em escrever um cartão com uma mensagem de agradecimento para todo mundo e mandar para você. Se eu fizer isso, você pode devolver os presentes por mim?

— Isso já foi resolvido — disse seu pai. — Sua mãe escreveu as mensagens e os presentes já estão sendo devolvidos.

— Ah! Bom, obrigada. Obrigada a vocês dois. — Ela hesitou. — O que você escreveu para os convidados, mãe?

— Só expliquei que você estava muito sobrecarregada antes do casamento e que acabou ficando esgotada e desidratada, o que eu ainda acredito que possa ser verdade, e desmaiou. Também expliquei que, como não sabemos quando será a nova data do casamento, decidimos devolver os presentes.

— Mas eu nunca disse que o casamento seria remarcado — protestou Briony. — Até devolvi o anel para o Caleb.

Briony percebeu que a mãe suspirou para recuperar o fôlego.

— Você não está em condições de saber o que quer fazer nesse exato momento. Precisa de tempo para descansar e se recuperar. E investigar se isso que aconteceu não foi um problema de saúde que precisa ser tratado... se você não estava esgotada.

— Na verdade, eu não estava esgotada. Caleb, a cerimonialista e vocês dois fizeram...

— Não tome nenhuma decisão agora — disse a mãe. — E não se preocupe. Seu pai e eu cuidaremos de tudo.

— Sua mãe está certa — disse o pai, se inclinando para ficar mais perto da tela do computador, como se assim ficasse mais próximo da filha. — Nesse momento, você precisa cuidar de você.

Depois de prometer várias vezes que marcaria uma consulta com um médico, Briony desligou. Ela preferia que a mãe tivesse esperado para escrever os cartões, mas pelo menos a questão dos presentes estava sendo resolvida.

O próximo item da lista era falar com Vi. Sua madrinha de casamento e melhor amiga desde o quinto ano da escola vinha bombardeando-a de mensagens de texto e de áudio, mas Briony não tivera disposição nem ânimo para ler nem ouvir nenhuma delas.

Sentiu o coração palpitar um pouco ao pensar no que dizer para explicar o fracasso que havia sido seu casamento. No fim das contas, acabou digitando apenas um "Oi".

Vi respondeu quase no mesmo instante.

AI, MEU DEUS. Onde você está? Seus pais não contaram para ninguém.

Los Angeles. Tomando conta dos pets de uma prima.

O Caleb está pirando. Seus pais também não falaram nada para ele. O QUE ACONTECEU??

Ataque de pânico. Mamãe insiste que eu estava desidratada, esgotada, provavelmente com um tumor. Mas, na verdade, foi um baita de um ataque de pânico.

Preciso de mais detalhes. Pânico por estar na frente de todas aquelas pessoas???

Percebi tarde demais que não queria me casar.

Ai, não! Na sua despedida de solteira você ficou o tempo todo perguntando para todo mundo se deveria mesmo se casar. Achei que era só você dando uma de você mesma.

O quê? Eu fiz isso? O que você quer dizer com "você dando uma de você mesma"?

Ah, você sabe. Você sempre pede conselhos. Pergunta se deve levar guarda-chuva, que sapatos deve usar, se deveria pedir um aumento. Você perguntou ao garçom do Olive Garden qual faculdade deveria escolher.

Eu não fiz isso!

Fez, sim. Você faz isso o tempo todo que nem percebe mais. É por isso que você e o Caleb são perfeitos um para o outro. Ele nunca se cansa de dar opinião quando você pede. E consegue fazer isso sem ser nem um pouco controlador. Então o fato de você não querer ficar com o Caleb é... Booom! Uma bomba!

Para mim também é estranho. Ele é perfeito. Sou uma louca por não querer ficar com ele. Mas eu não quero mesmo. Só de pensar nele, meu coração acelera, e não de um jeito bom.

Você conversou com ele?

Não.

Briony!

Eu sei! Mas ainda não consegui. O que eu vou falar? Devolvi o anel para ele. Escrevi um bilhete dizendo que sentia muito. Só isso. "Sinto muito." Eu sei que preciso fazer algo mais...

Você acha?

Só não sei como explicar.

É... Deu para perceber.

O que eu falo?

Está vendo?! É disso que estou falando. Você nunca faz nada sem antes consultar um comitê.

Você não é um comitê. E o que eu tenho que fazer não é fácil.

Ahh, verdade. Fala com ele que você resolveu virar freira.

É uma possibilidade. Talvez eu realmente deva entrar para um convento. Depois do que fiz com o Caleb, não deveria impor a minha presença a mais ninguém.

Não fala assim! Você não magoou o Caleb de propósito. Só que precisa mesmo conversar com ele.

Eu sei. E eu vou. Em algum momento...

Preciso ir trabalhar. Depois a gente conversa mais.

Obrigada. Desculpa. Vou pagar pelo seu vestido.

Não vai, não. Até logo, amiga.

Estou revirando os olhos para você por isso.

Vi não respondeu. Briony teria de terminar aquela conversa mais tarde.

Será que ela tinha mesmo feito aquilo na despedida de solteira? Perguntado para todo mundo se deveria se casar? Ela não se lembrava disso. A festa havia sido regada a shots de Nutella com vodca. E talvez ela tivesse passado um pouco do limite, já que não era de beber muito.

Briony se lembrava de Caleb ter preparado um shot horrível, mas surpreendentemente eficiente para curar sua ressaca no dia seguinte, porém os detalhes da festa não estavam muito claros em sua mente. A despedida de solteira havia acontecido na semana anterior ao casamento. E, se Vi estivesse certa, Briony já tinha manifestado dúvidas sobre se queria ou não se casar. Ela soltou um longo suspiro. Teria sido ótimo se ela tivesse se dado conta disso antes de começar a caminhada até o altar.

— Certo, sei que ainda preciso ligar para o Caleb. — Ela sentiu um aperto no coração. — Mas pelo menos já resolvi algumas tarefas da minha lista. Estou melhorando, né, meninos? — perguntou Briony.

Catioro, aos pés dela, abanou o rabo. Briony fez um carinho na cabeça dele, o que fez o rabo dele se agitar ainda mais.

— E você, gatinho? O que você acha?

Ai, meu Deus. Acabei de pedir a opinião de um gato e de um cachorro. Será que a Vi tem razão? Será que eu realmente peço conselhos a todo mundo antes de fazer qualquer coisa?

— Será? — questionou-se em voz alta.

Catioro continuou abanando o rabo. Briony olhou ao redor, à procura de Mac. Onde ele está? Então deu um pulo.

— Mac? Mac, Mac, Mac? MacGyver? — Ela girou nos calcanhares, procurando o gato pela casa. — Gatinho, quer um petisco?

Nenhum miado em resposta, no entanto, ao ouvir a palavra *petisco,* Catioro correu para a cozinha e parou, com os olhos fixos no pote de petiscos. Briony lhe deu um biscoito e foi procurar Mac.

Depois de vasculhar cada cômodo duas vezes, teve de admitir que o gato havia fugido. De novo!

— O que eu faço? — perguntou ela a Catioro, então deu um tapa na própria testa. Ela estava fazendo aquilo de novo. Pedindo a opinião de um animal.

Percebeu que ainda estava com o celular na mão. Isso. Ela ligaria para aquele rapaz da comunidade de aposentados. Briony não se lembrava do nome dele, mas seu número estava registrado no celular, pois ele tinha ligado para ela.

Briony abriu o histórico de chamadas. Pronto, aqui está. Tocou no ícone de ligar e, segundos depois, o rapaz atendeu.

— Nate falando.

— Olá, aqui é a Briony Kleeman, estou cuidando do MacGyver, o gato que apareceu aí ontem. — Ela se forçou a falar clara e pausadamente, e não como uma doida varrida, porque o cara tinha todos os motivos do mundo para achar que ela era maluca, depois de vê-la naquele estado, um dia antes. — O gato fugiu de novo e queria saber se por acaso você o viu por aí.

— Não, não vi — respondeu Nate —, mas vou ficar de olho e te aviso se ele aparecer.

— Isso seria a coisa mais incrível do mundo! — respondeu Briony. O que era aquilo? Porque ela estava falando daquele jeito exagerado? Isso não iria ajudá-la a parecer menos doida! — Obrigada, fico muito grata — acrescentou.

— Acho que você é quem deveria estar tomando conta de mim — disse ela para Catioro, quando desligou. — Você tem mais juízo que eu. Onde você acha que o MacGyver está? — Mais uma vez, ela estava pedindo conselhos para o cachorro.

Nate decidiu passar na casa de Gib para ver se o gato daquela maluca estava lá. Embora ela não tivesse parecido tão doida ao telefone ainda há pouco. Bom, mais ou menos.

Que seja! Ele já pretendia mesmo dar uma passada na casa de Gib para ver como ele estava. Hoje, ele faria aquele homem sair de casa, mesmo que para isso fosse preciso um pé de cabra. Enquanto ia andando, ia examinando os arredores, tentando assimilar cada detalhe. Nate entrara em contato com a equipe de segurança, e eles falaram que ninguém havia relatado nada de incomum perto da casa de sua mãe, nem em qualquer outra parte do Jardins.

Ao chegar à casa de Gib, Nate bateu à porta e gritou, antecipando-se à saudação habitual de Gib:

— Sei que está em casa, Gibson!

— Estou em casa. E daí? — rebateu o homem, ao abrir a porta para deixar Nate entrar.

— Nosso amigo MacGyver desapareceu de novo. Achei que pudesse estar com você.

Gib balançou a cabeça.

— Não vejo aquele gato desde que ele escalou a chaminé — explicou Gib, fechando a porta.

— Acordei você? — perguntou Nate.

Gib estava usando calças de pijama e uma camisa velha de beisebol dos *Angels*, seus pés estavam descalços, e o cabelo, bagunçado. Então ele abriu e fechou a boca algumas vezes.

— Estou de dentadura. Isso significa que você não me acordou. Você quer café?

— Claro — respondeu Nate, seguindo Gib até a cozinha. — É melhor você se arrumar. A aula de arte começa em menos de meia hora.

Gib frequentava as aulas regularmente e era talentoso. Certa vez, dera a Nate um quadro de peperômias no Natal, que Nate havia pendurado em seu escritório.

— Não está na minha agenda. — Gib inseriu uma cápsula na máquina de café Keurig, colocou a caneca no suporte e apertou o botão.

— Sua agenda está bem cheia hoje, não é? — perguntou Nate. — Dez e meia, não fazer nada. Onze, aparar as unhas dos pés. Meio-dia e meia, abrir uma lata de feijão para o almoço. À uma hora...

— Pode parar por aí, engraçadinho — disse Gib. — Posso até ser velho, mas, para seu conhecimento, não preciso de babá.

Nate precisava adotar uma nova abordagem com ele.

— Na verdade, eu estava torcendo para que você fosse à aula, porque seria bom ter mais alguém de olho no que anda acontecendo por aqui. Posso contar um segredo? — perguntou Nate. Gib nem se deu ao trabalho de responder. Apenas lhe entregou o café e sentou-se à mesa da cozinha. Nate se acomodou em frente a Gib e lhe explicou rapidamente o que havia acontecido no sistema de ventilação. — Se você pudesse ir ao centro comunitário de vez em quando e me informar se visse algo estranho, eu ficaria muito grato.

Gib não respondeu imediatamente, apenas estreitou os olhos e analisou Nate, tentando entender se o gerente estava de graça com a cara dele. Ele estava, mas não estava. Gib era esperto. Quem saberia dizer o que ele poderia descobrir?

— Tudo bem. — Ele deu uma olhada no relógio preto em formato de gato, o rabo se fazendo de pêndulo. — Ainda dá para chegar no horário para a aula. Vou me arrumar enquanto você termina o café.

Nate sentiu uma onda de alegria. Nem precisara do pé de cabra. O que deveria fazer em seguida? Ele precisava encontrar alguém para avaliar o ar. Ainda precisava arrumar uma empresa para dar um jeito nos livros, que haviam ficado cheios de impurezas. E na mobília e nos tapetes também. Talvez devesse trocar as fechaduras da casa da mãe. Nate tomou um gole do café e, quando estava baixando a xícara, algo chamou sua atenção. O que era aquilo? Havia uma coisa cinza e peluda sobre a bancada perto da pia. Parecia uma espécie de lagarta mutante. Nate se aproximou para ver melhor o objeto. Fosse lá o que fosse, não estava vivo. Nate deu-lhe uma cutucada e notou que a coisa era um pouco pegajosa.

— Pronto — disse Gib, voltando para a cozinha. — O que é isso?

— Não sei — admitiu Nate. — Acabei de ver.

Gib franziu a testa.

— Nunca vi isso antes. — Ele pegou a coisa peluda e a girou nos dedos, depois atirou-a de volta na bancada. — Se você ainda quer ir, melhor nos apressarmos.

Eles saíram do bangalô e foram andando até o centro comunitário em silêncio, ambos atentos. Quando entraram na Sala Manzanita, onde acontecia a aula de arte, Gib congelou. Nate logo entendeu por quê. Archie estava sentado na cadeira reservada aos modelos, e várias senhoras, inclusive Peggy, estavam aglomeradas em torno dele.

— Gib, quer saber da última? — perguntou Richard detrás de um dos cavaletes.

Gib lançou um olhar para Peggy, depois para Archie, então se empertigou.

— Claro. — Ele foi andando de um jeito descontraído até o cavalete próximo ao de Richard.

— Eu também quero saber. — Nate seguiu Gib, pressupondo que devia a ele certo apoio moral, já que o havia convencido a ir à aula.

— Era uma vez um homem chamado Archie / Quando ele abria a boca, só falava bobagem / Ele amava a neta / talvez mais do que qualquer outro avô do planeta / E eu não gostaria de encontrá-lo fazendo malandragem. — Ele franziu a testa. — É só um rascunho.

— Sam! — chamou Peggy, quando o professor voluntário de arte entrou. — Hoje queríamos usar como inspiração um modelo vivo para nosso desenho, e encontramos a pessoa perfeita. — Ela deu um leve aperto no ombro de Archie.

Gib de repente ficou muito interessado em reorganizar seus bastões de carvão.

— Tudo bem — respondeu Sam. — Não foi o que planejei, mas sou flexível. Lembrem-se de começar planejando a composição, depois desenhem a figura inteira com traços rápidos.

— Sam, você não acha que seria interessante desenharmos um casal? — perguntou Janet, levando uma cadeira para perto de Archie. — Acho que tentar capturar nossas expressões enquanto olhamos um para o outro seria um desafio artístico interessante. — Ela segurou o queixo de Archie com as duas mãos e virou-o para si. — Olha só. Você fez as sobrancelhas. Adoro homens que cuidam da aparência.

— Acertou na mosca — exclamou Archie.

Nate ficou se perguntando se Archie havia crescido na Califórnia, pois ele usava umas expressões que não eram tão comuns naquela região.

— Mas, Janet, se você for posar, não vai poder desenhar. E você sempre faz desenhos tão lindos — protestou Regina. Os desenhos de Janet eram... interessantes. Nate achava que ninguém, a não ser Regina, que estava mal intencionada, os classificaria como lindos. — Pode deixar que eu fico de modelo com o Archie. Meus desenhos são tão ruins que não me importo em perder a aula de hoje. — Ela tentou tirar Janet da cadeira.

Janet nem se mexeu.

— Que isso! Na semana passada, o Sam disse que tinha gostado dos detalhes que você acrescentou no desenho.

— E se o Archie e eu posarmos juntos? — sugeriu Peggy. — Poderíamos retratar o *Gótico Americano* do novo século. Em vez de uma forquilha, o Archie poderia segurar um celular.

— Não tenho celular. Não confio nesses aparelhos malditos. — Ele sorriu para Peggy, Janet e Regina. — Mas ficaria muito feliz em posar com qualquer uma de vocês, ou com todas juntas.

Gib pegou um bastão de carvão e começou a desenhar num ímpeto de fúria. Sam se aproximou.

— Quanta paixão! — comentou ele.

Nate olhou para o desenho e teve de segurar uma risada. No esboço de Gib, o cabelo ralo de Archie havia sido reduzido a alguns fios desgrenhados, já os pelos das narinas e dos ouvidos pareciam florescer.

Mac seguiu o cheiro do Homem das Sardinhas. O nome dele era Gib. E o outro em quem Mac também estava de olho se chamava Nate. Ele havia aprendido isso ouvindo a conversa dos dois. Gib não estava em casa, mas não foi difícil rastreá-lo. Agora ele estava perto. Mac o encontrou em uma sala com vários humanos, inclusive Nate.

Gib cheirava igual à Jamie naquela vez que Mac foi investigar o que estava escondido na lata do lixo. Mac se perguntou se o humano havia encontrado o mimo que havia deixado para ele ontem à noite, enquanto Gib dormia. O cheiro dele não era de alguém que estava se divertindo. O de Nate, também não. Ambos dariam trabalho para Mac. O gatinho roçou na perna da calça de Nate e depois na de Gib, para mostrar a todos que os dois estavam sob sua proteção.

— Que gatinho lindo! — exclamou uma fêmea, que disparou na direção do gato e se ajoelhou na sua frente. O cheiro de Gib mudou na mesma hora. Agora ele cheirava igual à Jamie quando David entrava em casa. A fêmea fez carinho na cabeça de Mac. No entanto, naquele mesmo instante, o odor de solidão que Gib sempre exalava ficou ainda mais forte.

— Ele é meu amigo — disse Gib, puxando conversa. — O nome dele é MacGyver.

— É melhor eu ligar para a moça que está tomando conta dele. Talvez o MacGyver devesse posar com o Archie — acrescentou ele, para dissipar a tensão que começava a crescer entre as senhoras.

— Excelente ideia! — concordou Sam. — Nunca tivemos um animal vivo como modelo.

A fêmea pegou Mac no colo e o entregou a um homem que estava sentado em uma cadeira na frente da sala. Mac respirou fundo, avaliando os odores que sentia. O homem estava feliz o suficiente. Mas o gato percebeu que o homem não havia simpatizado com ele. E isso só podia ser algum engano.

Hora de brincar. Mac se acomodou no colo do homem e começou a passar as garras pelas suas calças finas.

— Não sei se é uma boa ideia — disse Archie, tirando um pelo de gato de seu colete e jogando-o no chão.

— Um gato adorável e um homem adorável. O que poderia ser melhor? — comentou a fêmea.

— Não sou estraga-prazeres. Se é isso que vocês querem, é isso que vocês terão — disse Archie.

As pernas do homem estavam tensionadas sob a barriga de Mac, que resolveu cravar as garras um pouquinho mais fundo, apenas para deixar leves arranhões em sua pele. O homem soltou um gemido de dor. MacGyver começou a ronronar.

CAPÍTULO 6

Calma, controlada, tranquila, disse Briony a si mesma ao avistar a comunidade de aposentados Jardins. *Serei calma, controlada, tranquila. Então vou colocar MacGyver na caixa de transporte para gato e sair de forma calma, controlada e tranquila.*

Ela não entendia por que estava tão preocupada em causar uma boa impressão em Nate. Afinal, só ficaria ali por mais algumas semanas, e provavelmente nunca mais o veria de novo, a menos que Mac continuasse fugindo para o Jardins.

Briony se lembrou de que Ruby lhe contara que MacGyver era um gato cupido. Se ele tinha algum plano para Briony — o que não era plausível porque, convenhamos, ele era um gato —, ela já havia estragado tudo. Pouco importava se estava arrumada ou se seu comportamento fosse exemplar, ela tinha certeza de que, sempre que Nate a visse, ele se recordaria da cara de maluca e do cabelo de maluca daquela mulher maluca. Não que isso tivesse importância.

O aroma agradável de frutas cítricas e de algo a mais que não conseguiu identificar, possivelmente bergamota, recepcionou Briony assim que ela abriu a porta. A sala espaçosa parecia o saguão de um hotel antigo porém elegante, com tapetes persas e sofás confortáveis.

Bom, na verdade era uma mistura disso com uma estufa. Havia plantas por toda parte. Ela estava seguindo para a sala Manzanita, onde Nate lhe dissera que estaria — e MacGyver também —, mas parou para admirar o que supôs ser um buxeiro que tinha sido aparado no formato de uma espiral.

Ela avistou Nate no instante que entrou na sala. Seus olhos foram atraídos para ele na mesma hora. Os feromônios borbulhavam dentro dela. Era muito injusto ele ser tão atraente assim sem fazer o menor esforço. Um segundo depois de pensar nisso, ela se sentiu culpada por pensar em como aquele homem era bonito quando, dias antes, estava de casamento marcado com outro homem.

Nate estava parado ao lado do cavalete do homem mais velho cuja casa ela invadira naquela outra noite. Ótimo. Assim poderia mostrar seu lado calmo, controlado e tranquilo para ele também. A opinião dele era tão importante quanto a de Nate. Não que a de Nate realmente importasse, lembrou a si mesma.

Ela olhou ao redor e logo viu Mac. Briony não conseguiu conter o sorriso ao avistar aquele bichano travesso. Ele era o centro das atenções. Estava servindo de modelo, no colo de um elegante cavalheiro de gravata-borboleta.

O Sr. MacGyver não ia escapar dela desta vez. Segurando com firmeza a caixa de transporte para gato que encontrara no armário de Jamie, Briony atravessou a sala e parou ao lado de Nate.

— Obrigada por ter me ligado de novo — disse ela, calma, controlada e tranquila.

— Você se incomodaria de deixar o MacGyver ficar aqui por mais meia hora? Eu não sabia que ele seria um dos modelos — disse Nate.

— Sem problemas — respondeu ela, pois essa seria a resposta de uma pessoa calma, controlada e tranquila.

— Perfeito. Podemos tomar um café na cozinha enquanto isso. — Nate se virou para o homem mais velho diante do cavalete. — Gib, você toma conta do nosso amigo para que ele não saia dessa sala?

Gib desviou o olhar de seu desenho. Ele havia conseguido reproduzir Mac com perfeição. As listras tigradas da pelagem macia, o *M* em sua testa, a inteligência nos olhos dourados. Já o cavalheiro parecia mais um troll de gravata-borboleta.

— Você está ótima — disse Gib a Briony. — Como aqui não há chaminés, acho que o seu gato não vai a lugar nenhum.

— Agradeço muito — disse ela, satisfeita por ter passado uma boa impressão, pois havia se comportado como uma pessoa calma, controlada e tranquila o tempo todo, e não apenas diante de Nate, e sim perante as *duas* testemunhas de seu surto. — Adorei tudo aqui — comentou ela enquanto Nate a acompanhava até a cozinha. — Esse lugar parece maravilhoso. Você é o gerente aqui, não é isso?

— Ele é o dono do lugar — respondeu uma mulher com mechas violeta no cabelo. Ela e uma jovem de uns vinte e poucos anos estavam na ilha da cozinha, diante de uma variedade de legumes.

— Bom, minha família é a proprietária — explicou Nate, alisando os longos cabelos castanho-escuros. — Minha mãe, minha irmã e eu.

— Mas elas não participam de nada aqui — disse a mulher de mechas violeta para Briony. — Nate comanda tudo. Quero dizer, tudo mesmo.

— Tudo — concordou a mulher mais jovem.

— Gostaria de lhe apresentar minha torcida organizada — disse Nate. — Essa é a LeeAnne. — Ele apontou na direção da mulher de mechas violeta. — Ela é a nossa chef. Esta aqui — ele inclinou a cabeça na direção da mais jovem — é a Hope. Ela é...

LeeAnne interrompeu-o antes que pudesse continuar.

— A pessoa que agora vai me ajudar a realizar a terrível tarefa de fazer o inventário da despensa.

— Você não fez isso no outro... — começou Nate.

LeeAnne apontou o dedo para ele.

— Quando fui contratada, você prometeu que não ia ficar controlando meu trabalho. Se estou dizendo que está na hora de fazer o inventário, então está na hora de fazer o inventário. — Ela puxou Hope para fora da cozinha.

— Pode sentar — disse Nate, indicando uma mesa redonda.

— Que mesa grande — comentou Briony. Deveria caber umas quinze pessoas ali.

— Os funcionários são bem-vindos para fazer todas as refeições aqui no complexo — explicou Nate, ao servir duas xícaras de café de um grande recipiente sobre o balcão. — Como vai querer o seu?

— Só com leite.

Ele colocou uma colher no pires de Briony, pôs uma jarrinha de prata e uma xícara diante dela e se sentou. Briony revirou a colher entre os dedos, de repente sem saber o que dizer. Será que deveria se desculpar novamente pelo seu comportamento na outra noite? Ou seria melhor não tocar no assunto? Será que deveria falar mais sobre o que achou do Jardins? Ou seria muito indiscreto perguntar por que ele era o único da família diretamente envolvido na administração do complexo?

O que havia de errado com ela? Será que sempre foi tão insegura assim? Sua amiga Vi talvez tenha razão. Será que Briony não conseguia tomar uma simples decisão sozinha? Como nunca tinha se dado conta disso?

— Eu estava muito *agitada* naquele dia. Desculpa. — Ela balançou as mãos no ar freneticamente. Argh, ótimo! Muito calma, controlada e tranquila... — Estou cuidando dos bichinhos da minha prima. E teria ficado arrasada se alguma coisa tivesse acontecido com o MacGyver.

— MacGyver — repetiu Nate. — O nome combina com ele.

— Na verdade, nunca cheguei a assistir à série — disse Briony. Agora, sim! Se aquilo não era ser calma, controlada e tranquila, pelo menos estava sendo sensata.

— Meu avô e eu costumávamos assistir às reprises com alguns residentes. Foi o pai dele que fundou o complexo. Ele comprou a propriedade e a transformou em uma comunidade para aposentados

— disse Nate. Ele puxou o vaso de plantas do centro da mesa para perto de si e começou a analisar as folhas com dedos firmes e ágeis.

— As pessoas que vi hoje pareciam tão independentes. — Briony tomou um gole do café, observando-o analisar a planta. Para sua surpresa, por um breve momento, sua mente imaginou aqueles dedos percorrendo seu corpo. Então afastou aquele pensamento na mesma hora.

— Sim, é verdade. Mas temos alguns moradores que precisam de mais atenção, que não moram nos bangalôs, e sim numa das três casas maiores com serviço de enfermagem vinte e quatro horas — explicou ele, ainda focado na planta. — Quando estão em condições, eles também vêm para o centro comunitário fazer as refeições e participar das atividades.

— Como é trabalhar numa empresa familiar? Você cresceu com a expectativa de assumir o empreendimento em algum momento? — Ao ouvir a pergunta, Nate hesitou. Pelo visto, Briony havia tocado em um assunto delicado. Ela resolveu preencher o silêncio: — Minha família não tem um empreendimento como esse, mas meu pai é contador e, desde que eu era criança, meus pais agiam como se eu também fosse querer ser contadora. Eles costumavam dizer que não importa o que aconteça, as pessoas sempre vão precisar de um contador. No meu aniversário de sete anos, ganhei uma calculadora financeira de presente.

— Sério? — Nate arregalou os olhos, maravilhado, depois botou a plantinha de volta no lugar. — Era isso que eu queria quando fiz sete anos. Mas, em vez disso, ganhei um Talkboy, aquele gravador de fita cassete igual ao do filme *Esqueceram de mim*. — Nate engrossou a voz e recitou a fala do filme: — "Aqui é o papai. Por favor, eu quero uma geladeira pequena, dessas que abrem com chave." — Isso fez Briony rir. — E você virou mesmo contadora? — perguntou ele.

— Virei. Eu... — Briony começou a dizer, mas, de repente, se sentiu insegura em relação a algo que sempre aceitara como um fato. — Não havia mais nada que despertasse o meu interesse. E eu gosto da… Hmm... da ordem das informações, da harmonia dos números, tudo se encaixando. — Isso era verdade. Ela sabia que era boa no que fazia e gostava de sair para trabalhar todos os dias, algo que não acontecia com muitas pessoas.

De repente, o fato de que não tinha mais emprego a atingiu como um tapa. Caleb havia recebido uma proposta incrível para trabalhar em um escritório de advocacia em Portland, e, juntos, decidiram que ele deveria aceitar. Os dois planejaram se mudar depois da lua de mel. Caleb já tinha até encontrado uma casa. A empresa arcaria com todas as despesas da mudança. Briony tinha planejado procurar outro emprego como contadora assim que estivessem instalados. Afinal, como diziam seus pais, as pessoas sempre precisam de um contador.

Mas agora ela não ia mais se mudar para Portland. Será que conseguiria seu antigo emprego de volta?

— Você está bem? — perguntou Nate.

Briony assentiu.

— Acabei de me lembrar de algo que preciso fazer quando voltar das minhas, hmm... férias. — Tipo recomeçar minha vida do zero.

— Você fica por aqui até quando?

— Fico mais umas três ou quatro semanas. Minha prima está no Marrocos, em lua de mel.

— Marrocos? Uau. — Nate assobiou baixinho.

— Pois é. Eu nunca nem cogitei em ir a um lugar tão exótico. Muita coisa nova para conhecer — comentou Briony.

— Eu iria sem nem pensar duas vezes. Lá tem um festival de rosas na primavera. Seria incrível ver as rosas M'Goun na natureza. E cheirá-las. — Nate parecia um garotinho empolgado.

— Você é o responsável pelo jardim no saguão do complexo?

Ele sorriu e então *bam*! Outra bomba de feromônio fez Briony se derreter, mas não daquele jeito que a fez desabar quando estava caminhando em direção ao altar. O homem à sua frente era mesmo um perigo! O que havia de errado com ela? Briony ignorou as reações de seu corpo na presença de Nate e se concentrou nas palavras dele.

— Eu que montei, mas quem cuida é a equipe de jardinagem da propriedade. Eu gostaria de cuidar do jardim, mas estou sempre muito atarefado. E toda hora surge uma coisa nova. — Rugas surgiram na testa de Nate, e um lampejo de preocupação tomou conta de seu rosto.

— Você faz um excelente trabalho aqui.

— Você acha mesmo? — Ele ergueu uma sobrancelha. — Você está aqui tem uns vinte minutos e praticamente não saiu da cozinha.

— Sei que não conheço tudo, mas acabei de conversar com duas funcionárias suas, e elas te adoram. E você tinha ido visitar o Gib naquela noite. Tenho certeza de que nem todos os gerentes, quero dizer, proprietários, agem assim. Esses fatos falam por si. Então mantenho o que disse: você faz um excelente trabalho aqui.

— Agora, talvez, mas quando comecei... Eu tinha só dezenove anos.

— Mentira!

— Meu pai assumiu o negócio depois do vovô e administrou tudo sozinho por uns quatro anos, até que, no aniversário de cinquenta anos dele, ele comprou um Mustang conversível. Vermelho. E uma jaqueta de couro Bomber para combinar. Típica crise da meia-idade. Alguns meses depois, ele foi embora. Simplesmente desapareceu. Então tive que assumir tudo. Minha mãe não conseguia fazer nada. — Ele fez uma careta. — Não, isso não é justo. Minha mãe ficou devastada. Eu tinha passado muito tempo aqui com o meu avô e depois com o meu pai e acabei aprendendo bastante, então assumi a direção. Eu não achava que isso seria algo permanente, mas aqui estou eu, quase dez anos depois.

— LeeAnne falou que você tem uma irmã.

— Irmã gêmea, a Nathalie. Mas ela não tinha o menor interesse pelo complexo. Na adolescência, ela não queria ficar nem perto de idosos. Era como se eles tivessem algo contagioso. Quando era pequena, ela até frequentava o complexo, porque a casa da nossa família fica dentro da propriedade. Mas, depois, não apareceu mais aqui.

— Nate e Nathalie. Que fofo.

— Na verdade, é ainda pior: Nathaniel e Nathalie.

Briony estreitou os olhos de um jeito brincalhão.

— Vocês também se vestiam iguais?

Nate achou graça, e essa tinha sido a intenção de Briony.

— Tenho uma foto nossa aos três anos. Eu com um uniforme de marinheiro, e ela, de vestidinho de marujo. Essa foi a última vez que usamos roupas combinando. Não sei como, mas eu sempre dava um jeito de rasgar ou destruir quase todas as minhas roupas que eram iguais às dela.

— E você se apresenta como Nate, e não como Nathaniel?

— Tentei fazer com que as pessoas me chamassem de Parka quando eu era criança, mas não colou.

— Parka? Tipo o casaco? — Briony se deu conta de que estava enrolando uma mecha de cabelo no dedo e abaixou a mão depressa. Enrolar o cabelo era um sinal clássico de paquera. E ela não estava tentando flertar.

— Tipo o casaco? Não. Como o *La Parka*, o lutador de luta livre que se vestia de esqueleto.

— Não faço ideia de quem você está falando. — Ela percebeu que estava conversando naturalmente, como fazia com Vi e com Ruby. Com Caleb, ela sempre havia sido mais cautelosa. Ele era perfeito, então ela queria ser perfeita também. Já com os pais, preferia não contar nada para eles que pudesse deixá-los preocupados, nada que os fizesse pensar que ela estava infeliz de alguma forma.

— Você praticou luta livre no colégio? — Briony fez força para não o imaginar em um daqueles macacões colados ao corpo.

— Bem que eu gostaria de responder que sim, mas não vou mentir. Eu era... — Nate foi interrompido por Gib, quando ele escancarou a porta da cozinha.

— Ele sumiu. Não sei como. A porta estava fechada, as janelas estavam fechadas e não tem nenhuma chaminé aqui. Por acaso o nome do meio daquele gato é Houdini?

Já estava escuro quando Nate encerrou a visita a Iris. Ela tinha passado por uma cirurgia no quadril alguns dias antes, e ele ficara sabendo que ela se recusava a fazer os exercícios com o fisioterapeuta. Então resolveu dar uma passadinha lá, para levar um arranjo de flores e lhe dar força.

Enquanto seguia até seu escritório, resolveu pedir a Janet que fizesse uma rápida visita a Iris no dia seguinte para ver como ela estava. Janet fizera a mesma cirurgia de quadril quatro anos antes e estava muito bem. Hoje, ela era uma das frequentadoras assíduas da academia.

Ele hesitou ao avistar o escritório. Mesmo que tivesse certeza de que os seguranças ficariam de olho na casa de sua mãe, ia se sentir melhor se passasse lá.

Talvez ele até conversasse com ela sobre o pai, algo que nunca tinha feito antes. Parecia ser mais fácil para ela agir como se ele nunca tivesse existido, e Nate havia aceitado aquilo. Conversar com Briony mais cedo o fizera pensar que finalmente poderia ter chegado a hora de ter uma conversa sincera com a mãe e, quem sabe, com Nathalie também.

Quando seguia para a casa da mãe, viu que LeeAnne tinha lhe mandado uma mensagem de texto.

Você devia convidá-la para tomar um drinque.

O quê?

Ela não conhece ninguém.

O quê?

Ela vai ficar na casa da prima por algumas semanas.

Você estava me vigiando? Nem precisa responder. É claro que estava.

Bem, fiz o inventário tem dois dias.

Por que ainda está aqui?

Não estou. Não moro no trabalho como você.

Não estou trabalhando. Estou indo visitar a minha mãe.

Olha! Que divertido.

Cala a boca.

Liga para ela. Ela é uma gracinha.

Vou desligar.

Não tem como você desligar uma mensagem de texto.

Vou guardar o celular.

Nate enfiou o celular no bolso. Talvez *devesse* mesmo convidar Briony para sair. Ele poderia mostrar alguns pontos de Los Angeles a ela. Provavelmente LeeAnne tinha razão sobre ela não conhecer...

As sombras se moveram debaixo do jacarandá no jardim da casa de sua mãe. Mas não estava ventando. Os galhos não estavam se mexendo.

Havia alguém ali.

Nate saiu em disparada e pulou a mureta no mesmo instante que alguém, que atravessou e foi na direção contrária, rumo à calçada. Nate correu de volta e viu o portão lateral do bangalô do outro lado da rua se fechando. Ele se apressou até o quintal do vizinho.

— Pega, Peanut! — gritou para o cachorro.

Cling! A portinha de metal do cachorro se abriu com um rangido. As luzes das janelas com vista para o quintal acenderam de repente. Uma das janelas foi aberta.

— Quem está aí? — gritou Martin Ridley.

— É o Nate! — exclamou Carrie Ridley.

Peanut, o cachorro salsicha rechonchudo dos Ridley, ganiu bem alto, pois, ao tentar passar pela portinhola, acabou ficando entalado.

— Meu Peanut! — choramingou Carrie.

— Vou pegar uns petiscos — avisou Martin.

Nate vasculhou o quintal. A pessoa que ele estava perseguindo, seja lá quem fosse, acabou fugindo.

— Toma. Segura isso na frente do nariz dele. — Martin se inclinou para fora da janela e sacudiu uma caixa de petiscos de cachorro para Nate. Ele achou que isso poderia acabar complicando o problema, mas fez o que Martin sugeriu e se aproximou, pegou um biscoito e segurou-o a uns trinta centímetros do nariz do cachorro. Peanut se contorceu e por fim conseguiu passar. Ele abocanhou a guloseima, engoliu-a e então fincou os dentes no tornozelo de Nate, que se abaixou para afastar o cachorro.

— Não! — gritou Carrie. — Os dentes do Peanut são afiados.

— Peanut, olha o petisco! — Martin abriu a porta e acenou com um biscoito.

Na mesma hora, Peanut soltou o tornozelo de Nate e foi rebolando em direção a Martin.

— Desculpa incomodar vocês — disse Nate, pensando em algo que pudesse dizer sem deixá-los preocupados. — Vi que o seu portão dos fundos estava aberto e resolvi trancá-lo para que o Peanut não fugisse. Mas acho que vocês me escutaram. Desculpa pela confusão.

— Não tem problema — disse Martin.

— Vejo vocês dois no boliche no Wii amanhã? — perguntou Nate.

— Não perderíamos por nada nesse mundo.

— Vamos colocar a equipe dos Scared Splitless no seu devido lugar — acrescentou Carrie na janela aberta.

Nate se despediu deles, voltou para a casa da mãe e aproveitou a caminhada para enviar uma mensagem para o chefe da segurança, informando-o do ocorrido.

Tentou abrir a porta, mas estava trancada. Bom, pelo menos isso. Nate bateu à porta, e, quando sua mãe atendeu, parecia feliz da vida.

— Você vai ficar tão orgulhoso de mim... — anunciou ela. — Meu computador travou, então liguei para o técnico e conversei com ele. Ele acessou meu computador remotamente de onde estava. Eu nem sabia que isso era possível. Então ele...

— Mãe! — interrompeu-a Nate. — Isso é golpe! — Ele conseguiu fazer com que sua irritação não transparecesse, pois já havia conversado com ela sobre cibersegurança.

— Ele não pediu dinheiro. Era da Microsoft — explicou a mãe.

— Veja bem, quando alguém acessa o seu computador, e foi isso que aconteceu, essa pessoa pode ver as informações dos seus cartões de crédito, pode...

— Não acredito! — exclamou sua mãe. — O que eu vou fazer agora? Estou perdida!

— Está tudo bem — garantiu Nate, envolvendo a mãe em um abraço. — Vou fazer uma varredura no seu computador para ver se instalaram alguma coisa e depois nós vamos ligar para o banco e explicar o que aconteceu. O seguro residencial cobre falsidade ideológica e podemos acioná-lo, se for o caso, mas acho que não vai ser necessário.

Ele descartou a ideia de conversar sobre o pai naquela noite. Sua mãe já tinha ficado bem chateada.

— Você cuida tão bem de mim e da Nathalie. Nem sei o que seria da gente sem você. — Ela se aconchegou ao filho.

— Você não precisa se preocupar com isso — disse Nate.

Mac avistou uma coisa perigosa e felpuda que se movia lentamente pelo chão. Ele mexeu o quadril de um lado para o outro, para ter certeza de que estava bem-posicionado, então — saltou!

A coisa felpuda escapou antes de sua aterrissagem. Mac soltou um pequeno rosnado quando seu adversário começou a girar ao seu redor, provocando-o.

Mac moveu o quadril novamente. Desta vez, seu salto foi certeiro. Ele segurou a coisa felpuda com o peso de seu corpo e aproveitou para cravar os dentes no objeto, recusando-se a soltá-lo mesmo quando as cócegas no focinho o fizeram espirrar três vezes seguidas.

Peggy riu. Mac ouviu alguns humanos tagarelarem o nome dela.

— Você venceu, você venceu! — Ofegante, ela se jogou em uma poltrona. — Minha boá nunca será a mesma. Mas valeu a pena. Eu já estava pensando mesmo em arrumar algo novo para o show de talentos desse ano. Você tinha que ter me visto no ano passado, com essa boá no pescoço. Cantei "These Boots Were Made for Walking" e fui aplaudida de pé pelo público.

Ela começou a fazer um barulho como se estivesse ronronando. O som era péssimo, e o tom variava demais. O que era de se esperar, afinal ela não era uma gata. Mas Mac reconheceu o esforço. Ele abandonou a coisa felpuda e morta. Melhor dizendo, ele a matou. Ele era o chefe. O bichano pulou no colo de Peggy e se acomodou para um cochilo.

Peggy fez carinho na lateral da cara de Mac, e ele começou a ronronar. Vai ser bom para ela aprender como se faz. Seria ótimo se pudesse continuar ali, no colo de Peggy, por horas, mas estava ficando tarde, e ele nunca tinha ficado tanto tempo fora de casa. Sem falar que ele tinha certeza de que o babacão tinha mijado no quintal inteiro. E Mac teria de lidar com isso. Ele também precisava ver como Briony estava. Seu cheiro estava melhor naquela tarde, mas quem saberia dizer quanto tempo iria durar. Humanos são muito imprevisíveis.

Mac aproveitou os carinhos um pouco mais, em seguida se levantou e se espreguiçou. Então saltou para o chão, foi correndo até a porta de Peggy e emitiu um único miau. Peggy se aproximou e foi logo abrindo a porta.

— Obrigada pela visita! — disse ela, enquanto Mac escapulia porta afora.

Mac conseguia entender por que Gib gostava do cheiro dela. Mac também gostava. Mas Peggy não parecia ter notado o cheiro de Gib. Tudo bem! Ele iria encontrar uma maneira de corrigir isso.

CAPÍTULO 7

— Estou com uma vontade louca de comer frango com waffles — anunciou Ruby quando Briony abriu a porta na manhã seguinte. — Mas não um frango com waffles qualquer. Tem que ser o do Roscoe's. E já que você é nova na cidade e ainda não conhece esse paraíso, vim aqui te buscar. Você já tomou o café da manhã?

Briony olhou em volta à procura de Mac. Ele tinha aparecido para tomar seu café da manhã, então ela tinha certeza de que ele ainda estava por ali. Não queria correr o risco de deixá-lo fugir de novo.

— Comi umas torradinhas.

— Torradinhas? Pfff! Então vamos? É por minha conta — convidou Ruby, abrindo um sorriso. — Se eu estiver sendo chata, é só inventar uma desculpa educada e me mandar embora.

— Acho uma ótima ideia. Vamos! — respondeu Briony, que deu mais uma olhada ao redor à procura de Mac. Então correu até a mesinha de centro, pegou a bolsa e saiu de casa depressa, fechando a porta com força.

— Não é divertido tomar conta do Mac? — provocou Ruby.

— Ele fugiu de novo! — exclamou Briony. — E voltou para casa depois, mas mesmo assim...

— O Roscoe's fica a apenas alguns quarteirões daqui. Podemos ir a pé para lá — disse Ruby. — Aonde ele foi dessa vez, você sabe?

— Para o Jardins, de novo. Fui atrás dele com uma caixa de transporte para gato e encontrei aquele danado posando para o pessoal de lá que estava em uma aula de pintura — contou Briony. Ruby riu tanto que quase engasgou. — Pois é... Mas é engraçado para você, que não está tomando conta dele — disse Briony. — Então resolvi esperar a aula terminar para vir embora com ele, mas, quando acabou, ele já tinha sumido.

— Que bom que a fila não está muito cheia! — Ruby fez um aceno com a cabeça para algumas pessoas sentadas em um banco em frente a um prédio comprido com um revestimento lateral de madeira e janelas estreitas e retangulares, altas demais para que alguém conseguisse enxergar o lado de dentro.

— Passei por aqui a caminho do FedEx e nem reparei — comentou Briony. — Tudo bem que eu tinha outras coisas em mente, como devolver o anel de noivado para o noivo que abandonei no altar. — Sua respiração ficou um pouco acelerada.

Ruby não deu muita ideia para o comentário sobre o noivo de Briony, provavelmente para evitar que ela começasse a hiperventilar.

— O ambiente não é lá dos mais maravilhosos, mas a comida é divina — disse ela quando entraram na fila.

— Você já se sentiu atraída por alguém que nem conhece? — perguntou Briony. — Estou falando de uma atração forte mesmo, não só aquela coisa de "ah, que bonitinho" e tal.

— Santa falta de lógica, Batman. — Ruby encarou Briony. — Ou será que existe alguma lógica aí? Bom, pode ser que sim. Você estava falando do condomínio Jardins. E isso fez você pensar no dono. Aquele dono gato, o que fez você fazer a pergunta. Acertei?

Briony gemeu.

— Você me conhece assim tão bem em tão pouco tempo mesmo? E eu já me sinto tão à vontade na sua companhia? Não sei por que falei isso. Saiu sem pensar. — Ela queria dizer alguma coisa que não tivesse nada a ver com Caleb e acabou saindo aquilo.

— Então eu acertei.

— É, acertou. Perguntei isso porque ontem encontrei o Nate, o dono do condomínio, e *bam!* Isso nunca tinha acontecido comigo. Não desse jeito. Eu até reparo quando um cara é bonitinho ou atraente, mas ontem foi... — Briony sacudiu a cabeça. — Mas consegui manter a linha. Tenho certeza de que ele não percebeu nada. Minha intenção era mostrar que eu não vivo fazendo escândalo. Acho que não cheguei a contar em que estado eu me encontrava quando o conheci. Eu estava muito surtada no dia que te conheci.

Ruby afagou o braço dela.

— Você não estava surtada, estava tendo um ataque de pânico, o que foi totalmente compreensível, depois de tudo o que passou.

— Bom, eu não estava tendo um ataque de pânico na primeira vez que vi o Nate, não exatamente, mas estava apavorada com a possibilidade de ter perdido o Mac. Assim que ele me ligou, fui correndo para o Jardins, nem me preocupei com a minha aparência. Foi só quando voltei para casa que vi que o rímel estava escorrendo pelo meu rosto. Isso sem falar do meu cabelo e do rasgo na minha saia que ia até a coxa. Eu também perdi um sapato.

— Igual a Cinderela.

— Ah, claro. E a Cinderela foi ao baile e gritou com o príncipe por ter deixado o gato dela escapar? — rebateu Briony. — Falando sério, Ruby, eu estava alucinada. Mas ontem consegui manter a compostura. Talvez eu tenha parecido meio estranha, mas, fora isso, eu estava calma, controlada, tranquila. E acabamos tendo uma conversa bem legal.

— Uma conversa legal, é? — repetiu Ruby. Ainda bem que ela não perguntou por que ela achava que tinha parecido estranha, pois Briony não saberia como explicar.

— Sim, foi uma conversa bem legal mesmo. Ele me contou que acabou assumindo o comando do condomínio depois que o pai teve uma crise de meia-idade, comprou um conversível vermelho e simplesmente foi embora e nunca mais voltou.

— Isso me soa mais como uma conversa profunda do que com um papo legal. — O grupo à frente delas entrou no restaurante, e Ruby e Briony avançaram na fila.

— É, acho que foi meio pessoal para nossa primeira conversa mesmo — admitiu Briony.

— E você, também contou sua vida para ele? — perguntou Ruby.

— Não falei muita coisa, não. Contei que era contadora, como o meu pai. Nada muito íntimo. — Então outra dúvida surgiu em sua mente. Uma dúvida sobre a qual não deveria nem pensar. — Será que foi mesmo o Mac que, de alguma forma, uniu minha prima e o David?

— Foi. Ele roubava coisas do David. Nada de valor. Coisas bobas como meias. Depois deixava tudo na porta da casa da Jamie. Ele também levava coisas de outros rapazes do condomínio para ela, mas ficou na cara que o David era o preferido dele — explicou Ruby. — E eles não foram o único casal que Mac juntou. Teve mais outros dois. Sem falar que ele conseguiu reaproximar duas irmãs gêmeas que estavam brigadas há anos.

— Nate tem uma irmã gêmea que não tem interesse no Jardins, mas não descobri o porquê — disse Briony, parecendo uma adolescente que não conseguia parar de falar de sua paixonite. *Você está sendo vítima dos feromônios*, lembrou-se. *Misturados com certa instabilidade emocional. Você nem conhece esse rapaz.*

— Chegou a nossa vez. — Ruby passou na frente, guiando-a pelo restaurante pouco iluminado, com mais madeira nas paredes e no assoalho. A atendente levou-as para uma mesa pequena perto de uma meia parede arredondada de madeira.

— O ambiente não é lá dos mais maravilhosos, mas a comida é divina — relembrou Ruby, sussurrando para Briony, assim que a atendente se afastou.

— Só o cheiro da comida já me deixou com água na boca — revelou Briony.

Então apareceu o garçom, um rapaz simpático e com o rosto tatuado, que se apresentou para anotar os pedidos.

— Eu sempre peço um Sunset — disse Ruby.

— Não faço ideia do que seja essa bebida, mas vou querer também — disse Briony ao garçom.

— É um ponche de frutas com limonada. Um dos motivos pelos quais peço essa bebida é que as frutas ficam boiando no copo. É tão bonito, amarelo e rosa — continuou Ruby.

— Podemos voltar a falar sobre o Mac? — pediu Briony. — É que ainda não entendi como ele conseguiu juntar todos esses casais e fazer as irmãs se reconciliarem.

— Ninguém sabe como ele faz isso. Só sabemos que ele faz. Ele bancou o cupido até para cima de mim. — Ruby afastou a franja da testa — Quero dizer, ele não foi exatamente um cupido para um romance, mas algo do tipo. Não tenho filhos, mas sempre tive vontade de ter.

— Certo — disse Briony, que não fazia ideia do rumo que aquela conversa estava tomando, pois Mac não poderia ter deixado um bebê na porta da casa de Ruby. Bom, ela esperava que não.

— No condomínio Conto de Fadas, tem uma mãe solo que tem duas filhas, uma adolescente, a Addison, e uma garotinha chamada Riley. A Addison tinha que cuidar da Riley quase sempre quando a mãe estava trabalhando. E, como qualquer adolescente, ela nem sempre ficava feliz com a situação — começou Ruby. — Não sei como o Mac descobriu isso, se é que sabia disso, mas o que aconteceu foi que ele pegou o brinquedo favorito da Riley, no qual ela vivia grudada, e o deixou na minha varanda. Resumindo, agora sou tia honorária da Riley, praticamente membro da família. — Briony notou que os olhos de Ruby começaram a brilhar. — É como se aquele gato soubesse que havia um vazio no meu coração e tivesse entendido como preenchê-lo.

— Ela deu uma risada. — Nem acredito que estou falando como um personagem de comédia romântica. Mas é assim que eu me sinto.

Briony estava tendo dificuldade em acreditar nessa história. Aquilo parecia uma espécie de lenda urbana.

— E você não acha que nada disso teria acontecido se não fosse o MacGyver? Não acha que teria se aproximado da Riley e da família dela de alguma outra forma? Você disse que elas moram perto.

Ruby deu de ombros.

— Talvez. Mas elas já moravam perto de mim desde antes da Riley nascer, e só ficamos próximas mesmo quando o Mac roubou o pônei dela e o deixou na minha varanda.

— Tudo bem, não estou dizendo que acredito na mágica do Mac, mas, se isso for real, pode ser que ele tenha feito com que eu me aproximasse do Nate por algum outro motivo. Ou talvez o Mac nem estivesse tentando me juntar com ele! Talvez estivesse pensando no Gib, um dos residentes. Mac estava na casa dele na primeira vez que eu fui ao condomínio. Na segunda vez, ele estava na aula de arte, onde o Gib também estava. Talvez o Gib e eu devêssemos nos conectar.

Eu pareço uma louca, pensou Briony. *Isso tudo é ridículo.*

— Pode ser. Bom, mas presumo que você não tenha sentido uma atração forte pelo Gib — comentou Ruby. — Principalmente depois do papo que se transformou em um desabafo profundo.

O garçom trouxe as bebidas.

— Que lindo! — exclamou Briony, tomando um gole. — E gostoso. Obrigada pela sugestão. Agora me diga qual prato eu devo escolher.

— O prato favorito do Obama está no cardápio. Três asas de frango com waffle — sugeriu o garçom.

— Sempre peço peito de frango com waffle, acompanhado de macarrão com queijo, que é o que vou pedir hoje — disse Ruby. O garçom anotou o pedido dela e se virou para Briony.

— Pode trazer dois então. Estou confiando nas sugestões dela — disse Briony. Foi só quando o garçom já estava a caminho da cozinha que ela se deu conta do que havia acabado de fazer: tinha deixado Ruby escolher por ela. Sua amiga Vi tinha razão. Ela não conseguia sequer decidir se precisava ou não de um guarda-chuva.

— O que foi? — perguntou Ruby. — Você está pálida! E olha que a sua pele já é bem clara.

— É que... É que eu estava conversando com a minha melhor amiga e madrinha de casamento dia desses, e ela me contou que, na minha festa de despedida de solteira, fiquei perguntando para todo mundo se devia ou não me casar. Acho que estava muito bêbada. Só que a Vi disse que faço isso o tempo todo, que nunca dou um passo sem pedir a opinião de alguém. — Briony começou a girar o copo, observando o líquido rosa se mesclar ao amarelo. — Quando parei para pensar nisso, pensar de verdade, percebi que ela tinha razão. E acabei de fazer exatamente isso. Nem cheguei a olhar o cardápio. Fui logo dizendo que queria a mesma coisa que você.

— Você não acha que está sendo um pouco dura consigo mesma? — Ruby colocou a mão sobre a de Briony para tranquilizá-la. — Estamos num restaurante que você não conhece. Não acha que seria normal uma pessoa que vem aqui pela primeira vez pedir a opinião de alguém que está acostumado a frequentar o lugar?

— Pedir a opinião, sim. Mas depois a pessoa pensaria se aceitaria a sugestão ou não. Eu não avaliei a sugestão, só aceitei — explicou Briony. — Essa minha amiga acha que é por isso que o Caleb era tão perfeito para mim. Porque ele é o tipo de cara que gosta de cuidar das pessoas. Ele estava sempre disposto a me dar conselhos. Mas sem ser de um jeito autoritário. Porque ele era perfeito.

— Lá vem esse papo de perfeição de novo.

— Mas já te contei que não sou a única que acha o Caleb perfeito. Todo mundo pensa isso dele.

— Tenho outra história para te contar, e você vai entender o porquê rapidinho — disse Ruby. — Quando eu estava no ensino médio, achei um vestido que era perfeito e fiquei apaixonada por ele. Ainda me lembro exatamente de como ele era, inclusive dos detalhes. Era quadriculado, preto e branco, com um cinto marcando a cintura e ele tinha uma rosa vermelha pequena na gola. Muito elegante, e não tinha nada a ver com o meu estilo. Nunca o usei, nem uma vez sequer, e olha que tinha implorado à minha mãe que o comprasse para mim. Ele era perfeito, mas, quando eu o vestia, não caía bem em mim.

— Você não experimentou o vestido na loja?

— Claro que experimentei e gostei tanto dele que me convenci de que tinha ficado ótimo. Mas não ficou. E eu não tinha nenhum sapato que combinava, nem bijuteria. Nem meu cabelo combinava com ele. Ele não favorecia o meu corpo. Em resumo, eu não era eu nele.

— Então você acha que o Caleb era o meu vestido perfeito imperfeito? — perguntou Briony.

— É uma possibilidade — respondeu Ruby. Em seguida, exclamou: — Ai, não! Eu acabei de te dar um conselho? Eu não devia te dar conselhos depois do que você me contou. Aliás, prometo que, de agora em diante, não vou te dar conselho nem mesmo sobre o que comer no café da manhã. Nunca mais.

— Não tem problema. Eu... — Briony foi interrompida pelo toque de seu celular, então checou a tela, e seu coração perdeu o compasso! — É o Nate... Oi, Nate! O Mac está aí de novo?

— Não que eu saiba. Ele desapareceu de novo? — perguntou ele.

— Não sei. Não estou em casa. Mas é sempre uma possibilidade.

— Na verdade, estou te ligando porque gostaria de saber se você quer sair para tomar um drinque hoje à noite... conhecer Los Angeles...

O coração dela parecia errar as batidas.

— Só um minutinho — ela conseguiu dizer —, tenho que, bom... fazer uma coisa aqui. — Briony colocou o celular no mudo e se virou para Ruby. — Ele me convidou para sair. O que eu faço?

Ruby sorriu.

— Nem vem.

Briony apertou os lábios. Será que deveria aceitar o convite? Ela era noiva até uma semana atrás. Mas era só um drinque. Não ia dar em nada, mesmo que ele lhe provocasse um frio na barriga. Seria rapidinho.

Ruby começou a cantarolar o tema de *Jeopardy!*, um programa de perguntas e respostas que passava na TV.

Briony tirou o celular do mundo.

— Obrigada pelo convite, Nate. Eu ia adorar.

— LeeAnne, você vai adorar saber disso — anunciou Nate ao entrar na cozinha. — Vou sair daqui a pouco para buscar a Briony para bebermos alguma coisa. — LeeAnne deu um gritinho de alegria e fez um high five com Hope. — Aonde você acha que eu posso levá-la? Parece que os bares daqui mudam a cada trinta segundos.

LeeAnne bufou.

— Ah, faça-me o favor. Aposto que você não bota os pés num bar tem pelo menos um ano.

Nate pensou um pouco. LeeAnne estava certa. A última vez que ele saiu deve ter sido há um ano e meio, quando Nathalie o arrastou para um bar no Echo Park, onde o cara que ela namorava na época estava apresentando um stand-up. Nate era patético. Mas, ocupado com os afazeres do condomínio, dando assistência à mãe e à irmã, era praticamente impossível ter tempo para... Não! Ele era mesmo patético.

— Então, que lugar você sugeriria?

— Ela está aqui a passeio, certamente vai preferir um bar que tenha a cara de Los Angeles. Mas qual seria a melhor LA para mostrar para ela? — murmurou LeeAnne, encarando o teto como se estivesse lendo uma lista de bares. — Já sei! Mama Shelter. O rooftop, não o restaurante.

— Não conheço — confessou Nate.

— Mentira? Sério? — perguntou LeeAnne em um tom zombeteiro. — O ambiente é descontraído, tem uma vista incrível e bebidas deliciosas. — Ela olhou para Hope em busca de apoio.

— Nunca vou a lugar nenhum. Minha vida se resume a estudar, trabalhar, estudar, trabalhar, dormir e então começar tudo de novo — disse Hope a LeeAnne com um sorriso. — Bom, de qualquer forma, deve estar muito fora da minha realidade.

— Dá para você parar de falar esse tipo de coisa? Nunca mais quero ouvir você fazendo esse tipo de comentário. — LeeAnne falou isso em um tom tão agressivo que Nate ficou até surpreso.

— Desculpa — murmurou Hope. — Vou ver se surgiu alguma restrição alimentar nova — disse ela e saiu correndo da cozinha.

LeeAnne suspirou.

— Eu sei, fui péssima. É que odeio o fato de ela não se achar tão boa quanto os outros. A Hope age como se estivesse com um cartaz de papelão pendurado no pescoço dizendo "vendo o almoço para comprar o jantar". E ela realmente acredita que tudo está fora do seu alcance por causa disso. Ela é maravilhosa! Tenho vontade de torcer o pescoço dela.

— É bom que ela tenha você por perto para dizer essas coisas. Só acho que, da próxima vez, você pode ser um pouco mais delicada — disse Nate. — E nada de estrangular a menina. Um assassinato nas dependências do condomínio só ia arruinar nossa reputação.

Ela balançou a cabeça.

— Vai logo. Ah, e não volte até o pôr do sol. Não há nada mais romântico do que isso num encontro.

— Mas não vai ser um encontro romântico. É só uma saída de amigos — protestou Nate. — Ela não conhece ninguém por aqui, acabou de chegar na cidade. Foi por isso que você me aconselhou a ligar para ela, lembra?

— De qualquer forma, não vá embora antes do pôr do sol. É a melhor atração turística daqui. — LeeAnne segurou Nate pelos ombros e o virou de frente para a porta. — Agora suma daqui.

* * *

Nate soube que LeeAnne tinha acertado na sugestão assim que ele e Briony chegaram ao terraço. Ela olhou ao redor, apreciando a vista, maravilhada.

— Que lugar lindo!

— Dá para ver até o mar lá embaixo. — Nate apontou para o mar.

— Parece que estamos na praia, vendo todas essas cores vivas e as espreguiçadeiras — comentou Briony.

— Você prefere pegar uma mesa ou ficar nas espreguiçadeiras? — perguntou ele.

— Hmm... — Os olhos de Briony foram das mesinhas com cadeiras para as espreguiçadeiras extralargas. Nate se perguntou se Briony achava que as espreguiçadeiras poderiam sugerir algo íntimo demais. Bom, poderiam não necessariamente ser. Elas eram grandes o suficiente para duas pessoas. Embora eles fossem ficar mais perto um do outro assim. — O que você ... — ela começou a dizer, mas balançou a cabeça na mesma hora. — Espreguiçadeira. Sem dúvida, espreguiçadeira.

Nate procurou um lugar onde eles teriam uma visão privilegiada do pôr do sol, se ficassem ali até o fim da tarde. Briony logo se acomodou na espreguiçadeira, com o corpo esticado e as pernas cruzadas.

— Ahhh... — soltou ele, pois já estava se sentando quando sentiu o celular vibrar. Nate havia colocado o celular no mudo, mas não tivera coragem de desligá-lo. Não com um intruso rondando a casa de sua mãe e um suspeito, provavelmente a mesma pessoa, tentando sabotar o condomínio. — Precisamos pegar bebidas. Vou até o bar. — Assim teria a oportunidade de checar as mensagens. — O que você quer beber?

Ela hesitou por um instante, considerando as possibilidades.

— Quero uma bebida bem... praiana.

— Daquelas que vêm com um guarda-chuvinha? — perguntou ele.

— Exatamente — respondeu Briony com um sorriso.

Quando os dois se conheceram, Nate só viu uma mulher maluca. Bom, uma mulher maluca com pernas lindas, a julgar pelo que ele pôde ver através do rasgo do vestido. Na segunda vez que se encontraram, ele ficou impressionado: dessa vez, era uma mulher completamente diferente. O cabelo castanho-avermelhado puxado para trás, bem elegante, e o rosto sem borrões de maquiagem. Dessa vez, ele percebeu quanto ela era bonita, com seus olhos azuis profundos e a pele macia salpicada de sardas. De repente, sentiu uma vontade louca de brincar de ligar os pontos com as sardas que ficavam perto do pescoço dela. Formariam uma estrela perfeita.

Ele percebeu que estava encarando-a, e que aquilo poderia dar a impressão de que estava olhando para os seios dela, e não para as sardas em sua pele. Mas ele dera *mesmo* uma espiadinha, e os seios dela de fato eram lindos. Mas não estava agindo com malícia, porque, afinal, não tinha mais quinze anos.

O celular dele vibrou de novo.

— Já volto — disse Nate e seguiu para o bar. Ele deu uma lida rápida nas mensagens. Ambas tratavam de assuntos de trabalho, que poderiam ser resolvidos por Amelia, então encaminhou as duas para ela.

Instantes depois, já estava ao lado de Briony, entregando-lhe o drinque.

— Foi o mais praiano que achei. Não tem guarda-chuva, mas tem aquelas balinhas que parecem boia salva-vidas, limão siciliano e xarope de cereja.

Ela tomou um gole.

— Bom. E o que você pediu? — perguntou Briony, enquanto ele se esticava ao lado dela.

— Um drinque com tequila, pimenta jalapeño e limão. Gosto de um toque especial. — Ele tomou um gole. — É bom. Quer provar?

— Claro. Se você experimentar o meu.

Eles trocaram de copos. Nate se deu conta de que seus olhos foram em direção aos lábios de Briony quando ela levou o copo à boca. Ele desviou o olhar, pois não queria parecer atrevido, e provou o drinque dela.

— Melhor do que eu imaginava — elogiou ele.

— O seu é maravilhoso. — Ela tomou outro gole.

— Quer trocar?

— Vamos dividir os dois. — Briony tomou mais um gole, então eles trocaram os copos de novo. — Posso te contar uma coisa? — perguntou ela.

— Claro. — Ele estava intrigado.

— Faz mais ou menos um ano que percebi que essas balinhas parecem boias. Tirei uma da embalagem e fiquei olhando para ela, impressionada. Não conseguia acreditar que nunca tinha reparado que elas eram iguaizinhas...

— A boia salva-vidas — disseram os dois ao mesmo tempo.

— É... aconteceu uma coisa parecida comigo quando eu estava olhando uma foto da Capela Sistina e percebi que a pintura ao redor de Deus, quando ele estende o dedo para Adão, meio que parece um cérebro.

— Ah, isso não é justo! — exclamou Briony. — Eu conto que nunca reparei em algo ridiculamente óbvio a respeito de uma bala e você rebate com um comentário nada óbvio sobre uma obra-prima.

Nate caiu na gargalhada.

— É que eu sou muito mais inteligente que você.

Ela o pegou de surpresa com um soco de leve no braço.

Ele se sentia bem à vontade com Briony, ou não teria brincado com ela. Esse tipo de brincadeira não era algo muito comum para um primeiro encontro, ele sempre pensava bem no que ia dizer. Só que aquilo não era um encontro. Talvez essa fosse a diferença. Ele nunca tinha saído com uma amiga antes. Na época do colégio, em grupo, sim.

— Acho que já estamos meio chapados — comentou Briony.

— Pensando bem, acho que eu devia estar meio chapado quando tive aquele insight sobre a Capela Sistina — disse Nate.

— Você é um bobo. E me enganou. Pensei que você fosse um cara extremamente responsável e racional, mas você é um bobo.

Bobo. Ninguém nunca havia chamado Nate de bobo. Talvez seja o efeito de uma noite de folga.

— Para sua informação, meu comentário foi só uma brincadeira. Embora quando eu tinha quinze, dezesseis anos, a história fosse outra. Naquela época, eu andava com a minha camiseta dos *Electric Wizard* e agia como um fodão, algo que eu não era nem de longe.

— Humm. — Ela mordeu o lábio inferior. — Podemos continuar compartilhando nossas bebidas se eu confessar que não faço ideia do que seja *Electric Wizard*?

— Nossa! É só a melhor banda de doom metal de todos os tempos. A música deles parecia estar tocando de trás para a frente, mesmo tocando normal.

Ele balançou a cabeça ao se lembrar da época da juventude. Aquele garoto jamais imaginaria que um dia assumiria a responsabilidade pelo condomínio Jardins nem que cuidaria de sua família praticamente logo depois do ensino médio.

— Isso foi depois do Parka?

— Isso!

— E eu achando que você era um menino bonzinho, que ficava vendo TV com o seu avô e com os moradores do Jardins — provocou-o Briony.

— Eu fazia isso também. Só trocava de camiseta primeiro. Bom, mas eu não estava chapado o tempo todo. E, por falar nisso, você já assistiu àquela série *Home Improvement* loucona? É genial.

— Nunca fumei maconha. — Ela parecia envergonhada. — Fui uma adolescente muito boba. Eu nem matava aula. Se tinha uma regra, para mim era para ser cumprida. Mas eu assistia a *Home Improvement* — acrescentou depressa, e pareceu ainda mais envergonhada.

— Mas você conseguia se divertir de alguma maneira?

— Se eu me divertia? — repetiu ela, claramente incapaz de dar uma resposta de imediato. — Acho que sim. Às vezes. — Um sorrisinho surgiu nos cantos de seus lábios. — Eu tirava notas boas. Isso conta?

Em vez de responder, ele deu seu drinque para ela.

— Pode beber tudo. Você merece.

Briony esvaziou o copo.

— Sei que já falei isso, mas esse lugar é espetacular. Você vem muito aqui?

— Na verdade, é a primeira vez que venho aqui. Tive que pedir umas dicas antes de te trazer aqui — confessou ele.

— Sério? — Ela parecia surpresa. — Estou tentando parar de fazer isso.

— Fazer isso o quê?

— De pedir conselhos. Já ouvi que faço isso o tempo todo.

— Já ouvi que não saio tanto quanto deveria. O que deve ser verdade, já que precisei de ajuda para decidir aonde viríamos. É difícil achar um tempinho para me divertir com tanto trabalho no complexo.

— Você precisou amadurecer muito cedo — comentou ela. — Mas agora estamos na praia, não vamos ficar pensando em trabalho. Não vamos pensar em nada. — Ela fechou os olhos e virou o rosto para o sol. Nate a observou por um instante e fez o mesmo que ela. Rapidamente, sentiu os músculos começarem a relaxar. Músculos que ele nem sequer notara que estavam tensos. Músculos que ele nem sequer sabia que *tinha*.

Alguns minutos depois, ele sentiu algo na espreguiçadeira, então abriu os olhos e viu Briony sentada, encarando-o.

— A menos que queira falar sobre trabalho. Porque aquilo...

Nate ergueu uma das mãos para interrompê-la, pedindo silêncio.

— Não na praia.

Ela se recostou, tomou mais alguns goles de seu drinque e ofereceu seu copo a ele, que deu uma golada e já ia devolver a bebida quando sentiu seu celular vibrando.

Droga. Ele precisava atender, então virou o que havia restado do drinque.

— Precisamos de mais uma rodada. Quer outro drinque ou prefere o mesmo?

Briony abriu a boca, depois a fechou e esfregou os dedos sobre os lábios.

— Quero um diferente, assim experimentamos mais coisas. O Cal... Bom, o povo aqui costuma dizer que não se deve misturar bebida, mas quer saber de uma coisa? Que se dane! — Ela ergueu os braços sobre a cabeça.

— Isso é mito. É a quantidade de álcool e a velocidade que você bebe que fazem a diferença. Então a mistura não importa tanto.

— Agora você voltou a ser lógico e calculista. O respeitável proprietário de uma casa de repouso. Gosto mais do Nate bobo — brincou Briony.

— Vejo isso quando voltar. — Nate deu uma olhada rápida no celular enquanto seguia para o bar. Era Amelia, perguntando algo que não tinha a menor pressa. Ele respondeu dizendo que ela podia fazer o que achasse melhor. Em seguida, lhe mandou mais uma mensagem dizendo que ela estaria no comando até que ele voltasse.

Quando chegou ao bar, não se conteve e enviou uma terceira: "A não ser que seja uma emergência. Aí você pode ligar, claro."

Nate pediu a segunda rodada de drinques ao barman que usava uma camiseta que dizia "Mama loves you". Ler aquilo fez com que ele enviasse uma quarta mensagem: "Se os seguranças virem alguma coisa fora do comum na casa da minha mãe, pode me ligar. Qualquer coisa fora do comum." Não resta a menor dúvida de que sua mãe ligaria para ele se visse alguém rondando a casa outra vez, mas o pessoal da segurança poderia detectar algo que ela não estava percebendo.

— Trouxe mais bebida: os drinques se chamam *How I Met You Mother e Jogue a mamãe do trem*. Qual você quer primeiro? — perguntou Nate ao voltar.

— Jogue a mamãe...

Ele lhe entregou a bebida.

— Também trouxe duas garrafas de água. A gente tem que se hidratar enquanto bebe — disse ele. — Vou fazer o possível para que esse seja meu último ato responsável da noite.

— Que bom.

Nate se sentou na espreguiçadeira ao lado de Briony, e os dois começaram a trocar as bebidas de novo, jogando conversa fora. A conversa foi diminuindo aos poucos conforme o sol se punha atrás do letreiro de Hollywood, e as nuvens assumiam uma tonalidade cor-de-rosa e depois laranja, à medida que o céu ia escurecendo.

— Achava que não tinha como a vista ficar mais bonita — disse Briony. — Vou me lembrar desse momento para sempre.

Nate sabia que teria muitas lembranças inesquecíveis daquela noite, e não queria que ela acabasse. Bom, pelo menos não agora. Ele havia planejado trabalhar mais um pouco quando voltasse ao condomínio, tinha muita coisa para fazer. Mas ele sempre tinha muita coisa para resolver. Elas estariam lá amanhã também.

— Que tal a gente descer e comer alguma coisa?

— Será que é uma boa ideia? Não sei... será? — perguntou Briony com uma risada.

— Você ficou bêbada com dois drinques?

— É provável que sim. Mas eu adoraria descer e comer alguma coisa com você.

Parecia que um milagre estava acontecendo, porque eles não tiveram de esperar um segundo por uma mesa. No entanto, não haveria problema nenhum se eles tivessem de esperar, pois o teto, no qual havia vários desenhos a giz feito por mães, os manteria entretidos.

Briony leu uma frase escrita no teto: "Uma vez minha mãe me disse: 'seja uma manga, não um coco.'" Ela se virou para Nate.

— Não sei o que significa, mas adorei. E não venha me dizer que sabe o que isso significa, espertinho, porque não saber faz parte da diversão. Vou tentar ser uma manga a partir de agora.

— Não faço ideia do que isso quer dizer, talvez algo relacionado a não ter casca dura — sugeriu Nate.

— Uma casca dura e peluda — acrescentou Briony.

— Exatamente. Talvez seja algo sobre não ter uma casca dura e peluda. Sobre você ser mais... acessível. Essa não é a palavra que eu queria.

— Vulnerável? Aberta? Mente aberta? — Briony franziu a testa.

— Fraca. Indefesa. Exposta.

— Ei, ei, ei — protestou Nate. — Agora ficou meio pesado. Ainda estamos na praia, o clima ainda está de boa.

— Nossa, é verdade. Desculpa — disse Briony. — Meus pais me criaram para ser uma pessoa cautelosa. Minha prima Jamie brincou comigo esses dias dizendo que eles provavelmente só me deixaram atravessar a rua sozinha quando entrei na faculdade, o que não deixa de ser verdade. Isso fez com que eu me sentisse... — Ela balançou a cabeça. — Não era para eu estar falando disso aqui.

— Não, eu quero saber — disse Nate.

— De jeito nenhum. Isso faz com que eu me sinta mal. Como se eles me considerassem incapaz. — Briony piscou algumas vezes. — Eu nunca tinha visto isso dessa forma, mas essa é a verdade. Sei que eles só queriam o melhor para mim, mas acabaram sendo superprotetores, e aí parecia que eles achavam que eu não era capaz de me virar sozinha. — Ela pegou o cardápio. — A sessão de terapia acabou.

— Não precisa parar de falar disso, se você não quiser.

— Olha, tem uma entrada de torrada com abacate! — disse ela, animada. Estava na cara que ela queria mudar de assunto, e Nate não iria insistir. — Ouvi dizer que todo mundo na Califórnia come torrada com abacate, mas ainda não provei. Precisamos pedir alguma coisa para comer. Ah, uma coisa: vamos dividir a conta. Você não pode ficar no prejuízo só porque decidiu ser gentil com uma forasteira.

Que balde de água fria. Um lembrete de que eles não estavam em um encontro amoroso, por mais que estivesse começando a parecer que sim.

Briony estendeu a mão e colocou-a sobre a dele.

— Eu disse alguma coisa errada? Me dei conta de que estava falando de comida e talvez pudesse estar sendo indelicada por mudar de assunto assim, do nada.

— Sem problemas. Você não foi indelicada — disse Nate. — Pode pedir todas as torradas com abacate que quiser, e espero que me deixe pagar a conta.

— Obrigada — disse Briony, recolhendo a mão devagar, mas Nate ainda podia sentir seu calor.

O celular dele vibrou mais uma vez. Não dava para ir até o bar para verificar o que era.

— Preciso atender essa ligação rapidinho — disse ele. — Estamos tendo alguns contratempos no Jardins. Pedi que não me ligassem a menos que fosse uma emergência.

— Claro. Pode ficar à vontade — disse Briony.

Nate só faltou rosnar quando viu que a mensagem era de sua irmã: *Preciso de você agora.*

— Está tudo bem? — perguntou Briony.

— É a minha irmã. Vou só ver o que está acontecendo. Já volto. Pode ir pedindo a torrada se o garçom aparecer, não precisa me esperar.

Nate ligou para a irmã usando a discagem direta.

— O que aconteceu? — perguntou ele.

— Preciso urgente de uma babá! — choramingou ela. — Preciso de você aqui agora.

Nate se controlou para não desligar.

— Eu saí para jantar com uma pessoa.

— Manda embrulhar para viagem. E pode trazer o Mike ou quem quer que seja — disse Nathalie. Mike era um de seus colegas da escola com quem Nate saía de vez em quando.

— Não, eu não vou — respondeu ele.

— O Abel vem me buscar em quinze minutos. Ele acabou de me mandar uma mensagem. — Nate não fazia ideia de quem era Abel. — Bom, acho que as crianças já estão bem grandinhas para ficarem sozinhas por algumas horas.

— Você ficou doida? Não, elas não podem ficar sozinhas. — A sobrinha tinha dez anos, e o sobrinho, sete. — Você não pode esperar que a Lyla... — Então Nate percebeu que a irmã já tinha desligado. Ele retornou a ligação na mesma hora, mas ela não atendeu. Em seguida, mandou uma mensagem. Ela não respondeu. Droga! Será que a irmã realmente deixaria as crianças sozinhas? Ele achava que não. Mas se ela estivesse com os ânimos exaltados, tudo seria possível.

Ele voltou para o restaurante, disparando em direção a Briony.

— Estou com um problema. É possível que minha irmã tenha decidido deixar os filhos sozinhos em casa porque falei para ela que não podia ficar com eles hoje. Também é possível que ela esteja tentando me convencer de que vai fazer isso só para que eu vá até lá. Mas não...

— Não dá para arriscar — disseram os dois ao mesmo tempo. Briony se levantou. — Eu vou com você.

Nate pensou em recusar a oferta. Não queria encher a cabeça de Briony com seus problemas, sem contar que ele sabia que podia lidar com a situação sozinho. Mas ela havia se oferecido...

— Obrigado — agradeceu ele. — Isso seria ótimo.

CAPÍTULO 8

Enquanto Briony e Nate seguiam pela calçada em direção à casa da irmã, a porta se abriu. Um menino saiu correndo lá de dentro e atingiu a barriga de Nate com a cabeça. Briony presumiu que aquela era uma saudação típica entre eles, pois Nate apenas riu, agarrou o menino por baixo dos braços e o rodopiou no ar.

— Onde está a sua mãe? — perguntou ele, quando finalmente colocou o menino no chão.

— No banheiro — respondeu o garotinho.

— Que bom — disse Nate. Briony percebeu que ele estava tentando disfarçar sua irritação e achou que estava se saindo muito bem. — Tá bom, Lyle, Lyle, Crocodilo — cantarolou Nate. — Essa aqui é minha amiga Briony. Briony, esse é Lyle, meu sobrinho.

— Olá, Lyle. — Briony se sentiu um pouco inibida. Ela não estava acostumada com crianças e não sabia muito bem como agir na frente delas. *Só não force um sotaque britânico*, disse a si mesma. *Você certamente não é a Mary Poppins.*

— Quando você é apresentado a alguém, diz "oi" ou "olá" e troca um aperto de mão — disse Nate a Lyle.

Lyle imediatamente fitou Briony, estendeu a mão e disse "oi". Então os dois trocaram um aperto de mão.

— Muito bem — disse Nate para o sobrinho, então se virou para Briony: — Ele costumava achar que apertos de mão eram testes de força.

— Nem muito forte nem parecendo um peixe morto. É assim que se faz — disse Lyle. Era óbvio que Nate estava ensinando boas maneiras ao sobrinho. Briony achou isso muito fofo. — Agora podemos brincar de cabaninha?

— Claro. Mas primeiro preciso falar com a sua mãe. Por que você não mostra para a Briony o...

Nate foi interrompido pela buzina de um carro. A porta da frente da casa abriu, depois fechou logo em seguida, e uma mulher com maquiagem carregada, delineado gatinho e o cabelo longo em ondas bagunçadas e estilosas saiu porta afora na direção do carro. Briony não imaginava que alguém poderia correr tão rápido assim de sandália de tiras. Ela com certeza seria incapaz de uma proeza dessas.

— Nathalie, para! — exigiu Nate. A irmã nem se deu ao trabalho de dar tchauzinho. Ela se jogou no banco do carona do conversível à sua espera, que sumiu de vista segundos depois.

— Vamos brincar de cabaninha? — perguntou Lyle, a voz toda animada.

— Você e a sua irmã já comeram? — questionou Nate.

— Comemos pizza — respondeu Lyle enquanto seguiam até a casa. — A Lyla tirou o pepperoni todo do pedaço dela. Ontem à noite, ela decidiu que só comeria coisas cruas a partir de agora. Então eu fiquei com o dobro de pepperoni.

— Lyla, vem aqui rapidinho. Quero te apresentar uma pessoa! — chamou Nate, recolhendo guardanapos usados e pratos descartáveis sujos da mesa de centro. Briony pegou a caixa de pizza vazia.

— Você não precisa...

— Para com isso — retrucou Briony. — Já que estou aqui, vou ajudar. — Ela não se lembrava de já ter falado assim com Caleb. Parecia que ele nunca precisava de ajuda, apesar de a ajudar muito.

Uma garota de short jeans, camiseta branca e coturno preto entrou na sala. Os cabelos eram compridos iguais aos da mãe, e ela usava boné preto com orelhinhas de gato.

— Quero esse boné! Sei que sou velha demais para usar isso, mas eu quero um. Não o seu, é claro — acrescentou depressa —, mas um parecido.

A garota arqueou as sobrancelhas ao ver Briony.

— Obrigada — respondeu ela.

— Lyla, essa é a minha amiga Briony — apresentou Nate.

— Oi. Pode deixar que eu cuido disso — disse a garota, ao pegar a caixa de pizza da mão de Briony e sair da sala, com Nate logo atrás dela levando o restante do lixo.

— Vou pegar os travesseiros e o resto das coisas — anunciou Lyle, antes de sair da sala.

Briony viu uma camiseta no chão e pensou: será que devo pegá-la e dobrá-la, ou isso poderia ser interpretado como um insulto? Fazia menos de meia hora que havia saído daquela construção mágica à beira-mar, e ela já começava a se sentir insegura de novo. Por algum motivo, mais cedo, quando estava com Nate, suas inseguranças foram desaparecendo aos poucos. Talvez tivesse sido por causa do álcool, apesar de não ter bebido muito.

Nate e Lyla voltaram para a sala no mesmo instante que Lyle retornou correndo, carregando uma pilha de travesseiros. Uma pilha de travesseiros tão alta que ultrapassava a cabeça do menino. Nate teve de segurá-lo para evitar que batesse na quina do sofá.

— Pelo visto, vai ser a noite da cabaninha — disse Lyla em um tom entediado, porém Briony pensou ter visto um lampejo de entusiasmo nos olhos da garota. — Vou pegar os cobertores.

— O que eu faço? — perguntou Briony.

— Me ajuda a arrastar o sofá — respondeu Nate. — Depois de muitas tentativas e erros, descobrimos que a cabaninha de cobertores fica melhor quando o sofá está naquele canto ali. — Cada um segurou uma ponta do sofá e, juntos, o arrastaram do lugar, enquanto Lyle ia jogando as almofadas no chão.

— Nunca fiz uma cabaninha de cobertores — confessou Briony quando Lyla se juntou a eles, trazendo uma montanha de edredons, mantas e lençóis.

— Então você perdeu alguns dos maiores prazeres da vida. — Nate sorriu para ela, um sorriso lento e sexy.

Não, nada sexy. Aquela não era uma noite sexy. Eles estavam apenas curtindo a noite com os sobrinhos dele, estavam se divertindo. Pura e boa diversão. Tinha sido um sorriso caloroso, ela decidiu. Um sorriso bonito e caloroso.

— O que a gente faz agora? — perguntou ela.

— Você nunca fez uma cabaninha de cobertores? Sério? — Lyle parecia horrorizado.

— Nunca — respondeu Briony. — E aí, você vai me ensinar?

— Tudo bem. Primeiro, precisamos de fita crepe. — Ele saiu correndo da sala outra vez. Lyla começou a arrastar uma poltrona até o sofá, e Briony correu para ajudá-la.

Nate e os sobrinhos eram experientes montadores de cabaninhas. Com rapidez e eficiência, Nate prendeu um lençol na parede com uma fita, e depois Lyla ajeitou o lençol na parte de trás do sofá.

— Agora vamos usar os livros para fazer peso — explicou Lyle a Briony. Ela seguiu as instruções e colocou alguns livros pesados em cima do lençol para mantê-lo preso.

Lyla prendeu outro lençol, cobrindo a cadeira, e Nate o amarrou ao lençol que ia da parede até o sofá. Briony pegou mais um livro para fazer peso na outra extremidade do lençol presa à cadeira. Ela estava pegando o jeito.

— Podemos usar a mesa da cozinha também? — perguntou Lyle a Nate. — Hoje temos mais uma pessoa. Precisamos montar uma cabaninha grande.

— Briony e eu vamos pegar a mesa. Vocês dois podem trazer as cadeiras — disse Nate, e Lyle deu um gritinho de felicidade.

Assim que a mesa e as cadeiras estavam em seus devidos lugares e cobertas com lençóis, todos começaram a levar os travesseiros e as almofadas para dentro da cabaninha. Lyle correu para o seu quarto e voltou com um monte de bichos de pelúcia.

— Quer um para segurar enquanto vemos o filme? — perguntou ele.

O coração de Briony se encheu de ternura.

— Isso seria maravilhoso. Qual você acha que eu devo escolher? — Ela não se sentiu mal por pedir conselho, pois o menino levou a decisão a sério, avaliando cada bichinho.

— O panda. — Ele entregou o brinquedo grande e fofo para ela. — Ele é o mais legal.

— Perfeito. — Briony abraçou o panda.

— Vocês dois peguem o laptop e escolham o filme — disse Nate para as crianças. — Briony e eu vamos fazer pipoca.

— Eles são ótimos — disse ela ao chegarem à cozinha. — E você é ótimo com eles.

— Obrigado. — Nate pegou um pacote de pipoca o colocou no micro-ondas. — Eu me divirto com eles. Mas detesto quando a Nathalie me manipula do jeito que fez hoje. Eu tinha noventa e nove por cento de certeza de que ela não ia deixar os dois sozinhos.

— Mas aquele um por cento...

— Pois é. A Lyla consegue lidar bem com imprevistos. Ela só tem dez anos, mas é muito responsável.

— Lyle e Lyla. A tradição familiar continua — comentou Briony.

Nate sorriu.

— Inclusive, Lyla é escrito com y. Mas eles parecem não se importar com isso tanto quanto eu, talvez por não serem gêmeos. — Nate tirou o saco de pipoca do micro-ondas e pôs outro para estourar. — Precisamos de comida de verdade. — Ele abriu a geladeira e começou a tirar coisas de lá: homus, azeitonas, bolinhas de queijo muçarela, tomate-cereja. — Minha irmã sabe o que comprar. Você pode pegar os pratos?

Briony acertou o armário na segunda tentativa e pegou quatro pratos pequenos. Depois, ela e Nate voltaram para a sala.

— Você primeiro — disse ela para Nate, gesticulando em direção à tenda. A saia com estampa azul e branco, comprada para a lua de mel em Paris, não havia sido feita para engatinhar. Não era justa, mas era *bem* curta. Ainda assim, ela conseguiu entrar na cabaninha mantendo sua dignidade intacta e se sentou em um grande travesseiro. — Aaaah, que lindo! Amei as luzinhas.

Lyla sorriu para ela.

— Cabaninhas não deveriam ser bonitas — disse Lyle.

— Eu já coloquei as luzinhas. Você escolhe o filme — falou Lyla com o irmão.

— Que filme vamos ver? — perguntou Nate, distribuindo a pipoca e começando a servir os pratos.

— *LEGO Batman: o filme* — respondeu Lyle ao dar play no filme.

Os pais de Briony provavelmente teriam medo de que ela sufocasse debaixo dos lençóis se a filha tentasse fazer isso quando criança. Ou que um dos móveis a esmagasse se caísse em cima dela.

Ela colocou uma azeitona na boca e olhou para Nate. A luz do laptop lançava um brilho fraco em seu rosto. Ele já estava dando gargalhadas com as cenas do filme, e sua risada fez Briony rir também. Ela nunca havia feito nada parecido com Caleb. Eles haviam saído com a sobrinha dele várias vezes, mas faziam coisas como colher maçãs ou assistir a um espetáculo de balé. Atividades enriquecedoras.

* * *

Catioro estava deitado em seu travesseiro, roncando e babando. Mac nunca poderia passar na frente do cachorro quando ele estivesse dormindo. Era tanta diversão que não dava para resistir...

Mac observou o cachorro por um momento, avaliando suas opções. Hora de partir para o ataque! Ele deu um salto, aterrissou na cabeça de Catioro e envolveu o pescoço dele com as patas dianteiras.

O cabeça-oca se levantou depressa. Mac se manteve agarrado a ele, mas deixou o corpo deslizar ao redor do pescoço do cão para que ficasse pendurado sob as mandíbulas de Catioro. Ele puxou as pernas para trás, então chutou o peito de babacão. Pá! Pá! Pá! O temido golpe invertido de pata dupla.

E agora? Talvez ele pudesse fazer Catioro prender a cabeça debaixo do sofá de novo. O idiota não tinha noção do próprio tamanho. Ele tinha bigodes, mas não parecia saber como usá-los. Novidade!

Mac pousou no chão e saiu em disparada. Ele podia ouvir Catioro se arrastando atrás dele. Então escutou a porta da frente se abrir. Mac parou tão de repente que o babacão passou direto por ele e acabou batendo o focinho na parede. Um bônus! O cachorro deu meia-volta e se deitou em seu travesseiro.

Mac desceu as escadas trotando. Briony e Nate estavam parados perto da porta, exalando felicidade, o cheiro deles era parecido com o de Jamie e David quando estavam juntos.

O aroma do ar noturno ficou mais forte. Nate abriu a porta novamente. Ele estava indo embora! Mac tentou escapulir para a rua, mas sua presença ali era necessária. Poderia buscar novas aventuras mais tarde. Não era como se ele precisasse de uma porta para sair.

Mac atravessou a sala correndo até o hall de entrada e se jogou contra uma mesinha alta, que foi ao chão com um estrondo! O vaso que estava em cima dela ficou em pedacinhos. Agora a porta da frente estava bloqueada.

Mac subiu as escadas correndo.

Missão cumprida.

Nate olhou para a mesinha com a base de madeira caída na entrada da casa, rodeado por cacos de vidro.

— Isso acabou de acontecer mesmo? — Nate olhou para trás. Mac não estava em nenhum lugar por ali.

— Acho que isso é o que se chama de catapulta. Vou pegar uma vassoura — disse Briony. Ela deu um passo e soltou um grito de dor.

— Você se cortou?

Ela assentiu.

— Dei um passo para trás, e meu pé acabou saindo do sapato. Do meu sapato lindo e idiota.

— Você sabe se tem um kit de primeiros socorros em algum lugar?

— Vi um debaixo da pia no banheiro, no corredor do andar de cima.

— Já volto. — Nate começou a subir as escadas, mas logo se virou, pegou Briony no colo e levou-a para a sala de estar, onde a acomodou no sofá.

— Agora, sim, já volto. — Então subiu os degraus de dois em dois, pegou o kit e voltou.

— Está tudo bem — disse ela, avaliando o pé descalço. — Foi só um caquinho de vidro. É muito pequeno para puxá-lo.

— Por isso que todo kit de primeiros socorros tem pinças. — Nate se sentou na mesa de centro e segurou o pé de Briony com uma das mãos. — Estou vendo o caquinho. — Com todo cuidado, ele tentou pinçar o caquinho. Chegou a ouvir o tilintar no vidro, mas a pinça escorregou antes que ele conseguisse puxá-lo. Tentou de novo e aconteceu a mesma coisa.

— Vou tentar mais uma vez. — Briony puxou o pé, e Nate o segurou com um pouco mais de firmeza, reparando no esmalte azul cintilante em suas unhas. Ele tentou retirar o pedacinho do vidro mais uma vez, mas não conseguiu. — Acho que você precisa deixar o pé de molho na água morna, aí depois eu tento de novo.

Ele apoiou o pé dela na mesinha de centro e se levantou.

— Vou procurar uma bacia.

— Não! Não precisa fazer isso. Eu consigo me virar. — Briony cambaleou enquanto tentava se levantar.

Nate a ajudou a ficar de pé.

— O caco vai entrar mais ainda no seu pé se você ficar andando — avisou Nate. — Espera aqui um instante.

Nate foi até a cozinha e vasculhou o espaço até que encontrou um balde debaixo da pia. Ele o lavou, o encheu de água morna e acrescentou um pouco de vinagre branco, um remédio caseiro que Peggy havia lhe ensinado.

— Prontinho — disse ele ao voltar.

Com bastante cuidado, Briony mergulhou o pé na água.

— Você passou horas me ajudando a tomar conta dos meus sobrinhos. Como eu poderia não ajudar você agora?

— Você ajudou. Está ajudando.

— Se eu machucasse o pé, ia pedir que você pegasse o controle remoto, me trouxesse lanchinhos, travesseiros, bebidas...

Briony riu.

— É que não gosto de me sentir incapaz. — Ao contrário da mãe e da irmã de Nate, que pareciam gostar disso.

— Bem, tente segurar as pontas até que eu consiga retirar o caco de vidro — disse Nate.

— Posso fazer isso mais tarde — protestou ela.

Ele a ignorou.

— Brincar de cabaninha com você e com as crianças foi a coisa mais divertida que fiz em meses. Em anos — disse ela enquanto Nate fazia uma nova tentativa de tirar o caco de vidro de seu pé.

— Eu também me diverti muito. — Mas a verdade era que, enquanto estava sentado perto dela, na casa da irmã, sentindo o cheiro de seu perfume, tudo que ele queria fazer era tocá-la. Nate não conseguia pensar em outra coisa enquanto fingia assistir ao filme.

Quando Nate se sentou ao lado dela, aqueles pensamentos voltaram na hora. Eles não estavam em um encontro amoroso, lembrou a si mesmo. Ele estava apenas sendo cordial com alguém de fora da cidade. Cordial? De repente, Nate se lembrou do personagem Sr. Rogers, do filme *Um lindo dia na vizinhança*, usando um suéter. Não, não exatamente cordial, mas amigável, talvez.

— Vocês aceitam voluntários no Jardins? — perguntou Briony. — Acho que seria bom para mim fazer trabalho voluntário, contribuir com o mundo, de alguma forma. Sei que fico aqui por mais algumas semanas só, mas, se tiver alguma coisa com a qual eu possa ajudar...

— Com certeza. Amanhã é a Noite da Família. Os familiares dos residentes são sempre bem-vindos para fazer refeições no complexo, mas, uma vez por mês, fazemos um evento especial. Se você puder fazer companhia para aqueles que não vão contar com a presença dos familiares, será ótimo. — Ele esticou uma das mãos e, com as pontas dos dedos, afastou uma mecha de cabelo do rosto de Briony. Ele não devia ter feito isso. Amigável. Ele deveria ser amigável. No entanto, ela não pareceu se importar... — Você me ajudando de novo. Você com certeza não é uma pessoa incapaz.

Os olhos azuis escuros de Briony estavam sérios quando ela o encarou. Nate não conseguiu ler sua expressão. No que será que ela estava pensando? Ele se inclinou um pouco mais para perto. *Amigável*, lembrou a si mesmo.

— Sei que o Gib não receberá a família amanhã. A maioria dos parentes dele mora perto da Baía de São Francisco, e é muito longe para que eles venham de carro para cá todos os meses. Bom, mas pode ser que eu nem consiga convencê-lo a participar do evento. — Pronto. Aquele era um tópico legal e seguro. Você não beija alguém no meio de uma conversa sobre idosos. Não que ele estivesse pensando em beijá-la no meio de alguma outra conversa.

— Por que não?

Por um segundo, Nate pensou que tivesse pensado alto. Então ele se deu conta de que Briony estava perguntando por que Gib não estaria presente na Noite da Família.

— Ele tem evitado todas as atividades em grupo, inclusive as refeições, desde que um novo residente, o Archie, se mudou para lá. Você o conheceu naquele dia, ele estava posando com o MacGyver.

— O senhor que estava de gravata-borboleta? Dos olhos iguais aos do Paul Newman.

— Por favor, não diga isso perto do Gib. Todas as senhoras estão caidinhas pelo Archie — disse Nate. — Ele flerta com todas elas, inclusive com a Peggy, por quem o Gib tem uma queda. E ele gosta dela desde o ensino médio, quando os dois estudaram juntos, mas tenho certeza de que ele nunca se declarou para ela.

— E o que a Peggy acha dele?

— Acho que ela gosta da companhia dele. Também acho que ela ainda não pensou nele como um potencial... Dá para chamar um septuagenário de *crush*?

— Ele me passou a impressão de ser o tipo de pessoa que diz o que pensa — opinou Briony, remexendo o pé dentro do balde. — Ela sabe o que ele sente por ela?

— Não, eu sempre tento convencer o Gib a se abrir, mas ele vive jogando na minha cara que eu também não estou saindo com ninguém no momento. — *Isso mesmo, continue, seu fracassado*, pensou Nate.

— Eu poderia escrever uma carta de recomendação dizendo que você é uma ótima companhia.

Seus olhares se encontraram por um instante, mas desviaram logo depois.

— Acho que você já pode tirar o pé da água. Vou buscar algo para você se secar.

Nate foi até a cozinha, pegou um pano de prato e voltou para perto de Briony, então se sentou na mesa de centro outra vez. Ela tirou o pé do balde, e ele o secou. Nate precisava mesmo sair mais vezes. Secar o pé de uma mulher para fazer um curativo tinha sido a experiência mais sexy que tivera em muito, muito tempo.

Ele examinou o ponto onde estava o caco de vidro e gentilmente espremeu a pele para expulsá-lo.

— Está começando a sair. Acho que agora vou conseguir puxar com a pinça. — Dessa vez, ele conseguiu na primeira tentativa. — Agora é só fazer o curativo. — Ele fez um curativo no pé de Briony. — Prontinho — disse ele, dando um tapinha carinhoso no pé dela. — Seu pé é lindo.

Ele tinha mesmo acabado de dizer que o pé dela era lindo?

— Meus dedos estão todos enrugados — discordou ela.

— Minha avó sempre dizia que, quando uma corrente de água passa sob o arco do pé de uma mulher, é sinal de pé de dama. O arco de seu pé é bem alto. — Nate ainda segurava o pé de Briony, então correu os dedos ao longo da curva do arco.

Briony deixou escapar um arquejo. E aquele som fez todas as intenções de Nate de manter o encontro como apenas amigável irem por água abaixo. Ele foi subindo a mão lentamente até a curva da panturrilha dela. Os lábios de Briony se abriram.

Então, eles se beijaram. A boca de Briony era doce, macia e quente. Ele ouviu um gemido e levou alguns segundos para perceber que o som tinha saído da própria boca.

CAPÍTULO 9

A luz do sol vinha de uma outra direção, e Nate estava do lado errado da cama. Ele precisou de um tempo para entender por quê. Ele não estava em casa. Tinha dormido na casa de Briony na noite anterior, depois que os dois transaram.

Mas, afinal, o que tinha acontecido com o papo de ser um encontro amigável? Será que tinha ficado tanto tempo sem sexo que não conseguia mais se controlar?

Nate virou a cabeça bem devagar para olhar Briony e deu de cara com ela olhando para ele.

— Humm... oi — disse ela.

— Oi — respondeu ele, sentindo que deveria dizer mais alguma coisa.

Eles ficaram se encarando.

— Então... — falou ela.

— Então... como está o seu pé?

Como está o seu pé? Ele não conseguia pensar em nada mais elaborado?

— Tudo bem. — Ela sorriu para ele.

E aquele sorriso o fez perceber que não era porque não fazia sexo havia muito tempo. Nem era *apenas* porque ele não fazia sexo havia muito tempo. Eles tinham se divertido na noite passada. Não só ali na cama dela ou bebendo no terraço do restaurante, mas com Lyle e Lyla na cabana também.

— Talvez fosse melhor dar uma olhada no seu pé. — Nate esfregou o queixo, sorrindo para Briony. — O que você sente quando eu faço isso? — Ele esfregou um dos pés no dela.

Ela deu uma risadinha, e suas bochechas ficaram rosadas.

— Uma sensação boa.

— Talvez seja melhor você não colocar o pé no chão, só por precaução.... — Nate a segurou pela cintura e a puxou para cima dele.

— Isso seria sensato — sussurrou Briony, seus lábios quase se tocando.

De repente, "Dancing Queen" começou a tocar. O toque de quando Amelia ligava. Nate já tentara trocá-lo várias vezes, mas, sempre que fazia isso, Amelia mudava de volta. Ele resmungou.

— Desculpa, mas tenho que atender. É a gerente do turno da noite. Pode ser alguma coisa urgente.

— Claro, atende. — Briony saiu de cima dele. Nate demorou alguns instantes para achar o celular, porque primeiro precisou achar as calças.

— Amelia, o que aconteceu? — questionou ele, sem nem dizer oi.

— Não foi nada sério com o Archie — começou ela, e Nate entrou em modo de gerenciamento de crise.

— O que aconteceu? — Ele conseguiu manter a voz calma.

— O Archie estava na esteira. Ele disse que o aparelho ficou maluco e que a velocidade aumentou de repente — explicou Amelia. Ela falava rápido, e sua respiração estava entrecortada. — Ele caiu. Chamei aquele médico novinho para examiná-lo. — Amelia se recusava a chamar os colegas de trabalho pelo nome antes que completassem cinco anos no Jardins. — Ele falou que o Archie só torceu o tornozelo.

— E onde ele está agora?

— Nós o levamos para casa. Já liguei para a neta dele.

Nate desejou que ele mesmo tivesse ligado para Eliza. Ela já tinha se mostrado bastante preocupada com a possibilidade de haver toxinas no complexo depois que o sistema de ventilação foi invadido. Agora, com o avô dela machucado de verdade, Nate tinha certeza de que ela precisaria de muitas garantias de segurança.

— Chego em dez minutos.

Ele encerrou a ligação e vestiu as calças.

— Tem alguma coisa que eu possa fazer? — perguntou Briony, sentada na cama, com o edredom enrolado ao corpo.

— Não, mas obrigado por perguntar — respondeu Nate. — Tenho que ir para lá. — Ele enfiou os pés nos sapatos sem se preocupar em localizar as meias e foi procurar a camisa. Briony se inclinou e pegou a blusa que estava no chão, ao lado da cama, e jogou para ele, que a vestiu correndo. — Fique bem — disse Nate e foi embora com pressa. Seus sapatos não eram apropriados para corrida, porém ele chegaria mais rápido correndo do que se ainda fosse buscar o carro.

Ao se aproximar da rua de Archie, se forçou a parar um instante para abotoar a camisa, enfiá-la para dentro das calças e alisar o cabelo com as pontas dos dedos. Entrar na casa de Archie todo apavorado não o ajudaria a controlar situação nenhuma. Ele respirou fundo, endireitou os ombros e seguiu em frente.

Amelia abriu a porta enquanto ele percorria o caminho até a entrada.

— Eliza já chegou — sussurrou ela.

Nate assentiu.

— Como está o paciente? — perguntou ele em voz alta ao entrar.

— Se você conseguisse convencer a minha neta a me servir uma birita, eu estaria muito bem — respondeu Archie do sofá. O pé com o tornozelo enfaixado estava apoiado em um travesseiro em cima da mesa de centro. Por um segundo, Nate pensou em Briony. Se ela não tivesse se machucado, provavelmente eles não teriam acabado na cama na noite anterior. Mas, assim que suas mãos tocaram a pele dela, mesmo que no intuito de cuidar do ferimento, percebeu que seria impossível se afastar.

Eliza entrou trazendo um copo de água.

— Isso e uma aspirina já resolvem — disse ela a Archie, entregando ao avô a água e o comprimido, esperando até que ele os engolisse, então voltou sua atenção para Nate.

— Eu devia ter tirado o meu avô daqui quando o ar do centro comunitário foi contaminado pelo sistema de ventilação. Se eu tivesse feito isso logo no início, ele nunca teria se machucado. Foi muita sorte ele não ter fraturado o quadril quando caiu. Ele podia ter batido com a cabeça e estar em coma agora.

— Não seja tão dramática — disse Archie à neta. — Estou bem, Eliza. E me sentiria ainda melhor se pudesse tomar uma bebida. Era assim que meu pai lidava com qualquer coisa, desde dor de dente a uma unha encravada.

— Não estou sendo dramática, só quero que você more num lugar onde a segurança dos residentes seja prioridade. — O tom de voz doce e suave que Eliza sempre usava desapareceu.

— Os residentes... — começou Nate, mas Eliza o interrompeu.

— Não precisa se dar ao trabalho — disse ela. — Acreditei nas excelentes avaliações que li sobre esse lugar, mas, apesar do meu avô estar aqui há pouco tempo, ele já foi colocado em perigo várias vezes por causa da sua má gestão. Quero rescindir o contrato do meu avô o mais rápido possível.

— Fique calma, Eliza — protestou Archie. — Você está se precipitando.

Pelo menos Archie estava disposto a dar uma chance a Nate.

— Gostaria que vocês me dessem a chance de checar o que aconteceu com o aparelho... — recomeçou Nate, mas foi novamente interrompido por Eliza.

— Checar os aparelhos é algo que você deveria fazer com certa regularidade, e não só porque aconteceu um acidente — retrucou ela.

— Concordo, e é por isso que fazemos manutenções e inspeções periodicamente.

— Realizadas por profissionais incompetentes — disparou Eliza.

— Entendo que você veja as coisas dessa maneira. — Nate já tinha entendido que argumentar com ela de maneira lógica não ia adiantar. Pelo menos não até que ela tivesse tempo suficiente para se recuperar do susto e perceber que o avô estava bem.

— Esse lugar é uma beleza — elogiou Archie. — A comida é ótima, tenho ótimas companhias. Vou ficar aqui.

Eliza se sentou ao lado do avô, pôs a mão no joelho dele e o apertou de leve.

— Entendo que goste daqui, vovô, mas sua segurança é o mais importante para mim.

— Por que você e o Archie não conversam e me comunicam a decisão que vocês tomarem depois? — sugeriu Nate. — Rescindir o contrato e devolver o dinheiro não serão um problema, se isso for o que vocês preferirem.

Eliza suspirou.

— Tudo bem. Está mais do que na cara que meu avô e eu precisamos resolver algumas coisas.

Nate entendeu que estava sendo dispensado. Ele saiu da casa de Archie, e Amelia foi atrás dele.

— O Henry viu o que aconteceu na academia? — perguntou Nate.

— Ele estava secando uma poça de água no vestiário feminino — respondeu ela.

— Poça de água? E de onde veio essa água? — A última coisa de que precisava agora era de um vazamento.

— Não sei — admitiu Amelia. — Pensei que tivesse sido apenas uma das senhoras que acabou entrando molhada no vestiário depois de sair da piscina. Henry ouviu o grito do Archie e correu para ver o que era. Não havia mais ninguém na academia, mas o Archie insiste em dizer que a velocidade da esteira aumentou sozinha. — Amelia esfregou o rosto com as mãos. — A Eliza está certa... o Archie poderia ter se machucado feio.

Nate assentiu. Ele não conseguia se lembrar da última vez que Amelia tinha falado tanto sem fazer uma de suas péssimas piadas. Ela sabia que eles estavam lidando com outro ato de sabotagem. O aparelho tinha apenas um ano e meio de uso, e Henry, o instrutor do Jardins, fazia a manutenção direitinho.

A situação estava ficando perigosa. Invadir o sistema de ventilação para que o complexo ficasse com cheiro de gambá morto era apenas uma brincadeira em comparação com o que tinha acontecido nesta manhã. Quem quer que tenha mexido na esteira obviamente não se importava em deixar um dos residentes feridos. O que viria em seguida? Nate precisava arrumar um jeito de estar um passo à frente de quem quer que estivesse por trás desses atos, pois não havia motivos para acreditar que eles haviam chegado ao fim.

Quando Briony ouviu a porta se fechar depois que Nate saiu, a sensação de euforia foi diminuindo até se esvair por completo. Era quinta-feira. Ela havia abandonado o noivo no altar no sábado anterior. Bom, talvez ele não fosse mesmo a pessoa certa para ela. Quem sabe seu corpo não estivesse tentando lhe dizer isso ao desencadear numa crise de pânico. Mas, mesmo assim... apenas alguns dias antes, ela tinha um noivo, e agora havia transado com outro homem, uma pessoa que mal conhecia.

Ela precisava conversar com sua amiga Vi, mas era muito cedo em Wisconsin. Sem falar que Vi conhecia Caleb. E gostava dele. Será que Briony teria coragem de confessar à melhor amiga o que tinha acabado de fazer?

Ruby! Briony podia conversar com a Ruby. Eram quase sete e quarenta da manhã. Muito cedo para ligar para ela, a não ser que fosse uma emergência. Porém, por mais que aquilo soasse urgente para Briony, ela sabia que não era o caso. Seus pensamentos foram interrompidos por um miado longo e estridente vindo lá de baixo. Era Mac. Ele devia estar na cozinha, na frente da tigela de comida. Já havia passado do horário do café da manhã dele. Ele deve ter dormido até mais tarde. Ou talvez o gatinho cupido tenha decidido deixá-la curtir alguns minutinhos a mais com Nate. Briony balançou a cabeça para dissipar o pensamento absurdo.

— Estou indo, Mac.

Assim que terminou de alimentar Sua Alteza — com uma mistura de salmão selvagem e carne de veado, servidos com pedaços de frutas e legumes orgânicos —, resolveu que era hora de levar Catioro para passear. Talvez pudessem passar em frente à casa de Ruby no caminho. E, se as luzes estivessem acesas...

Então, uns quatro minutos depois, com Catioro conduzindo-a pelo caminho preso à coleira, Briony estava em frente à casa de Ruby. A luz estava acesa. Agora que sabia que Ruby estava acordada, talvez devesse voltar para casa e ligar para ela. Ninguém gosta de ser importunado logo de manhã. Bom, pensando bem, Ruby foi buscar Briony para tomar o café da manhã no dia anterior. Mas era mais tarde do que agora.

Seus pensamentos a estavam enlouquecendo. Por isso que sempre precisava de conselhos. Briony não conseguia tomar nenhuma decisão, não importava qual fosse o assunto.

Não. Isso não é verdade. Esse é meu eu do passado, minha antiga versão, que ia se casar com Caleb, Briony disse a si mesma. *Meu novo eu está mudando. Talvez essa mudança não esteja sendo tão rápida, mas está acontecendo. Vou tomar minhas próprias decisões, e...*

Catioro começou a latir. De repente parecia alucinado.

— Shh! Por favor, shh! — sibilou Briony para o cachorro, mas ele continuou latindo. Era evidente que o cão tomava as próprias decisões.

A porta da casinha de bruxa abriu, Ruby colocou a cabeça para fora. Os latidos de Catioro foram ficando mais frenéticos e mais altos enquanto ele arrastava Briony pelo caminho até a frente da casa. Ao chegarem até Ruby, o cachorro se jogou aos pés dela e rolou de costas, o rabo não parava de balançar.

— Ele quer que eu faça carinho na barriga dele — explicou Ruby a Briony, enquanto se agachava ao lado de Catioro para acariciá-lo.

— Você está a fim de sair para tomar um café? Ou um café da manhã completo? — perguntou Briony. — Por minha conta!

— Na verdade, tenho companhia — respondeu Ruby.

— Ah, que pena. — Então Briony se tocou. — Ah! Desculpa! Então não vou atrapalhar você.

Ela ficou surpresa por ver Ruby com um pijama com a estampa do desenho *Meu pequeno pônei*, quando havia passado a noite com um convidado. Caleb gostava do que Briony chamava de lingerie elegante.

— Não, não, não! É a Riley. A garotinha que te falei, aquela de quem o Mac me aproximou. Fiquei de levá-la ao dentista mais tarde, e, como ela já vai faltar à escola, a mãe deixou que dormisse aqui. Vamos comer panquecas em formato de pônei — explicou Ruby, que revezava entre esfregar a barriga de Catioro e coçá-la. — Você é muito bem-vinda, se quiser ficar para o café.

— Humm... na verdade eu queria conversar com você sobre um assunto proibido para menores.

— Então você *precisa* entrar. — Ruby se endireitou e disse: — Catioro, biscoito! — E entrou.

Briony não teve escolha. Catioro a arrastou até a cozinha, logo atrás de Ruby.

— Titi, meu fofinho — disse uma menina usando um pijama com estampa de pônei que combinava com o de Ruby, correndo na direção de Catioro, que começou a lamber o rosto dela.

— Riley, essa é minha amiga Briony. Ela vai tomar o café da manhã com a gente — explicou a mulher mais velha.

— Muito prraazer — disse a menina, puxando o "r", antes que Briony tivesse a chance de dizer "oi".

Em seguida, ela subiu em Catioro, se segurando nas orelhas do cão com as duas mãozinhas para não cair. Catioro não parecia se importar, a julgar pelo rabo, que não parava de balançar. Mesmo assim, Briony segurou a guia com mais firmeza.

— Isso é seguro? — perguntou ela a Ruby. Os dedos dos pés de Riley mal tocavam o chão. — Isso não parece seguro.

— Ela está acostumada a fazer isso — tranquilizou-a Ruby, enquanto acendia uma boca do fogão.

— O Titi é meu cavalo, e tenho uma pônei chamada Paula. Também tenho outros pôneis chamados Patrícia, Paisley e Elvis. Você gosta de pôneis?

— Adoro pôneis — confessou Briony.

Durante quase um ano inteiro, Briony implorara aos pais que a deixassem ter aulas de equitação, mas eles acharam melhor presenteá-la com aulas de piano e de pintura, insistindo que essas atividades eram tão divertidas quanto equitação. Aquela tinha sido uma das poucas vezes que Briony havia choramingado e implorado por alguma coisa. Até que sua mãe explicou que, se ela caísse de um cavalo, poderia ficar gravemente ferida e até mesmo paralítica.

— Tudo bem, minha caubói — disse Ruby a Riley. — Já vou começar a fazer as panquecas. Isso significa que você precisa descer do Titi e lavar essas mãozinhas feito um raio.

— Entendido, mestre-cuca. — Riley desceu de Catioro e saiu correndo para o banheiro.

— Caso você não tenha notado, Riley está totalmente obcecada pelo linguajar dos vaqueiros. Encontrei uma lista de expressões na internet. — Ruby pegou um petisco para cachorros que estava guardado em um armário e o deu a Catioro. Ele se deitou no chão, feliz da vida, e começou a roer o osso. — Fala rápido. Temos uns cinco segundos antes de sermos censuradas — disse Ruby, colocando manteiga na panela.

Briony soltou a coleira de Catioro.

— Então, Nate e eu saímos para tomar um drinque ontem à noite. Ele me levou para o lugar mais...

— Não dá tempo. Pode pular essa parte e ir direto ao que interessa — interrompeu-a Ruby.

— Fomos para a cama. A gente acabou transando. — Briony falou tão rápido que a frase saiu como se fosse uma palavra só. Tanto porque queria falar rápido como também porque se sentia envergonhada.

— Mac, Mac, Mac — disse Ruby, balançando a cabeça. — Se eu não amasse o meu trabalho, me tornaria cerimonialista e usaria esse gato como minha arma secreta para organizar casamentos. — Ela olhou para trás para ver se Riley já estava voltando.

— E como foi?

— Ruby! Eu não vim aqui para contar os detalhes sórdidos! — exclamou Briony. — Vim aqui porque... O que eu estou fazendo da minha vida?

— Acho que você teve uma noite bem gostosa. — Ruby abriu um sorriso enorme. — Não foi isso, sua danada? — acrescentou em um tom de voz alto e animado.

— Ela falou que você bebeu cachaça? — perguntou Riley a Briony, galopando de volta à cozinha, dessa vez em um cavalo imaginário, e não mais em Catioro.

— Bom, acho que posso dizer que bebi cachaça, sim — admitiu Briony.

No entanto, ela se sentia muito bem. Parecia que Briony estava andando nas nuvens. Estava se sentindo tão relaxada que ficou surpresa por suas pernas terem sido capazes de levá-la até ali. Era como se fosse uma pessoa totalmente diferente da mulher que se sentara à mesa da cozinha de Ruby no dia anterior.

Riley arrastou um banquinho até o fogão e subiu nele.

— Gosto de ficar olhando os esguichos — disse ela para Briony.

Briony já ia perguntar se era seguro para a menina subir em um banquinho tão perto do fogão, mas se conteve. Era nítido que as duas tinham uma rotina própria, e Ruby devia saber o que era seguro para Riley. Então, em vez disso, perguntou:

— O que significa "esguicho" para os caubóis?

— Ô, lasqueira! Esguicho não é gíria de caubói — explicou Riley.

Ruby levantou uma bisnaga de plástico, sacudiu-a olhando para Briony e despejou um fino jato de massa *roxa* de panqueca na panela.

Riley bateu palmas, soltando um gritinho de empolgação.

— Eu faço a juba — disse ela.

— Um segundo — disse Ruby e continuou adicionando mais massa à panela. Depois colocou a bisnaga em cima da bancada e pegou outra, que entregou para Riley. — Você quer ajudar? — perguntou ela.

Riley fez que sim com a cabeça. A menina segurou a bisnaga com as duas mãos e, com as sobrancelhas franzidas de tão concentrada que estava, começou a esguichar a massa rosa na panela.

— Está lindo! — exclamou Ruby quando Riley lhe devolveu a bisnaga. Ruby acrescentou um pouco mais de massa. — Agora é só esperar...

— Até ficar com bolhinhas — completou Riley.

Briony estava ansiosa para contar para Ruby o que tinha acontecido entre ela e Nate na noite passada, mas não pôde deixar de admirar a conexão que Ruby tinha com Riley. Quando tinha a idade de Riley, os pais de Briony costumavam passar muito tempo com ela, mas havia sempre uma camada de superproteção. "Não saia do nosso campo de visão. Pode deixar que a gente cuida disso. Preste atenção." Olhando para trás agora, Briony conseguia ver que parte da diversão havia sido tirada dela.

— Olha só! — Enquanto Briony estava imersa em suas lembranças, a panqueca tinha ficado pronta, e Riley já estava com seu prato na mão, exibindo-o.

— Impressionante! — exclamou Briony. O pônei rosa e roxo tinha ficado uma gracinha. — A juba ficou linda.

Riley se sentou na cadeira ao lado de Briony.

— Fiz o olho também.

— Que olho fabuloso — elogiou Briony, enquanto Ruby colocava um prato à sua frente.

— Sabe o que seria bom colocar também? Um pouco de baba de vaca — anunciou Riley.

— Essa eu entendi. Baba de vaca significa calda, não é? — perguntou Briony. A garotinha cobria o pônei todo com calda.

Riley deu uma risadinha e balançou a cabeça.

— Manteiga?

A menina balançou a cabeça de novo e riu mais ainda.

— Gotas de chocolate? Bananas? Morangos? — continuou Briony, se divertindo com a reação de Riley. — Ah, já sei! Chantili! Aquilo realmente parece baba de vaca.

— Ela está chegando perto, não é mesmo, minha bezerrinha? — Ruby se juntou a elas na mesa.

— É morangue — disse Riley.

— Merengue — traduziu Ruby. — E não sei se ficaria gostoso com panquecas, mas estou disposta a experimentar na próxima vez que você vier para o café da manhã — disse ela a Riley.

Ruby parecia ser a babá mais legal do mundo, pensou Briony. Embora Nate também pudesse concorrer ao título. Ela se perguntou o que ele estaria fazendo naquele momento. Será que ele tinha aquela mesma sensação de estar andando nas nuvens? Ele tinha sido bem fofo com ela naquela manhã, perguntando se seu pé estava melhor. Aquele olhar que ele lhe deu antes de esfregar seu pé no dela... Parecia que ele a tinha tocado com o olhar.

— Briony? — O tom de voz de Ruby fez Briony achar que a amiga estava chamando o nome dela havia mais tempo.

— O que foi...?

— Não quero nem saber no que você estava pensando. Ou talvez eu queira, mas só mais tarde — disse Ruby.

Briony sentiu o rosto ficar vermelho. Ela nunca, em hipótese alguma, contaria a Ruby que, quando Nate olhou para ela, foi como se a estivesse tocando com o olhar. Aquele era o tipo de coisa que uma adolescente escreveria em seu diário. Mas não a Briony adolescente. Ela não havia saído com ninguém durante o ensino médio. Mas outra garota escreveria, sim. De qualquer forma, aqueles pensamentos não pertenciam a uma mulher de vinte e sete anos.

— O que você estava perguntando?

— Se você queria outra panqueca.

— Eu não... — Briony olhou para o próprio prato. A panqueca havia sumido. Ela deve ter comido enquanto sonhava com Nate sem nem perceber. — Não, obrigada — respondeu.

Catioro terminou seu osso e estava de volta. Seu focinho estava quase na altura da mesa. Antes que Briony pudesse pensar, ele lambeu o prato dela.

— Para trás, para trás, para trás! — ordenou Briony. Catioro, porém, se aproximou e conseguiu dar outra lambida.

— Eu não sei como controlar esse cachorro! — exclamou ela.

— Os donos dele também não — disse Ruby, que acabou se levantando para pegar outro osso para Catioro. — Esse é o meu método. — Em seguida, pegou o prato limpinho de Briony e disse: — É só colocar na máquina de lavar louça. Nem precisa tirar o resto de comida antes.

— Ele pode fazer isso no meu prato? — implorou Riley.

— Não. Essa calda toda aí não vai fazer bem para ele — respondeu Ruby. — Se você terminou, é melhor ir se vestir de uma vez. Fiz uma coisa para você. Está no seu quarto. — E isso foi o bastante para que Riley saísse da cozinha correndo.

— Ela tem um quarto aqui? — indagou Briony.

— É o quarto de hóspedes. É mais dela que de qualquer outra pessoa. — respondeu Ruby. — Eu me divirto tanto com essa garota. Tenho muito que agradecer ao Mac. Agora, voltando àquele assunto... Preciso confessar uma coisa: pesquisei sobre o Nate na internet. Ele é um vaqueiro de mão cheia.

Briony gemeu.

— Estou muito confusa. Foi tudo incrível ontem à noite, mas faz menos de uma semana que eu terminei o noivado com outro cara. E o Nate não sabe de nada, porque eu não planejava ir para a cama com ele, então não achei que tivesse que falar do assunto. Agora eu não sei o que fazer. O que eu faço?

— Pode parar! Eu não vou cair nessa. Prometi que não ia te dar mais nenhum conselho.

— Você pode ao menos me dizer se me acha uma pessoa horrível? Isso não é um conselho. — Briony sentia que travava uma batalha interna: ser uma pessoa ruim versus continuar andando nas nuvens.

Ruby balançou a cabeça e a acalmou.

— Eu não acho que você seja uma pessoa horrível, mas minha opinião não vai ajudar em nada se *você* se considera uma pessoa ruim. Você acha isso?

— Se uma pessoa chegasse para mim e me contasse que fez o que eu acabei de fazer, talvez eu não a achasse ruim, mas poderia pensar que ela tinha cometido um erro — admitiu Briony.

— Tá bom. — Ruby bateu as palmas das mãos na mesa. — Isso não é um conselho, é só mais uma pergunta. Vamos dizer que você tenha vindo passar as férias aqui, não tem ex-noivo nenhum. Você só veio fazer uma viagem divertida para a Califórnia. Aí você conhece o Nate. Vocês se sentem atraídos um pelo outro e acabam transando. Ambos estão cientes de que você não é daqui, e o que aconteceu foi apenas algo casual. O que você acha desse cenário?

— Isso é algo tão improvável de eu fazer que chega a ser difícil para mim imaginar — confessou Briony. — Não sou o tipo de pessoa que tem algo casual. Tive dois relacionamentos longos. E só. — Ela pensou por um momento. — Se nós dois soubéssemos que eu estava de férias e que seria apenas um caso passageiro... não acho que isso seja horrível. Mas essa não é exatamente a situação.

— Mais uma pergunta: você está magoando o Nate?

Briony pensou antes de responder.

— Não.

— Você está magoando o... como é mesmo o nome dele? O Caleb?

— Não mais do que já magoei — admitiu Briony. — Já entendi aonde você quer chegar. O que aconteceu ontem à noite foi o resultado de uma atração. Eu não parei para pensar. Quer dizer, pensei apenas o suficiente para tomar as devidas precauções. Mas agora que estou refletindo sobre o assunto. — Ela esfregou a testa, como se isso fosse ajudá-la a obter respostas. — Combinei com o Nate de ajudar hoje na Noite da Família que eles promovem no Jardins. Talvez seja melhor eu nem encontrar com ele de novo. Só que ele é um cara tão legal. Tenho que pelo menos dar uma satisfação.

Briony esboçou um grito silencioso de frustração. Ela não queria assustar Riley.

— Você acabou de ter uma ideia do que se passa dentro da minha cabeça o tempo todo. Não consigo decidir nada.

— Isso até você desmaiar na igreja. — Ruby sorriu, tentando aliviar o peso daquelas palavras.

— Pois é. Até esse momento.

Mac voltou para casa bem a tempo de Briony abrir a porta para ele. Ele havia decidido fazer umas comprinhas matinais para Gib. Ainda não tinha encontrado algo que deixasse Gib feliz, mas continuaria tentando até conseguir.

— Na rua de novo? — exclamou Briony enquanto ele seguia para dentro de casa, indo diretamente para sua tigela de água. Um dos presentes havia deixado sua língua coberta de algo melado. A tigela estava cheia, mas, pelo cheiro, ele conseguia perceber que a água estava ali desde o café da manhã. Então soltou um miado, exigindo água fresca.

— Não está nem perto da hora do jantar — disse Briony. — Ainda falta muito.

Ela pegou um biscoito em um pote e se agachou para dar a ele, e Mac atirou o biscoito longe com uma patada. Mas Catioro foi rápido o suficiente para abocanhar o petisco ainda no ar. Mac desejou ter sido ele a comer o biscoito, embora não o quisesse. Aquele cabeça-dura não deveria ganhar guloseimas para gatos. Ele não era digno disso.

Mac miou de novo para Briony. Essa humana ainda tinha muito a aprender. Ela não o entendia tanto quanto Jamie.

— Mac! O que aconteceu com a sua boca? Sua língua está marrom. — Ela se ajoelhou ao lado dele e tentou examinar sua boca. Ele teve de lhe dar uma mordida de leve.

— Ai! — exclamou Briony. Ela pegou a vasilha de água, esvaziou o recipiente e o encheu de novo. *Humana boazinha.* Ela botou a tigela no chão e ficou observando enquanto ele bebia com sofreguidão, fazendo com que a gosma que lhe cobria a língua fosse sumindo. — Seja lá o que isso for, já está saindo — disse Briony. — Pelo menos não vou precisar dizer a Jamie que você pegou uma doença estranha, além de ter fugido várias vezes.

CAPÍTULO 10

Nate estava inquieto. Tentava dar conta da papelada, mas não conseguia se concentrar. Não conseguia parar de pensar em tudo que tivera de fazer para contornar aquele ato de sabotagem: fez com que Bob e Henry checassem a esteira e todos os outros aparelhos da academia. Mas eles não encontraram nada de errado. O próprio Nate havia testado a esteira e não detectou nenhum problema de funcionamento. O aparelho se manteve regulado em todas as configurações. Ainda assim, só por precaução, ia substituir aquela esteira.

Ele havia mandado uma mensagem de texto para Eliza relatando seus planos, pois não acreditava que outra conversa com ela pudesse render bons frutos. Eliza não respondeu. Mais tarde, enviou outra mensagem perguntando se ela gostaria que ele agendasse uma radiografia para Archie, só para que eles tivessem certeza de que o avô dela não tinha quebrado nada. Ele recebeu uma resposta curta de Eliza avisando que o exame já tinha sido providenciado.

Nate havia mandado instalar câmeras de segurança no centro comunitário e na academia naquela tarde e foi pessoalmente verificar se estavam funcionando direito. Também conversara com os demais membros da equipe para descobrir se alguém havia reparado em algo fora do comum, qualquer coisa que fosse, mas não conseguiu nada. Pela primeira vez, Nathalie e sua mãe não estavam ligando nem mandando mensagens chamando-o para apagar algum incêndio. Apesar de que uma ligação delas poderia até ser bom, pois seria um problema que ele conseguiria resolver. Nate não tinha ideia do que fazer em seguida.

Ele só teria de estar no refeitório para a Noite da Família dali a uma hora. Nate se levantou da mesa do escritório, conformado com o fato de não ter conseguido resolver muita coisa. Então decidiu dar um pulo até a casa da mãe. Ela teria ligado se tivesse visto o tal homem novamente, mas com certeza se sentiria mais segura se o filho aparecesse para ver como ela estava. Nate também se sentiria mais seguro.

Quando chegou, Nate encontrou a mãe de pijama.

— Você está se sentindo bem, mãe? — perguntou ele.

— Eu? Sim. Estou bem.

Nate assentiu. Ele teria sido informado se ela estivesse doente.

— Quer ir para a Noite da Família comigo? — perguntou ele, enquanto seguiam para a sala de estar. Fazia um bom tempo que ele não a chamava para participar do evento, não que ela precisasse de um convite especial. Mas ela nunca demonstrava interesse em participar. — A comida é sempre boa, e depois vamos exibir o filme *Hairspray: em busca da fama.*

— Não, obrigada. Estou bem. — Ela se sentou e ficou encarando o nada.

Nate se sentou ao lado da mãe, sentindo a preocupação aumentar dentro de si. A TV estava desligada. Não havia nenhum livro aberto e virado de cabeça para baixo na mesa de centro. Nem o material de artesanato dela estava à vista.

— O que você fez hoje? — perguntou Nate.

— Acordei sentindo cheiro de laranja. Mas não tenho laranja em casa — respondeu ela, depois de um tempo.

Nate sentiu um aperto no estômago. Alucinações olfativas podiam ser sinal de um tumor cerebral, ou mal de Parkinson, pensou. E um dos residentes que necessitava de mais cuidados, Ed Ramos, havia se queixado de cheiro de cachorro molhado alguns dias antes de sofrer um derrame, mesmo que nenhum cachorro, nem molhado nem seco, tivesse chegado perto dele.

— Mãe, você se lembra de quando é sua próxima consulta com a Dra. Thurston? Está quase na época de fazer seus exames de rotina, não está? — perguntou ele, tentando manter um tom despreocupado.

Sua mãe ignorou as perguntas.

— Aí percebi que na verdade não era cheiro de laranja, mas daquela colônia que o seu pai usava, Creed Orange Spice — continuou ela, ainda olhando para o nada. — Parecia que ele tinha acabado de sair da sala.

— Hoje foi a primeira vez que você sentiu esse cheiro... bom, quer dizer, desde que ele foi embora?

Ela assentiu.

— Ainda tenho o frasco do perfume que estava no armário do banheiro quando ele foi embora, mas nunca o abri. Não quero... Não sei por que não joguei aquilo fora.

— Achei que você não tivesse mais nada dele. — Nate não conseguia chamá-lo de pai. A palavra simplesmente não saía de sua boca, não na frente da mãe. Ela nunca havia proibido os filhos de falar sobre o pai, mas ficava sempre muito nervosa quando Nate e Nathalie tocavam no assunto. Não demorou muito até que os dois percebessem que era melhor não dizer nada. Ele e a irmã pararam de falar do pai, até mesmo entre eles, como se fosse possível apagar a dor se fingissem que ele nunca havia existido.

— Não consegui me livrar de algumas coisas, por mais que tentasse.

— Será que o frasco quebrou? Talvez seja por isso que está sentindo o cheiro. — Nate buscava uma explicação lógica, não patológica.

— Guardei as coisas num saco de lixo que coloquei no porão da nossa casa, na época... o que, para mim, foi o mais próximo que consegui de jogar as coisas dele fora. — A mãe de Nate finalmente o encarou, e ele pôde notar as lágrimas não derramadas acumuladas em seus olhos. — Desde aquele dia, eu nunca mais mexi nessas coisas, mas, ao mesmo tempo, não consigo descartá-las.

Ela nunca superou a separação, Nate percebeu. *Mesmo depois de todo esse tempo.* Ele pensava que a mãe havia se entregado porque o marido a abandonara, e não porque ela ainda o amava.

— Mãe, sinto muito. — Ele passou um dos braços em volta dos ombros dela.

— Eu sei, meu filho. — Ela se inclinou na direção dele. — Você é um menino bom.

Nate se sentiu inquieto de novo. Ele queria tirar aquela tristeza de sua mãe. Queria resolver aquilo, queria descobrir o que estava acontecendo no Jardins, mas não sabia como.

— Tem certeza de que não quer ir comigo à Noite da Família? — perguntou ele, por fim. — Não quero deixar você sozinha.

— Não, não estou com disposição para interagir com todas aquelas pessoas. Pode ir, meu filho.

Nate se levantou.

— Eu ligo mais tarde para saber como você está.

— Já vou estar dormindo, com certeza.

— Então ligo amanhã de manhã. — Ele se levantou, prometendo a si mesmo que a levaria ao médico assim que conseguisse marcar uma consulta. Nate precisava ter certeza de que não havia nenhuma causa fisiológica para que sua mãe estivesse sentindo o cheiro daquele perfume. — E não se esqueça de trancar a porta quando eu sair — acrescentou ele.

Ao sair, Nate percebeu que faltavam apenas alguns dias para completar mais um ano que seu pai tinha ido embora. Talvez esta fosse a explicação mais provável para o que sua mãe estava passando. Ela não queria pensar nele, mas as lembranças estavam lá, imediatamente abaixo da superfície, assim como aquele antigo frasco de colônia no porão.

Talvez amanhã ele pudesse aproveitar a ocasião para ter uma conversa séria com ela sobre seu pai. Ele havia adiado esse momento inúmeras vezes, inclusive esta noite, porque não queria aborrecê-la. Mas, independentemente de eles terem essa conversa ou não, os sentimentos ainda estavam ali.

Hoje à noite, porém, o foco de Nate era outro. Ele queria que a Noite da Família fosse perfeita. Podia ser que as famílias de alguns residentes tivessem escutado alguma coisa sobre o problema com o sistema de ventilação ou com a esteira, ou até sobre as duas coisas, e ele queria poder tranquilizar todo mundo quanto a isso. Nate acelerou o passo. Será que Eliza estaria lá? Se estivesse, ele precisava pensar na melhor maneira de lidar com ela. Nate não a culpava por querer tirar Archie de lá. O avô dela morava no Jardins fazia apenas poucas semanas e, nesse curto espaço de tempo, havia presenciado dois acidentes.

Nate virou a esquina, e o centro comunitário entrou em seu campo de visão. Luzes iluminavam todas as janelas. Pessoas se aglomeravam no salão espaçoso, rindo e conversando, enquanto os garçons circulavam com bandejas de aperitivos. Parecia um lugar onde você gostaria que a pessoa amada estivesse. E era. E continuaria sendo. Nate ia descobrir quem estava tentando sabotar o Jardins. Talvez precisasse contratar um...

De repente, Nate voltou toda sua atenção para uma pessoa assim que ela surgiu, sorrindo para Rich e o neto: Briony. Seu cabelo ruivo estava solto e caía em ondas pelas costas. Só de olhar, ele praticamente sentia sua maciez, como quando ela se inclinou sobre ele na noite passada, com o cabelo formando uma cortina ao redor dos dois. Nate deu passos largos, que valiam por dois. Quando entrou no salão, se forçou a cumprimentar todas as pessoas com as quais ele cruzava, sorrindo para elas. No entanto, ele só pensava em chegar até Briony, em sentir novamente o corpo dela contra o seu. Mas teve de se contentar em dar um beijo em sua bochecha e observar o rosto dela ruborizar com o gesto.

— Ah, o amor está no ar. — Rich tirou um caderninho do bolso da calça de moletom, que tinha uma estampa com padrão roxo e o nome de um remédio para tosse descendo pela lateral de uma das pernas.

— Você precisa nos dizer onde comprou esse conjunto de moletom — disse Nate.

— No brechó L.A. ROAD. Ele só faz compras lá praticamente — respondeu Max, o neto de Rich.

Rich devia ser uma das cinquenta pessoas mais ricas da Califórnia e comprava roupas em um brechó. Não tem como não amar esse cara.

— Você sabia que essas calças são...

— Algo que os rappers dos anos noventa usariam? — Max terminou a frase do avô e balançou cabeça. — Tentei explicar o que era purple drank para ele, mas, caramba... — Ele passou uma das mãos pela testa.

— O que é purple drank? — perguntou Briony.

Era perceptível que ela havia passado sua adolescência dentro de uma bolha.

— Você é muito fofa — disse Nate. Não era isso que ele tinha planejado dizer, mas o elogio acabou escapando de sua boca e fez com que Briony ficasse vermelha outra vez.

Os olhos de Rich iam de Briony para Nate.

— Sinto um poema chegando — disse Rich, ao começar a rabiscar.

— Você é poeta? — perguntou Briony, já interessada em outro assunto.

— Sou. Gosto de escrever limeriques. — Rich começou a rabiscar com um dos pequenos lápis de golfe que sempre carregava consigo.

— A forma mais banal de poesia — comentou Regina ao se juntar ao grupo.

— Salman Rushdie escrevia limeriques. Assim como W. H. Auden, Shakespeare e Tomás de Aquino. Devo continuar, minha senhora?

— Quando você escrever um romance que ganhe o Booker Prize, ou um poema que faça as pessoas chorarem, e não porque é ridículo, ou uma peça que seja lida por mais de cem anos, ou uma obra de filosofia que será discutida no futuro, aí a gente conversa. — Depois disso, Regina se virou para Briony: — Sou Regina Towner.

— Eu que deveria ter feito as apresentações. Regina, essa é a Briony. Ela está cuidando do gato que foi o modelo da aula de arte de ontem de vocês.

Rich interrompeu a conversa para recitar um poema.

— A lua é sempre a minha amante / e a adorável coruja, meu coração / O pato selvagem e o corvo fazem / música para minha desolação. — Ele mirou Regina nos olhos. — *Isso* é um limerique.

Regina piscou. Nate achava que nunca a vira sem saber o que dizer até aquele momento.

Finalmente, ela falou:

— Um limerique, por definição, é engraçado. Isso foi um limerique apenas na métrica.

— É verdade. — Rich inclinou a cabeça na direção dela. Essa foi também a primeira vez que ele concordou com Regina.

Regina retomou a conversa com Briony.

— Aquele gatinho é tão lindo.

— Ele é um gatinho lindo que é mestre em escapar. Toda vez que ele foge, vem direto para cá. Ele adora esse lugar. E eu não o culpo. — Ela tocou de leve o braço de Nate. — Esse lugar é ótimo.

— Concordo.

— Bethany e Philip vêm hoje à noite? — perguntou Nate a Regina.

— Não dessa vez, mas na semana que vem eles estarão aqui sem falta. Sabe de uma coisa? O Nate é quem realmente torna esse lugar especial — disse ela a Briony. — Ele sabe o nome da minha sobrinha e do marido dela, e de todas as outras pessoas que vêm visitar qualquer um dos residentes pelo menos uma vez. Os espaços e as instalações daqui são de primeira, mas é o Nate quem faz desse lugar um lar.

— Obrigado.

Aquelas palavras, especialmente naquele dia, depois da conversa que teve com Eliza, fizeram com que Nate se desse conta de como o trabalho que fazia era importante. Ele gostaria que Archie e todos os outros residentes pensassem como Regina, que se sentissem em casa no Jardins.

— Concordo. — Richard guardou o lápis e deu um tapinha no ombro de Nate.

— Caramba! Eles finalmente concordaram em alguma coisa — comentou Max. Ele vinha ao Jardins com frequência e conhecia todos os amigos de Richard, ou seja lá o que Regina fosse dele. Parceiros de provocações, talvez?

— Porque Regina finalmente disse algo que fazia sentido — argumentou Rich. Ele folheou algumas páginas de seu caderninho. — Agora, quem quer ouvir o meu último poema?

Regina consultou seu relógio elegante.

— Demorou mais de um minuto para que ele se oferecesse para ler um de seus poemas. Um recorde.

— Eu gostaria de ouvir — disse Briony.

Rich deu um sorrisinho para Regina.

— Será um prazer — disse ele a Briony. Rich pigarreou e começou a ler. — Era uma vez um homem de gravata-borboleta / que a todos lembravam um coiote / Ele...

— Agora não é a melhor hora para zombar do Archie. O acidente dele ainda é muito recente — disse Regina.

— Acidente? O que aconteceu? — perguntou Rich a Nate.

Nate já esperava ouvir essa pergunta. Mas, mesmo assim, era difícil responder. Ele não queria descartar a possibilidade de a esteira estar com defeito. Em breve, todo mundo ficaria sabendo do ocorrido. Fofoca se espalhava rápido no complexo. Ainda assim, ele não queria assustar ninguém.

— Ele caiu da esteira e torceu o tornozelo. Ele disse que a velocidade aumentou sozinha enquanto se exercitava. Eu mesmo dei uma olhada no aparelho, mas não identifiquei nenhum problema. De qualquer forma, vamos substituir a esteira por uma nova, só para garantir que o problema não aconteça de novo.

— Coitado do Archie — lamentou Regina. — Preciso fazer um emplastro que aprendi com minha avó para ele.

— O coitado do homem parece que está sendo muito bem cuidado pela neta. — Rich levantou o queixo, olhando em direção à porta, por onde Eliza entrava com o avô, empurrando-o em uma cadeira de rodas. Uma manta tricotada à mão cobria as pernas de Archie.

Regina não se deu ao trabalho de responder, apenas correu na direção de Archie. Peggy e Janet também já estavam indo até ele. Nate quis ir cumprimentá-lo na mesma hora, mas decidiu esperar um pouco. Ele precisava agir com cautela, tinha de parecer preocupado, mas não ansioso demais.

Rich olhou para as mulheres amontoadas ao redor de Archie com os lábios franzidos. Em seguida, pegou seu caderno e lápis e começou a escrever outra vez.

— Antes de você chegar aqui, Nate, o Rich estava me contando que o Max estuda na Universidade da Califórnia, aqui em Los Angeles — disse Briony, se virando para Max e sorrindo. — Que curso você faz?

— M-marketing. — Max não havia gaguejado ao relatar os hábitos de compras do avô para Nate. De acordo com o que Rich lhe havia dito, o neto costumava gaguejar quando era criança, mas o problema praticamente desapareceu com o tempo. Ele só gaguejava quando ficava ansioso por algum motivo. Talvez saber que uma mulher mais "velha" e bonita estava prestando atenção nele o tenha desestabilizado. Nate provavelmente teria se sentido um pouco nervoso se tivesse a idade dele.

— Você já teve aulas de princípios da contabilidade? — perguntou Briony.

— Estou tendo agora. Não imaginei que estudaria tanta lei.

— Exatamente! As pessoas que não estudaram essa matéria acham que é chato.

— Ou que é fácil. Pensam que é só somar fileiras de números. — Ele não gaguejou dessa vez, já estava mais confortável com Briony.

— Mas é bem parecido com resolver um...

— Quebra-cabeça — disseram ela e Max ao mesmo tempo.

— Alguém quer um folhado de aspargo com presunto cru? Também temos os famosos brownies de espinafre da LeeAnne — ofereceu Hope, apressada. Provavelmente um dos garçons deve ter faltado. Hope só assumia essa função quando isso acontecia. Normalmente, Nate teria tomado providência, mas o dia havia sido cheio de distrações. — São deliciosos — acrescentou ela, mas as palavras soaram frias, parecia que ela não estava tão à vontade com os residentes, como de costume. Será que estava chateada com alguma coisa? Nate fez uma anotação mental para perguntar isso para LeeAnne depois.

Max abriu e fechou a boca, então murmurou alguma coisa e depois balançou a cabeça. Rich continuou escrevendo.

— Eu quero um — disse Briony, escolhendo um aspargo. Enquanto ela dava uma mordidinha, Nate se pegou encarando os lábios dela. Foi preciso muita força de vontade para desviar o olhar.

— Nate? — ofereceu Hope, estendendo a bandeja para ele, que pegou um brownie de espinafre e o colocou em um guardanapo. Ele não estava com fome, mas não queria que LeeAnne descobrisse que havia recusado uma de suas especialidades. Isso lhe custaria elaborar muitos elogios para se redimir. Decidiu que tentaria convencê-la mais uma vez a mudar o nome do petisco. Batizar uma receita que não leva chocolate de brownie não dá certo, por mais gostosa que seja.

— Tem certeza de que não quer um folhado de aspargo, Max? — perguntou Nate. — Sei que você adora presunto cru. — Nate pôde mostrar que sabia mais do que apenas os nomes dos familiares dos residentes.

Ao ver que Max não respondeu de imediato, Hope virou as costas e foi embora, o que pareceu meio grosseiro. Max observou Hope seguir em outra direção. Nate reparou na expressão do rapaz. Provavelmente era a mesma cara que ele fazia quando olhava para Briony.

Mac tocou a campainha de Gib. O homem tagarelou alguma coisa, e o gato ouviu os passos dele em direção à porta. Não sentiu o cheiro de sardinhas naquela noite. Mas ele não tinha ido até lá para comer, lembrou-se. Tinha ido até lá para entregar o presente que havia acabado de encontrar. *Este* deve funcionar.

Quando Gib abriu a porta, Mac deixou o objeto fedorento cair aos pés dele. O humano o pegou, esfregou-o entre os dedos e levou-o ao nariz, muito embora aquilo não merecesse ser chamado de nariz. Gib precisou encostar a protuberância em seu rosto no objeto para sentir o cheiro, que já era bem forte.

Mas Mac sentiu que o cheiro que Gib emanava estava ficando mais feliz, exatamente como havia previsto.

— Você fugiu de novo? Gatinho danado. — Gib pronunciou a palavra "danado" do mesmo jeito que Jamie, como se falasse apenas da boca para fora. Não que Mac se importasse em ser danado. Ser danado era divertido. — Mas, olha, dessa vez vou devolver você. —

Gib se curvou, como se quisesse fazer um carinho em Mac. Mas o gato era esperto, sabia que o humano tentaria pegá-lo.

Mac se virou, se afastou um pouco e parou. Empinou o rabo, algo que todo mundo sabia que significava "venha comigo". Bom, pelo menos aqueles que sabiam das coisas. O que, provavelmente, não incluía os humanos. Uma pena. Mac andou mais um pouco, olhou para trás, miou bem alto e depois seguiu pela calçada.

— Ai que droga, gato! — Gib saiu e trancou a porta.

Mac se movia devagar, ficando um pouco mais à frente do humano. O presente tinha deixado Gib feliz, e Mac sabia o que fazer para que ele ficasse ainda mais feliz. Ele o levou direto à fonte do cheiro.

— Aqui está o meu menino. — A humana chamada Peggy fez uns barulhinhos com a língua na direção de Mac, que aceitou o convite e saltou para o colo dela. Na mesma hora, ela começou a coçar o ponto certo embaixo do queixo. Aqui estava uma humana que compreendia, ao menos, algumas coisas.

— Preciso devolvê-lo para a dona dele — disse Gib.

— Ela está aqui e vai assistir ao filme com o Nate. Acho que ele pode ficar até o fim da sessão — disse Peggy.

— Acho que vou ter que ficar também. Quero ficar de olho nele. — Gib se sentou ao lado dela. — Ele é muito esperto.

Agora que seus humanos estavam se comportando, Mac podia se divertir um pouco. Ele se levantou e pulou do colo de Peggy para o do homem que estava sentado do outro lado. Aquele homem que não gostava dele. Se você não gosta de Mac, precisa arcar com as consequências. Mac levantou a pata e acertou o rosto do homem. O gato podia sentir o quanto ele odiou aquilo, então repetiu o gesto.

— Boa noite, enfermeiro! — tagarelou o homem para o gato. — Quem convidou você? Se eu quisesse alguém sentado no meu colo, teria convidado. — Ele olhou para Peggy. — Talvez ainda convide.

As narinas de Mac começaram a formigar. O cheiro de Gib estava mudando, parecia o cheiro de Jamie quando Mac se recusou a andar de coleira. Ele provavelmente exalava o mesmo odor, pois não ficou nada contente com ela naquele dia.

Gib se levantou.

— Avisa a Briony onde o gato está. Estou indo embora.

Mac olhou para o homem enquanto ele se dirigia para a porta. O que há de errado com os humanos? Mac tinha levado Gib ao local exato onde ele ficaria mais feliz. E o que ele fez? Foi embora. Agora Mac teria de começar tudo de novo. Mas não esta noite. Ele precisava de uma soneca. Tentar ensinar humanos a se comportar era algo cansativo.

— Preciso cumprimentar o Archie e a neta antes do filme começar — disse Nate a Briony. Enquanto iam do refeitório para a sala de projeção, ele havia contado rapidamente para ela sobre o acidente de Archie e a reação de Eliza.

Briony queria ir com ele para dar apoio moral.

— Tudo bem se eu for com você? Ou...

— Seria ótimo. Eu quero manter um clima descontraído hoje à noite.

Nate foi na frente. Archie usava outra gravata-borboleta estilosa. E o gato tigrado laranja e marrom com quem ele posara na aula de arte estava sentado em seu colo.

— Mac! De novo? — lamentou Briony. — O que eu faço com você?

O gato respondeu com um ronronar.

— Ele podia ficar até o filme acabar, já que você também está aqui, né? — perguntou uma bela senhora com uma trança grisalha volumosa, sentada na cadeira ao lado de Archie.

Briony ergueu as mãos em um gesto de derrota.

— Está na cara que eu não tenho controle nenhum sobre esse gato. Ele pode fazer o que quiser. Melhor dizendo, ele *vai* fazer o que quiser. — Mac ronronou mais alto, parecendo um motor de barco.

Nate fez as apresentações, e Briony observou Eliza, se perguntando quantos problemas ela ainda poderia trazer para a vida de Nate. Ela usava roupas que escondiam sua silhueta. Estava com uma saia que batia um pouco acima dos tornozelos e uma blusa florida que parecia ser de um tamanho maior que o dela. Também usava um colar de pérolas com um único par de brincos combinando, mas tinha vários piercings nas orelhas.

Briony resolveu puxar conversa para tentar ajudar Nate a manter um clima descontraído.

— Doeu muito para fazer esse piercing? — Briony tinha apenas um furo em cada orelha. O básico. Ou qualquer coisa abaixo do básico.

— O do trágus? — perguntou Eliza, passando o dedo em um dos furinhos da orelha esquerda. — Não doeu nada, para falar a verdade. A cartilagem é mais espessa aqui, então tem mais pressão. Esse aqui foi pior. — Ela moveu o dedo para um ponto mais próximo do primeiro furo. — Mas provavelmente foi porque a pessoa que fez era ruim. Se você estiver pensando em fazer um, eu poderia...

Archie se remexeu na cadeira de rodas e soltou um grunhido de dor. Eliza virou a cabeça em sua direção, sem terminar o que pretendia dizer para a Briony.

— O que foi, vovô?

— O tornozelo está doendo, Archie? — perguntou Nate.

— Isso não é óbvio? — Eliza lançou um olhar desdenhoso para Nate. — Eu não queria que ele viesse. Ele devia estar em casa comigo com a perna para cima.

— Minha perna está para cima. — Archie apontou para a poltrona na qual o pé estava apoiado. — E está um pouco inchada. Só senti uma pontada quando me mexi.

Eliza balançou a cabeça.

— Ele só está dizendo isso porque quer me convencer de que não foi nada grave. Fica insistindo que não quer sair daqui. Ele se recusa a admitir que poderia ter quebrado o fêmur naquela esteira desgovernada. Ou algo ainda pior.

— Sair? Espero que você não esteja pensando em ir embora daqui. — Peggy deu um leve aperto no braço de Archie.

— Claro que não — insistiu Archie. — Esse lugar é supimpa. Eliza está sendo muito rabugenta, mais uma vez.

Ele usava tanta gíria maluca quanto Ruby e Riley em suas brincadeiras de caubói. Briony presumiu que essas expressões deviam ser de quando Archie era mais jovem. Ela não costumava ouvir muito a palavra "supimpa".

— Fico feliz em saber — disse Nate. — Vou mandar o médico passar na sua casa pela manhã para dar uma olhada em você.

— Não precisa, obrigada. Já marquei uma consulta com um especialista. — Eliza arrumou a manta que cobria as pernas de Archie, repousando as mãos sobre o avô. — O médico dele me indicou uma pessoa.

— Não deixem de me dizer o que o médico falou. E me avise se estiver precisando de alguma coisa, Archie — pediu Nate. — Podemos arrumar alguém para te levar até o refeitório para que você possa fazer as refeições lá quando a Eliza não estiver aqui para ir com você. Ou podemos mandar entregar as refeições na sua casa, se preferir.

— Eu adoraria levar as refeições para o Archie! — anunciou uma mulher que estava sentada no sofá atrás deles.

— Eu que vou levar! — exclamou Regina lá do fundo da sala.

— Pelo visto, gente é o que não falta para ajudar o seu avô — disse Briony a Eliza, que ignorou o comentário.

A mulher amigável que começara a dar conselhos sobre piercings a Briony havia desaparecido. Pensando melhor, Briony achou meio estranho Eliza ter tantos piercings assim, sendo que seu estilo era bem conservador. Mas talvez fosse porque estivesse visitando o avô. Quem saberia dizer que tipo de roupa ela usava quando saía para se divertir?

— Você sabe que pode me pedir qualquer coisa enquanto estiver se recuperando, né? — acrescentou Peggy.

Estava na cara que Archie era muito popular. Briony olhou ao redor da sala. A proporção entre os residentes parecia ser de cerca de sete mulheres para um homem. Talvez por essa razão Archie fosse popular. Bom, mas ele também era um idoso muito charmoso. E aqueles olhos azuis cintilantes eram lindos.

As luzes piscaram.

— O filme já vai começar. Temos que ir para os nossos lugares — disse Nate. — Se você precisar de alguma coisa, é só me chamar ou falar com qualquer um dos funcionários, Arch.

— Ainda estou muito preocupada com as condições desse lugar — disse Eliza para Nate. — Se eu vir mais alguma coisa que me deixe preocupada com o bem-estar do meu avô, vou tirá-lo daqui.

— Espera aí, minha garotinha — protestou Archie. — É da minha vida que estamos falando.

Eliza colocou a mão no joelho do avô e o apertou de leve.

— Dessa vez, vou ter que resolver as coisas do meu jeito.

Pelo menos ela parecia disposta a dar mais uma chance ao Jardins, mesmo isso não sendo de seu agrado. Isso daria mais tempo para que Nate pudesse descobrir quem estava tentando sabotar o complexo. As luzes piscaram de novo.

— Divirtam-se — disse Briony para o pequeno grupo, então ela e Nate foram para uma poltrona de casal do outro lado da sala.

— Guardei para vocês — disse Rich, sentado na fileira detrás, ao lado do neto. — Uma poltrona de casal para o casal de pombinhos. Isso rende um poema. — Ele começou a murmurar algo para si enquanto as luzes iam se apagando.

Briony não conseguiu conter o sorriso quando a música de abertura começou a tocar. "Good Morning Baltimore" era uma música bem animada. Ela não tinha assistido a *Hairspray* logo que o filme fora lançado. Caleb achava musicais bobos, e ele não tinha muita paciência para bobagens. No entanto, por mais divertido que o filme fosse, Briony não conseguia prestar atenção na história. A presença de Nate a deixava exatasiada. Ele estava apenas sentado ao seu lado, mas isso já era o bastante. Suas pernas estavam a poucos centímetros de distância, e ela conseguia sentir o calor que irradiava do corpo dele.

E o cheiro dele... Ele não usava perfume, mas o aroma de sabonete misturado ao seu odor natural resultava em um perfume melhor que qualquer fragrância artificial. Aquele cheiro a preenchia a cada respiração, fazendo com que ela se lembrasse de quando estava na cama com ele. Briony se desligou completamente do filme enquanto revivia cada momento, cada toque. Isso a estava deixando louca.

Quanto tempo mais teria de esperar para tê-lo novamente? Ela pensou que o filme já estava acabando. Assim que terminasse a sessão, Nate ainda ficaria por ali conversando com o pessoal por mais o quê? Uma meia hora? Uma hora? Depois ele a acompanharia até sua casa e a levaria para a cama? Ou será que o que aconteceu entre eles havia sido apenas sexo casual? Era muito difícil para ela ficar sentada ali, esperando. Briony se mexeu um pouco, e sua coxa esbarrou de leve na dele sem querer. Bom, talvez não tão sem querer assim.

Nate se inclinou para perto dela.

— Seu pé está melhor? — murmurou ele no ouvido dela. Sua respiração era quente contra a pele dela. Mesmo assim, isso lhe causou arrepios.

— Acho melhor você dar uma olhada — sussurrou ela.

Ele agarrou a mão de Briony, levantou-se rapidamente e puxou-a para fora pela porta lateral que dava para o corredor. Ele devia estar tão impaciente quanto ela, porque, no instante em que ficaram sozinhos, ele a jogou na parede e pressionou seu corpo contra o dela. Ela enroscou os dedos no cabelo dele, puxando sua cabeça para um beijo. A respiração de Briony era rápida e entrecortada, mas nada parecido com um ataque de pânico. Muito pelo contrário. Era um ataque de luxúria.

Briony se entregou às sensações que Nate lhe proporcionava, agradecida por ter a parede para sustentá-la, porque seus joelhos pareciam não conseguir dar conta de sustentá-la. Era como se ela estivesse andando nas nuvens.

— Onde você conseguiu isso?

A voz era alta. Nate se afastou de Briony, e ela olhou de um lado para outro do corredor, abotoando a blusa o mais rápido que conseguiu. O corredor estava vazio. Eles não tinham sido vistos.

— Eu perguntei onde você conseguiu isso? — A voz vinha da sala de projeção.

— Preciso ver o que está acontecendo lá dentro. — Nate afivelou o cinto e correu para a porta.

— O zíper! — sibilou Briony, arrumando o cabelo com os dedos.

Ele subiu o zíper, agradeceu-lhe o aviso e estendeu a mão para tocar a maçaneta.

— Batom! — Ela correu até ele e limpou o batom dos cantos de sua boca.

Ele a agarrou e deu-lhe um beijo rápido e voraz.

— Batom de novo? — perguntou ele.

Quando ela balançou a cabeça, ele abriu a porta. As luzes estavam acesas. Briony não tinha certeza de quanto tempo eles haviam ficado ali fora, mas o filme já tinha acabado.

— Esse colar é meu — disse Eliza a Peggy. — Você pegou isso na casa do meu avô?

Briony e Nate correram em direção a um grupo de pessoas, onde estava acontecendo uma discussão.

— Você foi até a casa dele? — perguntou uma mulher baixinha de cabelo vermelho, encarando Peggy com os olhos cerrados. Ela estava sentada atrás de Regina, que havia se oferecido para levar as refeições de Archie.

— Não. Eu o encontrei. No meu quarto — respondeu Peggy, assim que Nate e Briony alcançaram o grupo.

— O Archie esteve no seu quarto? — exclamou Regina.

— Isso não é da sua conta — retrucou Peggy, agarrando o pingente prateado e brilhante em formato de coração no colar em seu pescoço.

— Então isso é um sim — murmurou Gib.

Peggy se virou para ele.

— Achei que você tivesse ido embora.

— Eu queria ver o gato. Acho que ele sumiu de novo — explicou Gib.

— Ah, não! — suspirou Briony. — Desisto. Mac provavelmente vai estar em casa quando eu chegar.

— Achei que o pingente pudesse ter sido esquecido por um inquilino anterior. A faxineira esteve lá em casa ontem. Presumi que ela o tivesse encontrado debaixo da minha cômoda ou algo assim — explicou Peggy para Eliza. — Eu não faço ideia de como um pertence seu pode ter ido parar na minha casa, mas, se você está falando que é seu, aqui está. — Ela retirou o colar por cima da cabeça e o fecho cortou seu lábio levemente.

— Você está sangrando. — Gib tirou um lenço do bolso e já ia limpar a boca de Peggy com ele, mas, em vez disso, entregou-o a ela.

Peggy olhou para o lenço e passou o dedo sobre uma rosa bordada no canto.

— Onde você conseguiu isso? Esse lenço é meu.

— O gato levou para mim — respondeu Gib.

— O MacGyver? — indagou Briony. O que esse gatinho danado estava aprontando?

CAPÍTULO 11

Briony não se conteve e caiu na gargalhada ao entrar em casa com Nate. Mac estava todo confortável dormindo no centro de uma almofada gigante em um canto da sala, enquanto Catioro se espremia em uma almofada pequena que não chegava nem perto de acomodar seu corpo todo.

— Olha quem voltou — disse ela. Catioro deu um salto, foi correndo até Nate e pulou nele. — Acho que ele está pedindo que você o proteja do Mac.

— Não sei se posso te ajudar com isso, meu chapa — disse Nate ao grandalhão. — Aquele gato é muito mais esperto que eu. — Mac abriu apenas um dos olhos dourados por um instante, encarou Nate e caiu no sono de novo.

— Quer ir lá fora? — perguntou Briony, abrindo a porta um pouco mais, e Catioro disparou para o jardim cercado na frente da casa. Na mesma hora, ele começou a molhar as árvores e os arbustos com seu xixi.

Briony deixou a porta aberta. Não havia sentido em mantê-la fechada, já que Mac conseguia sair na hora que bem entendesse.

— Quer beber alguma coisa? — perguntou a Nate. — Tenho uma garrafa de vinho. — *E depois você pode me levar para a cama,* acrescentou ela mentalmente. Depois do que aconteceu no Jardins, não havia dúvida de que ele também a desejava.

Nate se espreguiçou.

— Vou querer, sim.

— Seu dia foi longo, né? — perguntou Briony, seguindo para a cozinha, e pegou uma garrafa de fumé blanc que havia comprado naquela tarde, na esperança de que Nate fosse para sua casa. Depois, ela passou algumas horas tentando decidir o que vestir, sem pedir opinião para ninguém. Nate pareceu aprovar o lindo vestido transpassado de mangas curtas. Ela o havia comprado para usar na lua de mel, pois ele era dupla face, e Briony queria viajar com pouca coisa. Ela afastou o pensamento. Enquanto estivesse com Nate, sua lua de mel seria a última coisa na qual gostaria de pensar.

— Sim, o dia foi bem longo, bom, ruim, duro, estranho — respondeu Nate, apoiando o corpo na bancada da cozinha.

Quando Briony tirou o saca-rolhas de uma das gavetas, ele o pegou e abriu a garrafa. Ela apanhou duas taças, e ele serviu o vinho.

— Entendo a parte longa do dia, porque sei a hora que você começou a trabalhar. E sei da parte ruim também, por causa do acidente do Archie. E quanto ao resto?

— Acho que você também consegue saber qual foi a parte boa. — Nate olhou para Briony da cabeça aos pés, fazendo sua pele esquentar por onde seus olhos passavam.

Ela engoliu em seco.

— Assistir a *Hairspray*? É um filme muito bom mesmo.

— Não, não foi isso. — Ele colocou a taça de vinho sobre a bancada, segurou o rosto dela com as duas mãos e beijou-a suave e carinhosamente. — Foi *essa* parte.

— Essa também foi a parte dura? — provocou ela, coisa que nunca faria com Caleb. Ele não gostava de falar indecências, nem mesmo para dar uma apimentada na relação.

Nate riu, deu um tapinha na bunda dela e a beijou de novo. Dessa vez, o beijo não foi tão suave nem carinhoso.

— A *outra* parte dura foi lidar com a situação do Archie — respondeu ele ao se afastar.

— A Eliza não está nada satisfeita. Mas o avô dela não parece culpar você pelo acidente. Ele disse que queria ficar no Jardins.

— O Archie se enturmou muito rápido, não teve problema nenhum de adaptação — explicou Nate. — Mas a família dele também precisa estar feliz. Essa foi uma das primeiras coisas que aprendi.

— Você vai convencer a Eliza. Você tem esse dom — afirmou Briony. — Agora já sabemos o que foi longo, bom, ruim e duro. Só falta o estranho.

Nate tomou um gole do vinho e se sentou à mesa, Briony se acomodou na cadeira ao lado.

— A parte estranha do dia tem a ver com a minha mãe, não deixa de ser um pouco ruim também. Eu fui lá ver como ela estava antes da Noite da Família. Lembra que comentei com você que tinha alguém rondando a casa dela? — perguntou ele, e Briony assentiu. Ele não tinha contado todos os detalhes, comentara apenas por alto. — Quando cheguei à casa dela, ela estava de pijama, o que não é muito comum, e parecia distraída, meio perdida. Ela falou que estava sentindo o cheiro do perfume do meu pai na casa, embora tivesse guardado o único frasco da colônia no porão da casa quando ele foi embora.

Ele passou a mão pelo cabelo.

— Só fiquei sabendo disso hoje. Sempre achei que ela tivesse jogado tudo fora logo depois que ele foi embora. Naquela época, ficamos desesperados para descobrir o que tinha acontecido com ele. Ligamos para todo mundo que a gente conhecia, fomos a hospitais...

Nunca passou pela nossa cabeça que ele simplesmente tivesse ido embora. Até que um dia recebemos um cartão-postal...

— Um cartão-postal... — Briony deu uma ajudinha ao notar que Nate parecia ter se perdido nas lembranças do passado.

— Só o li uma vez, mas não era algo que dava para esquecer fácil. O cartão dizia: "Estou bem. Eu precisava ir embora. Estava me sentindo sufocado. Vou mandar dinheiro." E ele de fato fez isso. Não sempre, nem mandava uma quantia suficiente para sustentar minha mãe, mas já era alguma coisa. Enfim, quando cheguei em casa no dia seguinte, tudo o que era dele havia sumido. Tudo, inclusive o cartão-postal. Até a churrasqueira. Ele adorava fazer churrasco. Eu não sabia que ela ainda tinha coisas dele guardadas. Aí ontem ela me confessou que não tinha conseguido se desfazer de tudo.

— Você não teve tempo de processar isso tudo ainda, né?

Nate balançou a cabeça.

— Acho que não. Saí da casa da minha mãe e fui direto para a Noite da Família. Era importante eu estar presente, para passar a sensação de normalidade. Cumprimentar os convidados olhando em seus olhos, tranquilizar todo mundo que estivesse preocupado por causa do acidente do Archie, principalmente por isso ter acontecido logo depois do problema com o sistema de ventilação.

— Você se saiu muito bem. Foi maravilhoso, de verdade. Só de olhar, pude ver que você parecia ser amigo de todas as pessoas que cumprimentou. Você se mostrou interessado no que todos tinham a dizer, mostrou que se importava com eles. E até sabia o que o neto do Rich gostava de comer.

— Isso faz parte do meu trabalho — explicou Nate.

— Sejamos justos... não é só parte do seu trabalho. Você não estava sendo forçado a fazer aquilo. Dava para ver. Aquela senhora disse que você fez do Jardins um lar. Você, Nate.

— Foi a Regina — lembrou ele.

— Isso, Regina. E o poeta, o Rich, concordou com ela. E dá para ver que todos concordam com isso. Quando vi você com a LeeAnne e a Hope no outro dia, ficou claro que elas te adoram.

— Você não precisa... — começou Nate. — Não te contei nada disso para ouvir um discurso motivacional.

— Mas não fiz um discurso motivacional. Só expressei a minha opinião. Você devia se sentir orgulhoso da pessoa que é e do trabalho que faz.

— Foi o meu avô que...

— Você mantém o lugar aberto e funcionando há quantos anos mesmo? — Briony interrompeu Nate antes que ele terminasse de se defender.

— Nove anos e quatro meses. — Ele não mencionou o exato número de dias, ainda que soubesse.

— Seu avô não fez tudo sozinho, Nate. Você também faz parte disso. Fique orgulhoso.

— Eu me orgulho — disse ele, embora nunca tivesse enxergado isso como uma realização pessoal. Ele apenas fez o que precisava ser feito. Fez o que achava que seu avô teria feito até adquirir experiência necessária para tomar as decisões por conta própria.

— Quando o seu pai gerenciava o Jardins, ele era comprometido com o trabalho? — perguntou Briony.

Era a segunda vez naquele dia que falavam sobre o pai dele. Muito estranho. Depois do cartão-postal, para Nate, foi como se o pai nunca tivesse existido. Todos os pertences dele desapareceram — pelo menos era isso que achava —, assim como todas as suas fotos, muito embora talvez ainda tivesse a chance de encontrar alguma coisa escondida em casa.

— Meu avô teve um derrame com setenta e três anos. Foi algo completamente inesperado. Ele nem pensava em se aposentar, e eu acreditava que esse dia nunca chegaria. Ele foi um homem cheio de energia. Mas, da noite para o dia, passou de administrador a residente do complexo, demandando cuidados médicos em tempo integral.

— Ah, Nate. Sinto muito. — Os olhos azuis e profundos de Briony refletiam sua simpatia por ele.

Nate continuou, querendo encerrar logo o assunto.

— Meu pai nunca se interessou muito pelo Jardins, e isso é compreensível. Nem todo mundo quer assumir os negócios da família, eu entendo. Ele devia ter contratado um gerente, mas acabou assumindo a direção e foi empurrando com a barriga. Eu ainda estava no ensino médio, mas já sabia mais do que ele sobre como cuidar do lugar. Aprendi só de ficar com o meu avô.

— Seu amor por ele é visível — disse Briony.

— Pois é. Ele passava muito tempo comigo. Comigo e com a Nathalie. Ele mergulhou de cabeça no papel do avô, talvez pelo fato da minha avó ter falecido pouco depois que nascemos — disse Nate. — Meu pai às vezes comentava que o vovô era muito melhor como avô do que como pai. Mas eu nunca entendi muito bem essa história.

— A sua mãe estava muito chateada quando você foi até a casa dela hoje? — indagou Briony.

Nate refletiu por um momento.

— Não tanto. Quando ela falava do meu pai, ficava pior. Na época que ele foi embora, ela ficava histérica se eu tocasse no nome dele, então parei de tentar conversar sobre o assunto. A gente só fingia que ele nunca existiu. Hoje foi a primeira vez que realmente a vi triste desde aquela época. Eu a vi chorar vendo filmes, vendo comerciais na TV. Eu a vi chateada com várias coisinhas, como um corte de cabelo que não deu muito certo. Talvez tudo isso tivesse ligação com o meu pai, de certa forma.

— Um corte de cabelo que não deu certo é uma tragédia para as mulheres — provocou Briony, então continuou: — Você acha que sua mãe vai falar mais sobre o seu pai, agora que esse assunto veio à tona, por causa do perfume?

— Não tenho certeza. Talvez volte a ser como sempre foi. Não sei. — De repente, ele se sentiu exausto. — E a sua família? Como eles são? — Ele queria dar uma pausa em seu drama familiar.

— Minha família? Bem, na minha família somos só meus pais e eu. Não tenho irmãos — respondeu Briony. — Estávamos sempre juntos na minha infância e adolescência. Fazíamos muitas viagens. Íamos para Washington, para o Grand Canyon, para a Disneylândia. Fomos à Europa algumas vezes.

— Que legal.

— Foi mesmo — concordou ela, mas Nate percebeu que havia algo mais.

— Mas... — falou Nate, encorajando Briony a continuar.

— Mas... Humm. Parece que estou sendo ingrata por reclamar, mas eu nunca fui a uma festa do pijama. Nem nunca saí no Halloween pedindo doces ou fazendo travessuras. Bom, na verdade, eu até saía no Halloween, mas era tão pequena que meus pais tinham que ir junto. Quando voltávamos para casa, eles revistavam todas as balas e os doces antes de me deixar comer, e eu só tinha direito a um doce por dia até que acabasse tudo.

— Um doce por dia? Meus doces acabavam na mesma semana.

— O que deve ter sido bem mais divertido — disse Briony. — Quando as crianças da minha idade começaram a sair sozinhas no Halloween, eu me animei, mas meus pais continuavam insistindo em ir comigo. Então falei com eles que tinha perdido o interesse. Eu ficava com vergonha de ser vista pelo bairro com minha mãe e meu pai me esperando na calçada do outro lado das casas aonde eu ia, como se eu fosse uma criancinha.

— Você tinha quantos anos nessa época? — perguntou Nate.

— Acho que uns doze anos quando tentei convencê-los pela última vez de que nada ia acontecer comigo se eu fosse com os meus amigos, sem nenhum adulto tomando conta. Mas não adiantou.

— Que exagerados — disse Nate.

— Foi uma loucura, e isso fazia com que eu me sentisse... — Ela não terminou a frase.

— Como?

Ela suspirou.

— Parecia que tinha algo errado comigo. Era como se os meus pais achassem que eu era incapaz, que eu não era tão esperta quanto as outras crianças.

— Eles só queriam te proteger.

— Sim. Mas acabavam me deixando indefesa.

— Então foi por isso que você ficou tão incomodada quando tentei te ajudar quando você machucou o pé. Você disse que não queria se sentir incapaz. Para a sua informação, você não me parece nada incapaz.

Ela deu uma gargalhada.

— Você devia ver o que se passa dentro da minha cabeça.

— Você está aqui agora, longe de casa. De férias, cuidando de pets, sozinha. Muita gente não faria isso. Tem gente que não consegue nem sair para jantar sozinha. Minha irmã é uma dessas pessoas.

Antes que Briony pudesse responder, o cachorro entrou correndo. Ele tentou parar, mas derrapou pelo piso até parar nas pernas de Nate, então soltou um latido alto.

— Ele está acostumado a ganhar um petisco quando chega.

Quando ela falou a palavra "petisco", Catioro começou a abanar o rabo tão rápido que por pouco não perdeu o equilíbrio. Briony se levantou e abriu um pote de cerâmica escrito "Me alimente" na lateral. Ela pegou um biscoito, mas, antes de dá-lo ao cachorro, Mac apareceu e soltou um longo miado.

— Tá bom, tá bom, você primeiro. — Ela abriu um pote menor e jogou um biscoito de gato para Mac, depois deu a Catioro o petisco dele. — Você está esquecendo a outra parte estranha do seu dia, pelo menos eu achei que foi estranho.

— Qual? — indagou Nate.

— O colar da Eliza foi parar na casa da Peggy, e o lenço da Peggy foi parar nas mãos do Gib.

— Ele disse que o Mac levou o lenço para ele. E, numa outra noite aí, ele falou que o gato tinha levado uma calcinha cor-de-rosa bem pequena para ele.

Os dois encararam o gato.

— Bem que a minha prima avisou que ele gosta de surrupiar coisas — confessou Briony. — E parece que ele gosta de bancar o cupido também. Pelo que entendi, foi ele que uniu minha prima e o marido, David. Ele roubava objetos do David e deixava tudo na porta da Jamie.

— Se o Mac conseguisse juntar o Gib e a Peggy, o Gib compraria uma caixa de latas de sardinha para ele — disse Nate.

— Seria tão romântico se os dois ficassem juntos depois de todos esses anos que o Gib foi apaixonado por ela... — Briony olhou para Mac. — Então esse é o seu plano, Sr. Gato? — Mac apenas balançou o rabo em resposta. — Ele não quer me contar.

Nate estendeu os braços e agarrou Briony pela cintura, puxando-a para o espaço entre suas pernas, e colocou-a em seu colo.

— A gente só se conheceu por causa do Mac. Você acha que ele estava bancando o cupido com a gente também?

Ela sorriu.

— Tenho certeza de que ele sabia que você não seria capaz de resistir quando me visse naquele vestido rasgado, com o cabelo desgrenhado e o rímel escorrendo pelo rosto. Além disso, acho que gritei com você.

— Gritou, sim. Mas, no dia seguinte...

— No dia seguinte, prometi a mim mesma que ficaria calma, controlada, e tranquila e que provaria para você que eu não era maluca. E deu certo, porque você até me convidou para sair.

— Aí você acabou machucando o pé e eu tive que cuidar de você.

— E aí você me agarrou.

— Não, foi você que me agarrou. Assim, ó...

Então eles estavam se beijando de novo.

— Nate. Nate, Nate.

Nate acordou e viu Briony, nua e quente, apoiada em seu peito, chamando seu nome. Ele sorriu.

— Em que posso ajudá-la? — Nate percorreu a coluna dela com os dedos.

— Posso pensar em algumas coisas, mas te acordei porque seu celular estava tocando.

Nate murmurou um palavrão.

— Qual era a música? Qual era o toque da chamada?

— O *eee-ee-eee* de *Psicose*.

Ele xingou novamente, tateou o chão em busca das calças e pegou o celular que estava no bolso.

— É a minha irmã — disse ele, enquanto escutava a mensagem na caixa postal. Ele nem se deu ao trabalho de ouvir até o fim. — Ela está surtando de novo. Um cara terminou com ela por mensagem de texto. De novo. Preciso ir até lá. Se eu não for, ela vai afogar as mágoas com a Lyla, que tem só dez anos e não precisa disso.

Briony se sentou na cama

— Quer que eu vá com você? Eu posso ficar com as crianças.

Nate ficou tentado a aceitar a oferta, mas Nathalie ficaria chateada se ele levasse Briony, e ela já estava de mau humor.

— Tenho uma sugestão. Quando saímos para jantar, não conseguimos pedir nem as entradas. Você nem chegou a experimentar as torradas com abacate. Que tal se eu te levar para jantar hoje à noite?

— Adorei a ideia! Eu gostaria muito, muito mesmo.

Ele sorriu ao vê-la tão entusiasmada, então lhe deu um beijo rápido. Se lhe desse um beijo daqueles, nunca conseguiria sair daquela cama.

Ela agarrou o pulso de Nate quando ele começou a se levantar.

— Preciso me lembrar o tempo todo de que só vou ficar aqui por mais algumas semanas.

Ele a encarou.

— Eu também tenho — falou Nate.

— Tudo aconteceu meio rápido — disse Briony.

— Rápido demais?

Ela balançou a cabeça.

— Não, só inesperadamente rápido e divertido.

— Muito divertido.

— E hoje à noite vamos nos divertir mais.

— Quero o máximo de diversão que você conseguir aguentar até o dia de ir embora — disse Nate. Ele se vestiu depressa, pois queria resolver logo a situação com Nathalie, dar um pulo na casa de sua mãe, ver se Archie estava bem, vistoriar toda a propriedade do complexo e checar as instalações de uso comum para ver se estava tudo em ordem e depois voltar para a casa de Briony. — Eu te ligo.

— E eu vou te atender.

Ele se permitiu mais um beijinho, depois saiu, pegou o carro e foi para a casa de Nathalie, fazendo uma pequena parada antes para comprar rosquinhas. Ele demorou uns dez minutos até chegar à casa da irmã. Nathalie achava melhor morar perto da família. Assim que estacionou o carro, viu Lyle e Lyla sentados na varanda, provavelmente para não ter de ouvir a mãe deles chorando. Nate prometeu a si mesmo que iria levá-los a algum lugar incrível assim que desse. Talvez enquanto Briony ainda estivesse na cidade. Ela tinha se dado muito bem com as crianças, e deu para perceber que eles gostaram dela.

— Rosquinhas! — exclamou Lyle, ao avistar a caixa verde e branca que Nate segurava, então correu até o tio, pegou a caixa e começou a avaliar as opções.

Lyla se aproximou mais devagar. Ela não se empolgava tão facilmente quanto o irmão.

— Você trouxe as com granulados? — perguntou ela.

— Será que algum dia você vai confiar em mim outra vez? Já faz uns dois anos que comprei a de morango em vez dessa que você gosta.

Lyla sorriu para ele.

— Talvez leve mais um ano.

— As duas de bolo de chocolate são para a mãe de vocês — explicou ele, quando Lyla e Lyle começaram a dividir as rosquinhas entre eles. — O resto é de quem pegar.

— Você não vai comer nenhuma? — perguntou Lyle, com a boca cheia de recheio de Oreo e creme. Ele nunca chegava a uma conclusão sobre seu sabor preferido.

— Sou esperto, comi a minha no carro. Não queria que ninguém roubasse a minha.

Lyla entregou ao tio as duas rosquinhas que ele tinha comprado para a mãe dela em um guardanapo, então Nate entrou na casa sem se preocupar em bater à porta. Pelo estado de Nathalie, ela provavelmente não ia gostar de se arrastar para atender.

— Por que você demorou? — perguntou ela.

Nathalie estava deitada no sofá ainda com as roupas da noite anterior. Bom, a menos que ela tivesse começado a usar pijamas de Lycra. Havia uma taça de vinho pela metade sobre a mesinha de centro. Ele esperava que a taça também fosse da noite passada. Nathalie não era a melhor mãe do mundo, mas tinha limites.

— Não demorei nada, mas da próxima vez então eu não paro para comprar as rosquinhas.

— Tem de chocolate?

Ele afastou os pés da irmã da ponta do sofá, depois se sentou e entregou as rosquinhas para ela.

— Enquanto dirigia até aqui, fiquei pensando se não seria uma boa ideia dar à mamãe outra chance de te ajudar com suas crises amorosas. Isso está mais para um assunto entre mãe e filha do que de irmão para irmã.

Nathalie arqueou as sobrancelhas, como se considerasse a sugestão, depois pareceu desistir.

— Eu já te falei que isso nunca daria certo. Na época do ensino médio, eu tinha que fingir que não tinha namorado. E, na única vez que contei a verdade, ela só conseguiu falar que eu ia sofrer, que ia ficar com o coração partido. E foi exatamente o que aconteceu. — Nathalie se sentou e se esticou para pegar a taça de vinho. — Já é de manhã, não é? — Ela afastou a mão.

— Ding, ding, ding. Você acabou de descobrir a pólvora — brincou Nate. Nathalie balançou a cabeça e se encolheu. — Seria bom se você olhasse no relógio antes de me ligar — acrescentou ele.

— Era uma emergência.

— Não, não era uma emergência. É algo que acontece o tempo todo. Na verdade, há menos de uma semana, outro sujeito terminou com você por mensagem de texto.

Lágrimas brotaram nos olhos dela. Nate tinha sido muito insensível. Ele torceu para que a irmã não tivesse uma crise de choro. Era visível que ela já tinha chorado.

— Eu não devia ter falado assim com você. O que eu quis dizer... — Ele pensou nas palavras com carinho. — É que talvez você e os caras com quem escolhe sair não estejam se comunicando direito. Talvez você ache que o relacionamento possa estar num nível mais avançado, mas eles podem não compartilhar dessa opinião. — Na verdade, o que Nate queria dizer era que talvez os rapazes não considerassem dois encontros como um namoro, mas achou melhor não verbalizar aquilo. — Talvez eles nem vejam isso como um término, exatamente, e sim apenas uma forma de dizer que foi legal te conhecer... mas que eles não estão prontos para ter algo além daquilo no momento. — Não havia jeito de dizer isso de forma gentil.

— Você está querendo dizer que eles podem chegar, fazer o que querem e depois me descartar?

Era esse tipo de coisa que ele não queria que uma menina de dez anos como a Lyla tivesse de escutar.

— O que eu quero dizer é que talvez você devesse ser mais criteriosa, escolher melhor.

— Pelo menos eu estou tentando arrumar alguém, ao contrário de você...

Nate não rebateu. Ele não ia falar de Briony com Nathalie naquele momento. Isso só deixaria as coisas piores para a irmã.

— Você tem tanto medo de se magoar que nem se dá a chance de se envolver com alguém.

Só que ele estava se envolvendo com Briony. Nate só não podia se esquecer da conversa que haviam tido naquela manhã. Ela iria embora em breve. Os dois estavam apenas se divertindo. Por outro lado, manter contato não seria algo impossível. Talvez pudessem passar um tempo juntos na cidade dela.

A verdade era que tinha muito tempo que Nate não conhecia uma pessoa que o fazia se sentir daquele jeito. Talvez valesse a pena tentar continuar juntos.

Mac respirou fundo, se deliciando com o aroma de felicidade que vinha de Briony. Felicidade que ele havia proporcionado. Se todos ficassem numa boa e obedecessem ao gato soberano, estariam tão bem quanto Briony e Nate, e Jamie e David.

Este seria o momento perfeito para comemorar com uma soneca no travesseiro de Jamie, onde o sol bate, só que outras pessoas de quem ele estava cuidando ainda precisavam de sua ajuda. Mac suspirou. Ele tiraria uma soneca quando concluísse todas as suas missões. Se os humanos fossem um pouquinho mais espertos, já ajudaria, mas eles não tinham culpa por não serem gatos.

CAPÍTULO 12

Briony se olhou no espelho que ficava atrás da porta do banheiro. Ela girou o corpo de um lado para o outro para fazer a saia curta rodar. Decidiu deixar os cabelos soltos. Rodopiou e deu uma risadinha. Estava tão empolgada que parecia uma adolescente se arrumando para o primeiro encontro com seu *crush*. Nate viria buscá-la em menos de meia hora.

Você não devia estar tão feliz, sussurrou uma voz em seu ouvido. Briony fingiu não ouvir, ou pelo menos tentou ignorá-la. Ficar triste não faria seus pais, nem Caleb, e muito menos os pais de Caleb se sentirem melhor. E ela ficaria apenas mais duas semanas e dois dias na Califórnia, depois voltaria para casa. Aí teria de reorganizar a vida. Queria aproveitar cada minutinho de prazer, algo que não acontecia com tanta frequência, durante o curto período que lhe restava neste lindo lugar ao lado de Nate.

Briony decidiu enviar um e-mail rápido para Vi. Ela havia recebido algumas mensagens da amiga e lhe devia uma resposta, mas não queria conversar pelo telefone. Isso envolveria muitas perguntas, que poderiam ser respondidas quando ela voltasse.

Vi! Olá, Vi! Desculpa, demorei dias para responder. É que estive...

Ela esteve fazendo o quê mesmo? Bom, transando com um cara que nem conhecia direito, embora Nate não parecesse ser um desconhecido para ela. Não. Talvez contasse sobre suas trepadas para a amiga em outra oportunidade...

Trepadas. Essa não parecia ser a palavra certa. Mas não deixava de ser verdade. Por definição, uma trepada era um ato sexual. Só que Nate estava além disso. Ele tinha sido carinhoso, divertido e fora muito mais que apenas sexo. Ela havia conhecido os residentes pelos quais Nate tinha tanto carinho e os sobrinhos dele.

Mas, mesmo que não tivesse sido apenas uma trepada — muito embora tivesse sido incrível —, foi rápido. E, em breve, tudo chegaria ao fim. Talvez ela contasse todos os detalhes para Vi depois, mas não agora, não enquanto *ainda* vivia esse momento. Ela queria que seu tempo com Nate ficasse protegido dentro de uma bolha brilhante de felicidade, com apenas os dois lá dentro.

Certo, então...

... aproveitei o tempo aqui para refletir. E correr atrás do gato da minha prima, que seria capaz de escapar de Alcatraz, se ainda fosse uma prisão.

Recebi mensagens da Savannah e da Penelope (e de várias outras pessoas). Fala para elas (e para qualquer um que pergunte) que estou bem, por favor.

Quando eu voltar, vou convidar todas vocês para sair, e tentar explicar o que aconteceu...

Amo você!

Briony

Não era uma mensagem maravilhosa, mas dava para o gasto. Talvez devesse enviar um e-mail para seus pais também. Eles...

O Skype apareceu na tela. Os pais estavam ligando para ela. Briony tinha a sensação de que bastava pensar neles para que aparecessem.

Briony clicou em "Responder com vídeo", e o rosto do pai ocupou a tela inteira. Assim tão de perto, dava para ver as rugas em seu rosto. Ele parecia cansado e preocupado, e ela tinha certeza de que era a responsável pelo estado dele. Sentiu um nó no estômago.

— Oi, pai! — Ela sorriu, aliviada por estar maquiada.

Talvez, ao vê-la bem, sem estar com os olhos vermelhos e o rosto pálido, mais pálido que o habitual, ele ficasse mais tranquilo. Não que ela pudesse dizer a ele ou à mãe o que a fazia se sentir tão bem naquele momento. Eles nunca entenderiam como a filha poderia estar saindo com um rapaz logo depois de quase ter se casado. Ela mesma achava difícil entender aquilo, mas era tão bom, tão certo, que Briony decidiu parar de analisar a situação.

— Cadê a mamãe? — Na maioria das vezes, seus pais ligavam para ela juntos.

— Foi ao mercado. Mas tenho certeza de que ela vai tentar ligar mais tarde. Só queria saber como você está. Conseguiu marcar a tomografia? Sua mãe acha muito importante você fazer isso.

— Estou bem, pai. Sério. Eu tive um ataque de pânico, como a Dra. Shah explicou. — Briony quase perguntou a ele se não teria problema se ela não fizesse o exame, mas se lembrou de que não precisava mais de autorização. Por que será que ela de vez em quando ainda achava que precisava de permissão para fazer as coisas?

— Da última vez que nos falamos, você disse que tinha mandado o anel de volta para Caleb.

— Mandei — respondeu ela, hesitante, mas foi em frente. — Pai, tenho certeza de que tanto você quanto a mamãe estão tendo dificuldades em entender isso tudo. Na verdade, eu também estou achando um pouco difícil. Eu achava que queria me casar com o Caleb — disse Briony, mas, na despedida de solteira, ela ficou perguntando para todo mundo se deveria ou não se casar. — Só que, naquele último minuto, foi como se meu corpo dissesse "não". — Aquela tinha sido a explicação de Ruby, não a dela, mas parecia fazer sentido.

O pai passou os polegares sob os olhos.

— Talvez sua mãe e eu tenhamos pressionado você. Caleb tinha tanto a oferecer, um bom emprego e tudo o mais. E era evidente que ele era louco por você. Achávamos que ele cuidaria bem de você.

— E ele teria cuidado bem de mim, sim. — Briony tinha certeza disso. Era da natureza de Caleb cuidar das pessoas. Se um amigo estivesse precisando de alguma coisa, Caleb estava lá para ajudar. Se um desconhecido estivesse precisando de alguma coisa, Caleb estava lá para ajudar. Sempre que ela precisava de alguma coisa, ele estava lá para ajudar. — Ele teria cuidado bem de mim mesmo. Mas talvez isso não seja a coisa mais importante. Tenho vinte e sete anos, deveria ser capaz de cuidar de mim mesma. Por que você e a mamãe não acreditam que eu sou capaz de me cuidar sozinha?

A pergunta saiu estridente e tão carregada de emoção, que chegou até a surpreendê-la.

— Mas nós acreditamos que você é capaz, sim — afirmou o pai. — Claro que acreditamos. Sabemos o quanto você é inteligente. Você sempre tirou as melhores notas da turma.

— Mas nem você nem a mamãe confiaram em mim para me deixar andar de bicicleta no parque com os meus amigos. Vocês me convenceram a morar em casa durante a faculdade. E minha mãe ainda tirava a casca do pão para mim quando eu tinha onze anos. — Briony não se aguentou. Finalmente havia colocado para fora os sentimentos que guardara para si durante toda sua infância. — Por que vocês achavam que eu não conseguia me virar? Passei a vida inteira achando que tinha algo de errado comigo.

— Ah, querida! Não é nada disso. — Ele parecia horrorizado. — Nós só queríamos manter você em segurança. Não porque achávamos que você não era capaz de se virar, e sim pelas coisas horríveis que podem acontecer com as pessoas.

— Desculpa, eu não devia ter falado isso.

— Devia, sim. Quero saber como você se sente, o que você pensa. Você é minha filha. Não quero ser tratado como um conhecido com quem você só fala por educação. Queria que você tivesse me falado isso antes.

— Para falar a verdade, acho que só percebi isso agora — confessou Briony. — O que aconteceu no casamento, o ataque de pânico, me fez refletir sobre muitas coisas, inclusive sobre a dificuldade que eu tenho de tomar minhas próprias decisões. Eu não conseguia nem escolher uma roupa sem perguntar a opinião de alguém. — Ela inclinou a cabeça para trás e suspirou. Depois voltou a olhar para a tela, encarando o rosto do pai. — Acho que foi por isso que me convenci tão depressa a me casar com Caleb. Ele era ótimo em me ajudar a decidir coisas que eu deveria ser capaz de resolver sozinha.

Mac pulou no colo de Briony, e ela acariciou o pelo macio e quente do gato.

— Gostaria de ter percebido isso antes. Preferia não ter magoado o Caleb. Nem você, a mamãe e...

Seu pai a interrompeu.

— Não se preocupe com a gente. — Ele olhou para trás, depois se virou para a filha outra vez. — Sua mãe teve três abortos espontâneos antes de você nascer.

— O quê? — exclamou Briony.

— Foi uma experiência horrível para nós dois. Mas para ela foi pior ainda. Nós ficamos muito empolgados, e aliviados, no dia que você nasceu. Acho que passamos um pouco dos limites tentando garantir que nada de ruim acontecesse com você. Mas acabou acontecendo.

Nunca passou pela minha cabeça que você poderia se sentir incapaz ou... — Ele piscou algumas vezes, e Briony percebeu que os olhos do pai estavam cheios de lágrimas.

— Ah, pai, não fica assim. Você e a mamãe foram ótimos. Fomos a tantos lugares divertidos, tivemos tantos momentos bons. — Mac esfregou a bochecha no queixo dela. — Esse é o gato da Jamie — acrescentou Briony, tentando falar de alguma coisa que não deixasse o pai tão chateado. — Ele é muito fofo, não é?

O pai ignorou a pergunta.

— Estou feliz por você ter lembranças tão boas. Só lamento não ter percebido antes que estava sendo impactada negativamente.

— Ei, eu larguei o Caleb no altar. — Briony tentou usar um tom bem-humorado, mas as palavras soaram sérias. — Tomei uma decisão, confiei em mim. Quer dizer... Meu corpo tomou uma decisão e eu tive que aceitar. Mas, como meu corpo é parte de mim, então está valendo. E agora, aqui, estou tomando todas as decisões sozinha.

— Bri, eu liguei por um motivo. Eu...

O barulho da campainha o interrompeu.

— Pai, é... Um amigo meu veio me buscar para sair. Podemos conversar mais tarde?

— É...

Ela nem deu tempo para que ele respondesse.

— Eu te ligo depois. Prometo. — Ela se inclinou em direção à tela e a beijou. — Amo você, pai. Precisamos ter mais papos assim.

Ela desligou o computador e voou para a porta. Ao abrir, Nate a abraçou, jogou-a para o lado e deu-lhe um beijo daqueles de perder o fôlego.

— Nunca ninguém fez isso comigo!

Então ele a jogou para o lado de novo.

Será que esses humanos sabiam o que Mac tinha feito por eles? Não. Se soubessem, estariam alimentando-o com uma sardinha atrás da outra, carne de peru e sorvete. Também lhe dariam um ratinho de brinquedo cheio de erva de gato o tempo todo. E fariam Catioro morar do lado de fora. E dariam a Mac seu devido valor.

No entanto, Mac não podia culpá-los. Eles simplesmente não eram inteligentes o suficiente para fazer a conexão entre a felicidade que sentiam e ele. Não faziam ideia do quanto deviam a ele. Mac se levantou e se espreguiçou, arqueando a coluna. Hora de ajudar outros humanos ingratos. Ele trotou até a cozinha, pulou em cima da bancada e aterrissou ao lado do pote de petiscos de Catioro. Depois de ser impulsionado pelo cão até a janela, Mac se esgueirou para fora da casa, aguentou o fedor do xixi que Catioro havia feito ali e correu para o Jardins.

Quando estava chegando à casa de Gib, um cheiro chamou sua atenção. Nate. Deu outra fungada. Não, não era o Nate, e sim um humano que exalava um odor parecido. Mac seguiu o rastro do cheiro e encontrou um homem que não era Nate, mas que tinha um cheiro que o fazia se lembrar dele, por mais que o aroma estivesse disfarçado. Tinha um cheiro parecido com o que David bebia no café da manhã. O homem estava parado atrás de uma árvore, o corpo encostado no tronco. Mac achou que ele ia subir na árvore, mas não, ele só ficou ali observando.

Mac tentou adivinhar o que o homem estava observando: um pássaro? Um esquilo? Não, ele parecia observar uma mulher que estava atrás de uma janela de vidro, como se ela fosse uma presa. Mac tinha muitos afazeres, mas decidiu continuar ali para ver que o homem ia fazer. Ninguém mais cuidaria disso, então tudo dependia dele. Aceitou a missão.

— Valeu a pena esperar? — perguntou Nate, assim que Briony deu a primeira mordida na torrada de abacate do restaurante Mama Shelter.

— Humm. Sim, quer experimentar? — Ela ofereceu a torrada para ele, que balançou a cabeça.

— Sou um dos poucos californianos que não gosta de abacate.

— Mas é tão cremoso. E verde — disse Briony, dando outra mordida.

— O que você fez hoje? — perguntou ele.

— Fiquei um bom tempo deitada na cama. Pensei em você... — A resposta dela provocou uma onda de calor no corpo de Nate. Ele podia imaginá-la em meio aos lençóis amarrotados.

— Que tipo de pensamentos você teve?

— Queria tanto que Nate estivesse aqui... — Os olhos azul-escuros de Briony se estreitaram e vagaram de um jeito sonhador, depois ela abriu um sorriso malicioso. — Para pegar uma xícara de café para mim.

— Essa doeu. Fiquei magoado. Você me magoou.

— Ah, desculpa. Não posso te contar no que estava realmente pensando, não em público. Mas depois eu conto — prometeu ela.

Ele sentiu outra onda de calor.

— Você conseguiu fazer alguma coisa além de ficar deitada, sonhando acordada com todas as coisas que vou fazer com você?

— Na verdade, conversei com o meu pai.

Isso foi um banho de água fria.

— E a conversa foi boa? — perguntou Nate.

— Foi boa, mas foi um pouco constrangedora. Na verdade, conversamos sobre o fato de ele e minha mãe terem sido tão superprotetores quando eu era criança. Acabei falando que toda essa proteção fez com que me sentisse meio incapaz. Cheguei até a falar que pensava que eles me tratavam daquela forma porque achavam que podia ter algo de errado comigo, algo que me impedia de fazer as coisas sozinha.

— Tenho certeza de que não tinha nada a ver com você.

— Agora consigo ver isso. Mas, naquela época... não chega a ser algo consciente. Eu só sentia isso.

— Você sabia que Briony é o nome de uma planta, né? É uma trepadeira conhecia pela sua resistência. Eles escolheram um bom nome para você, um nome forte — acrescentou Nate.

— Eu não sabia disso. Obrigada por me contar. — Ela sorriu. — Foi ótimo ter tido essa conversa com o meu pai. Parecia que eu estava tirando um peso dos ombros. Me sinto tão leve, como se pudesse voar.

Ele colocou a mão sobre a dela.

— Não, você ainda não pode.

— Ainda não — concordou ela. — Ainda não estou pronta.

Ele se perguntou se deveria comentar a possibilidade de manterem contato quando ela voltasse para Wisconsin, e talvez até fazer uma visita a ela, mas preferiu esperar mais um pouco. Eles ainda tinham tempo para aproveitar.

— E você? Como a sua irmã está?

— Arrasada, mas Nathalie quase sempre está arrasada por causa de algum cara. Eu disse que ela precisava ser mais exigente. E ela é. Sempre escolhe os caras que enviam sinais fortes de que não querem compromisso, como o que avisou logo de cara que não queria ter filhos. E aí, quando eles terminam o namoro, ela fica chocada.

— Ela escolhe os homens errados, e eles sempre a abandonam. Exatamente como seu pai abandonou a sua mãe. Talvez ela acredite que todos os relacionamentos devam ser assim. — Briony balançou a cabeça. — Desculpa. Nem sou psicóloga. Como ela reagiu ao ouvir isso?

— Ficou uma fera. O que é normal para ela. Mas, se isso ajudar Nathalie a extravasar suas frustrações, então tudo bem. — Ele pegou uma asinha de frango e a mergulhou no molho barbecue coreano. Para Nate, aquilo, sim, era um aperitivo de verdade.

— E a Eliza? Alguma novidade? — Briony roubou uma das asinhas de frango de Nate. — Não faz nem um dia inteiro que estamos longe um do outro e já tenho um monte de perguntas.

— Parece que por enquanto está tudo bem. O Archie estava no bingo hoje à tarde. E não houve nenhum acidente nem nada do tipo, mas preciso descobrir o que de fato aconteceu.

— E você vai. — Ela estava totalmente convencida disso.

— Ah! E eu recebi mais uma oferta de compra para o Jardins. Deve ter alguém interessado no terreno para construir um prédio residencial com apartamentos espaçosos ou algo assim. Tem uma imobiliária que não para de insistir, por mais que eu já tenha recusado a oferta inúmeras vezes.

— E você nunca ficou tentado a vender o complexo?

— Não. De jeito nenhum. Vender o Jardins significaria separar uma família. É isso que os residentes são uns para os outros. Eles podem até não se amar o tempo todo, mas, quando um deles precisa de ajuda, todos estão ali para socorrer — respondeu Nate.

— E se não houvesse pessoas nessa equação?

Ele ficou surpreso, pois achava que Briony tinha percebido que o Jardins era um lugar especial.

— Não dá para separar.

Ela assentiu.

— Você tem razão. Acho que só perguntei isso porque você foi praticamente forçado a assumir a administração do lugar. Era isso que você queria fazer da vida? Ou tinha outros planos?

— Quando eu era pequeno, pensava nas coisas que toda criança pensa. Já te contei que queria ser lutador. E também cheguei a pensar em ser astronauta, bombeiro, guarda florestal... — respondeu ele.

— Consigo ver você como guarda florestal. Você adora plantas. E uma floresta é um monte de plantas aglomeradas. — Ela sorriu. — Gostou do meu tom científico?

— Acho que nunca conversamos sobre plantas.

— Conversamos um pouco. Você me disse que cuida das plantas do saguão. E, no dia que você me levou na cozinha do centro comunitário, parou para examinar uma das plantas, analisando-a, procurando... alguma coisa. E só de ficar observando as suas mãos, uau! Acho que, naquele segundo, eu soube que queria que elas me tocassem.

Antes que Nate conseguisse dizer qualquer coisa, o garçom se aproximou com os pratos principais. *Droga!*

— Você está com muita fome? — perguntou ele.

Ela se levantou e pegou a mão dele.

— Muita, muita fome. Estou faminta.

Ele tirou a carteira do bolso e jogou na mesa dinheiro suficiente para cobrir o valor das refeições e ainda sobrar para uma gorjeta generosa, então pegou a mão que Briony lhe oferecia e, juntos, eles saíram correndo do restaurante e percorreram alguns quarteirões até o lugar onde haviam estacionado o carro. Assim que entraram no automóvel, começaram a se agarrar, até que uns adolescentes bateram no para-brisa, assobiando para eles.

— Talvez devêssemos fazer isso em casa — sugeriu Nate.

— Aham. — Ela estava meio ofegante, e isso fez com que Nate tivesse vontade de beijá-la de novo ali mesmo, mas, em vez disso, ele girou a chave na ignição e deu a partida. Pelo menos não estavam muito longe, e os deuses das vagas de Los Angeles estavam a seu favor. Um carro saía de uma vaga bem em frente ao pátio do Conjunto Residencial Conto de Fadas no mesmo instante que ele passava pela rua. Nate imaginou que estaria na cama com Briony em menos de dois minutos se conseguissem ser rápidos.

Mas, quando avistou sua casa, Briony congelou.

— Sabe de uma coisa? Acabei de perceber que estou com muita fome. — Briony agarrou o braço de Nate, cravando-lhe as unhas. — Faminta, faminta. Meu estômago está roncando. Vamos pegar....

Um homem de camisa xadrez azul e branca e calças de brim com a barra dobrada atravessava o pequeno jardim da casa da prima de Briony. Parecia que ele tinha acabado de sair de um iate, com o cabelo curto e loiro partido de lado. Não que Nate realmente soubesse qual era a vestimenta para se passear em um iate, já que nunca havia colocado os pés em um.

— Briony? — chamou o homem.

Nate se virou para Briony e notou a expressão de espanto no rosto dela.

— Quem é esse cara? — indagou Nate. Estava na cara que era alguém que ela não desejava ver. Nate a envolveu com um dos braços e sentiu o corpo dela tremendo.

— Aquele cara? — repetiu Briony, como se não falasse a mesma língua que ele. — Aquele, aquele...

O homem foi andando na direção deles.

— O que você está fazendo aqui? — exclamou Briony.

— Eu precisava conversar com você pessoalmente — respondeu ele.

— Quem decide isso é ela — disse Nate.

O homem continuava vindo na direção deles, sem tirar os olhos de Briony. Não havia nada de ameaçador na postura dele, mas ela parecia apavorada.

Quando o homem os alcançou, Nate sentiu seu corpo se retesar, pronto para entrar em ação, caso necessário.

— Estou tão feliz em ver você, Bri... Fiquei tão preocupado. Espero que você saiba o quanto me importo com você — disse o homem.

Que merda é essa?? Nate encarou Briony outra vez. A respiração dela estava acelerada.

— Você quer conversar com esse cara? — perguntou ele.

— Eu... eu... — gaguejou ela.

— Eu ainda te amo, mesmo depois do que aconteceu. Sei que você me ama também — disse o homem. — Muita gente fica receosa antes do casamento. — Ele abriu um sorriso gentil. — Eu preferiria que você tivesse conversado comigo, em vez de me deixar lá, plantado no altar. — Ele deu de ombros. — Mas vai ficar tudo bem. Nós vamos dar um jeito.

No altar? Ela deixou esse cara plantado no altar?

— Quem é você? — perguntou Nate, dessa vez olhando diretamente para o homem, mas foi Briony quem respondeu.

— O nome dele é Caleb Weber. Ele é... Era meu noivo.

CAPÍTULO 13

Apoiado nas patas traseiras, Mac se esticou e cravou as garras da frente no material áspero de seu poste arranhador. *Ah. Que delícia.* Ele continuou arranhando até fazer com que a lasquinha da garra que o estava incomodando saísse. Depois ficou admirando a ponta afiada que crescia por baixo. Flexionou as patas. Havia outra garra que precisava de cuidados. Já ia recomeçar a arranhar quando farejou o cheiro de Briony.

Havia algo estranho. Ela não exalava mais aquele aroma maravilhoso e alegre de felicidade. Havia algo em seu odor que fez os músculos de Mac se retesarem. Não sabia mais nem se conseguiria engolir uma sardinha sequer, e, um minuto antes, seria capaz de devorar uma lata inteira e pedir mais.

Desceu as escadas às pressas e entrou na sala de estar. Briony estava sentada no sofá, ao lado de um homem que Mac nunca havia cheirado. Então, ele deu uma fungada. O cheiro de Briony era tão forte que Mac levou um tempo para identificar o odor suave do homem. Não percebeu nenhum sinal de raiva ou tristeza. Nada de ruim. Apenas um leve cheiro de café, dos cintos que David usava e daquele negócio que Jamie enfiava na boca e cuspia todas as manhãs. Mac tinha esperança de que ela entendesse que, se tinha de cuspir o líquido de cheiro forte, era melhor nem o colocar na boca, para início de conversa. Ele tentou ajudá-la derrubando o recipiente no chão do banheiro, mas, todas as vezes que empurrava o frasco da pia, ele sequer rachava.

Será que esse homem tinha alguma coisa a ver com a mudança do cheiro da Briony? Mac não tinha certeza. Mas *sabia* que Briony precisava dele. Então, pulou para o colo dela, que, na mesma hora, afundou os dedos em sua pelagem. O corpo dela estava vibrando, do jeito que o corpo de Mac vibrava quando ronronava. Mas, mesmo que Briony fosse capaz de ronronar, não estaria fazendo isso agora.

Mac deixou escapar um suspiro de frustração. Precisava descobrir o que havia de errado. Só aí então voltaria ao trabalho.

Briony passava os dedos pela pelagem macia de MacGyver na tentativa de se acalmar. Tudo parecia oscilar, como aconteceu na igreja, ao caminhar até o altar, em direção a Caleb.

— Você está bem? — perguntou Caleb, com um tom de voz apaziguador, como se Briony fosse um animal que ele tentava domesticar. Ele não tinha parado de falar desde que ela o convidara para entrar na casa da prima, mas Briony não conseguira assimilar nem uma única palavra, pois ainda estava profundamente abalada com a chegada repentina do ex-noivo. — Quer um copo de água?

Ela assentiu. Não estava nem aí para água nenhuma, só queria ficar sozinha por alguns instantes para tentar se recompor. O que será que Nate estaria pensando? Ele tinha perguntado se estava tudo bem, e ela conseguiu responder que sim. Então ele foi embora.

Mac deu um breve miado para Briony que soou como uma pergunta. Ela olhou para baixo e viu que Mac a encarava. O gato piscou os olhos dourados lentamente, então voltou a encará-la.

— O que devo fazer, Mac? — perguntou ela. — Aqui estou eu, de novo, pedindo conselho ao gato.

— O que você falou? — perguntou Caleb ao lhe trazer o copo com água.

Ele havia se dado ao trabalho de colocar cubos de gelo no copo, mas não muitos — do jeito que ela gostava. Como ele podia estar sendo tão, tão... atencioso com ela? Ele não estava furioso, nem chateado, nem nada. Era o Caleb de sempre, ainda que a situação estivesse longe de ser algo comum.

Ao pegar o copo que ele lhe oferecia, sua mão se contraiu em um espasmo. Teria derramado a água toda em cima dela mesma se Caleb não tivesse enchido o copo só até a metade. Briony o apoiou sobre a mesinha de centro com muito cuidado. Ela não conseguiria levá-lo até a boca.

Ela devia uma explicação a Caleb. Aquele homem merecia. Sem falar que tinha cruzado o país inteiro só para vê-la. Enquanto tentava encontrar as palavras certas, seu coração já acelerado começou a golpear suas costelas, como se quisesse escapar de seu peito. Briony engoliu em seco uma vez, depois outra.

— Não consigo. — As palavras saíram como um chiado. Ela se levantou de um jeito vacilante, e Mac pulou para o chão. Caleb ficou de pé e estendeu a mão. — Não — disse Briony e se afastou. — É um ataque de pânico. Você fica aqui, Caleb. Pode ficar... — Ela parou para respirar e retomou a fala: — à vontade. Amanhã a gente se fala. — Ela correu para a porta e, ao ouvir os passos de Caleb, virou-se para encará-lo. — Não! Você só vai piorar as coisas assim. Estou indo para a casa de uma amiga. -- Ela precisou parar para tomar fôlego. — Volto amanhã.

Ele ergueu as mãos em sinal de rendição.

— Tudo bem — concordou ele em um tom de voz gentil. — Você vai conseguir ir sozinha? É muito longe daqui?

— Não, eu consigo. — Briony se sentiu um pouco melhor assim que saiu de casa, pois não precisava mais encarar Caleb. Ela conseguiria chegar à casa de Ruby, ainda que o chão parecesse oscilar. *Não é longe, não é longe, não é longe*, pensou. *Um passo de cada vez, um passo de cada vez, um passo de cada vez, um passo de cada vez.* O trajeto até a porta da casa de Ruby parecia interminável, mas deve ter levado menos de três minutos. Ela bateu à porta e descansou a mão na madeira lisa enquanto esperava.

Briony cambaleou ligeiramente quando Ruby abriu a porta.

— Olha quem está aqui! Está tudo bem. Você está em segurança — murmurou a amiga enquanto levava Briony até a cozinha. Ruby rapidamente fez com que ela se sentasse em uma cadeira. Em seguida, pegou um pano de prato, molhou-o com a água da torneira, torceu-o e o entregou a Briony. Só então, quando ela pressionou o pano úmido contra a própria nuca, sua respiração começou a desacelerar.

— Desculpa — começou ela.

— Não fala nada — disse Ruby. — Espera um pouco.

Ruby estava certa. Mesmo não estando mais ofegante, Briony ainda corria o risco de hiperventilar, então se concentrou no pano frio em seu pescoço, exatamente como tinha feito na primeira vez, e, aos poucos, o mundo foi ficando estável, e sua respiração voltou ao ritmo normal. Ela retirou o pano, agora morno, do pescoço e olhou para Ruby.

— Me desculpa. Estou sempre te pedindo ajuda.

— Não precisa se desculpar. O que aconteceu?

— Nate sabe. Sabe o que eu fiz — respondeu Briony.

— Sobre o casamento?

Briony assentiu.

— Você resolveu contar para ele? Achei que você tivesse decidido aproveitar as férias e deixar as coisas do jeito que estavam.

— Eu não contei para ele. Não pretendia falar nada, mas o Caleb apareceu aqui.

Os olhos de Ruby se arregalaram.

— Caleb? O seu noivo?

— Aí o Nate simplesmente foi embora. Não... — corrigiu-se Briony. — Primeiro ele se certificou de que era seguro me deixar sozinha com o Caleb, aí ele foi embora.

— Peraí! — A voz de Ruby ficou mais alta. — Por que ele achou que não seria seguro deixar você sozinha com o Caleb? Ele estava sendo agressivo ou algo assim?

— Não! De jeito nenhum! Você saberia que isso é impossível, se conhecesse o Caleb. Ele só disse que precisava conversar comigo pessoalmente. E ele tem razão. Devo isso a ele. Mas eu estava tão assustada que praticamente saí correndo da casa da Jamie. Acho até que disse para ele que ficasse à vontade. — Briony deu uma risada que pareceu histérica até para os próprios ouvidos. — Mas falei que voltaria amanhã para termos a nossa conversa.

— Caramba. Caramba! — exclamou Ruby. — E caramba.

— Eu sei — concordou Briony, apoiando a cabeça nas mãos. — O que eu vou fazer? — murmurou ela. — E não me venha com esse papo de que eu pedi para você não me dar conselhos, porque isso é uma emergência.

— Você não precisa de conselhos — disse Ruby. — Faça apenas o que você disse que ia fazer. Amanhã vá até lá e converse com ele.

Briony levantou a cabeça e fitou Ruby.

— Você tem razão. Só preciso saber o que dizer. Não acho que posso simplesmente virar para ele e dar a desculpa de "você é perfeito, só não é perfeito para mim". Não é o bastante. Preciso dar uma explicação real, só que ainda estou tentando entender qual é. Na verdade, não sei por que ele não é o homem perfeito para mim. Bom, isso é o que eu acho, não tem base em nenhum pensamento lógico. Foi por isso que desmaiei, porque não tive uma conversa sensata com ele semanas antes do casamento

— É muita coisa para você processar. E você quase não teve tempo para fazer isso.

— Mas ainda assim dei um jeito de transar com outro homem. Nate deve achar que sou uma sociopata.

— Pelo visto tem mais alguém com quem você precisa conversar — comentou Ruby.

— Pois é. Tenho que falar com o Nate também. Chega dessa história de fugir das coisas — concordou Briony. — Amanhã vai ser um dia beeem divertido.

— Amanhã de manhã vou preparar panquecas para você no formato que quiser.

— Faz só uma semana que a gente se conhece e tenho a sensação de que já somos grandes amigas. Você já deve ter me ajudado a lidar com umas vinte crises desde que cheguei, e eu não fiz nada para retribuir. — Briony realmente estava se aproveitando da boa vontade de Ruby.

— Consigo ver que você está quase se afogando em um mar de culpa. Mas não faça isso. Apesar de toda a sua confusão, gosto de você.

— Por quê? — Agora que havia parado para pensar, Ruby devia achar que ela era um poço de carência. Um poço profundo, deplorável e nojento.

— Não sei explicar — respondeu Ruby, sorrindo. — É algo baseado na minha intuição, não é lógico e racional.

Briony retribuiu o sorriso e deu um longo bocejo.

— Você deve estar exausta. Vou buscar uma camisola para te emprestar. Vai ficar mais curta em você do que em mim, mas vai servir. Tenho uma com estampa de pôneis, é claro, e outra de vaqueiras, e uma terceira de pôneis e vaqueiras.

— Obrigada. — Briony se levantou e percebeu que tanto suas pernas como o chão haviam parado de tremer.

— Também tenho escovas de dente novinhas. É tudo tamanho infantil, mas dá para quebrar o galho. A Riley sempre esquece de trazer escova de dente. Vem — chamou Ruby. Briony a seguiu, e as duas saíram da cozinha. — Você percebeu que falou do Nate e do Caleb?

— Não, não falei, não — protestou Briony. Ela havia chegado à casa de Ruby muito abalada pelo encontro com Caleb.

— A primeira coisa que você disse foi que Nate tinha descoberto, e não que Caleb tinha aparecido. — Ruby entrou no banheiro.

— Jura?

— Juro. — Ruby pegou uma toalha de banho, outra de rosto e uma escova de dente e colocou tudo em cima de um cesto. Então indicou o caminho até o fim do corredor. — Fico me perguntando o que isso significa? — disse ela, olhando para trás.

Significa que Nate, de alguma forma, mexeu comigo muito rápido, pensou Briony.

Nate perambulou pela propriedade do complexo, inquieto, mesmo tendo uma montanha de trabalho esperando por ele em sua mesa, como sempre. Ele sabia que deveria estar focado em descobrir quem estava tentando sabotar o complexo; em encontrar uma forma de tranquilizar Eliza e ainda arrumar um jeito de garantir a ela o bem-estar do avô. Também precisava ver como a mãe e a irmã estavam. Mas sua mente simplesmente se recusava a pensar em qualquer assunto que não fosse Briony.

Então ela tinha abandonado aquele cara, Caleb, no altar? E quanto tempo depois ela esperou para ir para a cama com ele? Provavelmente não muito. Caleb não teria demorado meses para vir atrás dela.

E Nate, que, depois de sair com ela algumas vezes, já considerava a possibilidade de manter um relacionamento à distância. Ele era um idiota. Estava na cara que não a conhecia de verdade. Ele nunca poderia imaginar que ela era uma pessoa tão desalmada.

Ao passar na frente do centro comunitário pela segunda vez, Nate notou que as luzes da cozinha estavam acesas. Será que já estavam acesas quando passou por ali antes? Não tinha certeza, pois não conseguia pensar em nada que não fosse Briony. Ele precisava parar de se comportar daquela forma. Não valia a pena. Não dava para continuar assim. Ela não valia o sacrifício. Caleb podia ficar com ela. No entanto, ainda não entendia por que Caleb voltaria com ela. Talvez ele não a tivesse procurado para isso. Talvez ele apenas quisesse que ela encarasse as consequências do que tinha feito.

Nate seguiu em direção à porta lateral da cozinha e, quando enfiou a chave na fechadura, se deu conta de que já estava aberta. Ele pensou em chamar o pessoal da segurança para lhe dar cobertura, o que seria a coisa mais racional a fazer, considerando os últimos acontecimentos, mas acabou entrando sozinho.

E encontrou LeeAnne despejando massa em uma das cinco formas de bolo enfileiradas sobre a bancada da cozinha.

— Achei que você tivesse saído com a Briony hoje. Bom, achei que vocês ficariam juntos até amanhã de manhã — disse ela com um sorrisinho. — Gosto dela. Aquela moça conseguiu tirar você um pouco daqui, e a Hope me contou que ela foi ótima com os residentes na Noite da Família. Isso diz bastante sobre uma pessoa.

Foi o que ele também pensou. *Mas havia se equivocado.*

— O que você está fazendo aqui a essa hora? — questionou ele, sem querer dar detalhes sobre Briony. Já havia passado muito tempo pensando nela. Precisava ter em mente que aquela mulher não era apenas uma planta resistente, mas também venenosa.

— Estou fazendo um bolo para o aniversário da Hope. Um bolo bem grande. — LeeAnne sempre fazia bolos para o aniversário dos funcionários, mas aquele parecia bem mais elaborado. — Ela gosta de vários sabores. Esse vai ter uma camada de pêssego, uma de morango, outra de limão, e duas camadas de chocolate, além da cobertura de chantili. Acho que chantili é o ingrediente do qual ela mais gosta num bolo. Uma vez eu a vi comendo puro.

— Tenho certeza de que ela vai adorar.

— Ela merece. É uma boa menina. E é muito esforçada, tanto no trabalho quanto na faculdade. Você devia dar um aumento para ela.

— Estou trabalhando nisso — respondeu Nate.

— Você é um bom chefe — disse LeeAnne, assentindo com a cabeça. — Então, por que está perambulando por aqui? Por que não está se divertindo?

— Estou com muita coisa na cabeça.

— Por causa do acidente na esteira?

— Entre outras coisas.

— O Archie pode ter apertado o botão para acelerar em vez de diminuir a velocidade — falou LeeAnne. — É possível. Tive um amigo que fraturou o ombro caindo de uma esteira que nem estava numa velocidade alta. Talvez tenha acontecido a mesma coisa com o Archie, aí ele inventou essa história de ela ter acelerado de repente porque ficou com vergonha de contar a verdade.

— Mas ainda tem o problema do sistema de ventilação.

— Isso está te incomodando bastante, né? Você está com uma cara péssima. É melhor se cuidar, senão a Briony vai te dar um pé na bunda rapidinho — provocou ela.

— Daqui a duas semanas ela vai embora — rebateu Nate. Ele ficaria aliviado quando ela voltasse para Wisconsin. *Não faz diferença se ela está aqui ou não*, pensou, pois ele não sairia com ela de novo.

— Você pode ir visitá-la. Quando você tirou férias pela última vez... Deixa eu pensar... Nunca! Você nunca tirou férias! Pode parecer difícil de acreditar, mas vai ficar tudo bem sem você por aqui. A Amelia é maravilhosa, e a sua equipe é muito competente. — Ela deu a volta na bancada, se gabando de seu trabalho, e começou a colocar as formas de bolo no forno.

— Não importa.

— Eu sei que vocês não se conhecem há tanto tempo assim, mas talvez valha a pena ver aonde isso vai dar. Você parece estar bem interessado nela — comentou LeeAnne.

— Olha, acabei de descobrir que ela ia se casar antes de vir para cá. Largou o noivo plantado no altar. Legal da parte dela, né? E logo depois ela começou a sair comigo sem nem se dar ao trabalho de me contar uma coisa dessas.

LeeAnne arqueou as sobrancelhas.

— Bem, isso não me parece o tipo de coisa que você conta a alguém que acabou de conhecer — opinou ela, por fim.

— E antes de arrastar esse alguém para a cama?

— Arrastar?

— Tudo bem. Nós nos arrastamos para a cama. Mas você não acha que ela devia ter me contado isso quando o lance começou a esquentar entre a gente? — Não que tenha dado tempo... Tudo aconteceu muito rápido. Surgiu uma pequena faísca e depois... *bum*. Fogo para todo lado.

— Bom, mas não quer dizer que ela ia reatar com o noivo quando voltasse para casa.

— Mas a questão não é essa. Que tipo de pessoa chega tão perto de se casar com alguém e logo depois começa a se relacionar com outra? Parece que ela não tem sentimentos.

LeeAnne encarou-o por um momento, depois pegou a vasilha da massa de bolo.

— Quer lamber a colher? Eu sempre recorro ao chocolate quando alguém parte meu coração.

— Ela não partiu meu coração — rebateu Nate.

Como resposta, LeeAnne ergueu uma colher cheia de calda de chocolate.

CAPÍTULO 14

Mac se empoleirou em cima da cômoda, analisando o homem deitado na cama na qual Briony costumava dormir. Ele exalava um cheiro muito parecido com o da noite anterior, e, a princípio, não precisava de nenhum tipo de assistência. Mas ele não deixava de ser humano, o que significava que era muito provável que necessitasse de alguma ajuda. Mac só precisava de um pouco mais de tempo para descobrir o que seria. Aquele homem cujo nome era Caleb estava na casa de Mac e, portanto, sob sua responsabilidade.

Aquela também era a casa de Catioro, mas o babacão não assumiria nenhuma responsabilidade pelo homem. E, mesmo que o fizesse, ele era idiota demais para ser útil em alguma coisa. Além do mais, Mac preferia trabalhar sozinho.

Ele sentiu algo se encaixar com *click* dentro de si. Hora do café da manhã. Mac soltou aquele seu miado matinal longo e alto e torceu para que esse humano fosse inteligente o bastante para manusear um abridor de lata.

Briony se inclinou na direção do espelho do banheiro, com as mãos apoiadas na pia, encarando o próprio reflexo.

— Você consegue — sussurrou para si mesma. — Você *precisa* fazer isso.

Alguém bateu à porta.

— Você está bem? — perguntou Ruby.

— Estou. — Briony assentiu para o próprio reflexo no espelho e se afastou da pia. — Estou — repetiu e abriu a porta. — Pareço estar bem? — indagou. Não que isso fizesse alguma diferença. O importante era o que ela havia decidido dizer a Caleb, e não sua aparência.

— Você está ótima. Acabei de passar o seu vestido — disse Ruby. — Agora me diga: qual formato de panqueca você quer? — Ela esfregou as mãos em um gesto entusiasmado até demais. — Pode escolher qualquer coisa, adoro um desafio.

— Não vou conseguir comer. — Briony levou as mãos à barriga. — Estou com a sensação de nó no estômago.

— Você vai ficar bem e se sentirá muito melhor depois da conversa — afirmou Ruby.

— Depois de qual delas? — indagou Briony.

— Depois das duas conversas. — Ruby a acompanhou até a porta. — Depois me conta como foi. Vou ficar em casa o dia todo. Tenho só uma videoconferência com um diretor e um figurinista daqui a mais ou menos uma hora.

— Pode deixar que com certeza te conto tudo. Bom, vou indo.

— Você sabe que nem saiu do lugar, né?

— Sei. — Briony respirou bem fundo. Pelo menos a respiração dela não estava ofegante. Bom, por enquanto.

O dia estava lindo: céu azul, sem uma nuvem sequer. Havia uma pessoa aparando a grama, o que deixava o ar com aquele delicioso aroma de grama recém-cortada. Mas poderia estar até nublado e chovendo que não faria a menor diferença para Briony. Ela não conseguiria prestar atenção em nada até fazer o que precisava ser feito.

Ela se empertigou e ergueu o queixo. Havia escutado que assumir uma postura confiante poderia fazer com que você de fato se sentisse assim. Então seguiu em direção à casa de Jamie — com o nó parecendo se embolar ainda mais em seu estômago.

Quando chegou, Briony se perguntou se deveria bater à porta. Aquela era sua casa, quer dizer, de sua prima, mas parecia indelicado entrar sem dar nenhum sinal a Caleb. Então resolveu dar uma batida, entrando em seguida.

— Caleb? Sou eu. — Sua voz saiu meio trêmula, mas não tão ruim.

— Estou na cozinha.

Briony sentiu o cheiro de comida de gato assim que entrou na cozinha. Olhando rápido, pareceu ter visto cinco latas abertas sobre a bancada. Mac estava em frente à sua tigela e ronronava enquanto comia.

— Você não deu tudo isso para ele, né? — perguntou ela, surpresa pela maneira como começou o discurso que havia preparado.

— Ele não aceitou os dois primeiros sabores que eu dei — respondeu Caleb, meio frustrado. — Mas acabei achando um que ele gostou. Tive que abrir algumas latas para encher a tigela.

— Era para ter dado uma lata só.

— Não foi isso que ele me disse. — Caleb balançou a cabeça olhando para o gato e se virou para Briony. — Qual a quantidade de comida que a gente põe para o cachorro?

— Deixa pra lá. O importante é que você já deu comida para eles — respondeu Briony. — Você quer sair para tomar o café da manhã?

Ela tinha bolado algumas estratégias e acabou chegando à conclusão de que a conversa poderia ser mais fácil se acontecesse em um lugar público. Não que Caleb fosse ficar exaltado ou algo do tipo, ele não era esse tipo de pessoa. Mas Briony achava que conseguiria controlar melhor suas emoções se houvesse pessoas ao redor.

Ou quem sabe ela poderia ter um ataque de pânico.

Ter de escolher o que comer e fazer o pedido daria a eles um tempo para colocar a cabeça no lugar, eles não ficariam olhando um para o outro. Ela não tinha certeza se conseguiria dizer a Caleb tudo o que gostaria se não tivesse algo que pudesse aliviar a pressão.

Como um ataque de pânico.

Pare de pensar em ataques de pânico, ordenou a si mesma. *Não está ajudando.*

— Bom, eu fiz uma fritada. Coloquei no forno para não esfriar. Espero que não se incomode por eu ter usado alguns ingredientes que achei na geladeira.

Ela havia largado aquele homem no altar, e ele estava preocupado com o fato de ter gastado os ingredientes da geladeira dela. Caleb era uma pessoa muito melhor do que ela. Para falar a verdade, naquele momento, Briony tinha a impressão de que todas as pessoas do mundo eram melhores do que ela, talvez tirando alguns criminosos.

Mac ficou de pé sobre as patas traseiras e soltou um miado sofrido.

— Viu? Ele está fazendo de novo.

— De jeito nenhum, mocinho — disse Briony ao gato. — A cozinha já fechou.

Mac foi se abaixando até que as patas dianteiras tocassem o chão e começou a se lamber, fingindo que não estava implorando por mais comida segundos antes.

— Pode usar o quiser — disse Briony para Caleb, desejando que Mac continuasse fazendo cena, pois isso daria a ela mais motivos para continuar enrolando. — Espero que tenha comido alguma coisa ontem à noite.

— Comi uma barrinha de proteína.

Briony assentiu. Caleb sempre levava uma barra de proteína com ele, para o caso de seu nível de açúcar abaixar, e ele sempre tinha uma para Briony também, uma barrinha LUNA sabor chocolate com nozes, a favorita dela.

— Quer que eu sirva a fritada? — perguntou ele.

De repente, Briony não queria mais ficar enrolando. Era melhor acabar logo com aquilo. Começou a sentir o coração acelerar, então se sentou à mesa.

— Daqui a pouco. Eu te devo uma explicação.

Caleb se sentou à sua frente e, por mais que Briony quisesse colocar um ponto final naquele assunto, as palavras que planejara dizer se evaporaram de sua mente.

— Seja lá qual foi o motivo, você sabe que vou entender — ele foi logo dizendo.

As palavras de Caleb lhe deram um sinal.

— Esse é o problema. Você sempre entende. É sempre uma via de mão única. Você sempre me apoia em tudo, não liga se todos os dias pergunto a você que sapatos devo usar ou o que devo pedir quando vamos ao restaurante de sempre. Mas você nunca precisa de nada *de mim*. — Nada daquilo tinha sido planejado, porém ela se deu conta de que estava colocando para fora exatamente o que sentia.

— Eu não estaria aqui se não precisasse de você.

Isso a fez pensar. Ele *estava* ali. E não precisava ter feito isso. Ela levou um dedo à boca e começou a roer a unha.

Ele afastou a mão dela da boca.

— Achei que tivéssemos conseguido pôr um fim nisso com o aplicativo de auto-hipnose que achei.

Era verdade. Ele realmente a havia ajudado.

— Pode até ser que você precise mesmo de mim — respondeu ela, seus pensamentos aos poucos foram tomando forma. — Mas a questão é que eu acho que talvez você precise que eu precise de você.

— Você acha que eu quero que você seja fraca? — perguntou ele, horrorizado.

— Não! — respondeu Briony depressa. — Não. Você não é esse tipo de homem. De jeito nenhum. — Ela sentia dificuldade para verbalizar o que estava pensando. — Você é um verdadeiro príncipe encantado. E todo príncipe encantado tem sua donzela em perigo. E, como você me conhece, sabe que preciso de ajuda a maior parte do tempo.

— Mas não era para você se sentir assim.

— Mas essa é a verdade. Pensei muito sobre isso desde que vim para cá e percebi que nunca tomo nenhuma decisão sozinha. Estou sempre procurando uma aprovação para uma escolha. Por algum motivo, não me sinto capaz de lidar com grande parte das coisas sozinha. — Briony resolveu não comentar sobre a forma como os pais a tratavam quando ela era criança. O comportamento dela como adulta era sua responsabilidade. — Mas eu não quero mais ser assim.

— Você está dizendo que acha que eu não vou mais querer ficar com você se for mais confiante? — perguntou Caleb.

Aquilo soou péssimo. Briony ficou confusa de repente. Poucos minutos antes, estava bem certa de que não queria ficar com ele. Tão certa de que ele era perfeito, mas não perfeito para ela, como o vestido de Ruby. E se Briony tivesse sofrido um ataque de pânico simplesmente porque se casar era, para ela, a maior decisão de sua vida e, naquele momento, ela não estivesse conseguindo lidar com aquilo, mesmo que seu noivo fosse Caleb? Eles estavam juntos fazia pouco mais de três anos. Onde ela estava com a cabeça?

— É isso que você está dizendo? — pressionou Caleb.

— Não. Não sei. — Briony teve a sensação de que estava entrando no que ela sempre chamou de caos mental, então se esforçou para se concentrar. — Acho que é difícil para mim imaginar como seria o nosso relacionamento se eu fosse diferente.

— Por que não experimentamos? Não acha que merecemos outra chance? — indagou ele.

Briony não respondeu. Não sabia o que dizer, embora o argumento dele fizesse sentido. Mas, só de pensar naquilo, ela começou a ver tudo rodar.

— Bom, e se a gente fizesse o seguinte... ainda tenho alguns dias de folga. — Ele não comentou nada sobre a lua de mel, mas os dois sabiam por que Caleb tinha uns dias livres. — E se a gente tirasse umas férias por aqui mesmo?

Algo dentro de Briony lhe dizia que aquilo não era uma boa ideia. Ela queria que ele fosse embora. Queria passar os dias de férias que ainda lhe restavam com Nate.

Mas isso era impossível. E, mesmo se ela conseguisse aproveitar uns dias com Nate, o pedido de Caleb fazia sentido. Ela tinha uma dívida com ele. Talvez estivesse errada, talvez eles formassem um ótimo casal se ela não esperasse que ele tomasse todas as decisões.

— Está bem.

Caleb sorriu, e as rugas nos cantos de seus olhos se aprofundaram. Briony adorava aquelas rugas, mas algo parecia lhe dizer que aquela ideia não era uma boa ideia.

— Não podemos retomar de onde paramos. Não consigo. Preciso ir devagar. Você pode ficar aqui, mas vamos dormir em quartos separados — disse ela.

— Parece que estamos dando um passo atrás.

— Não estamos. Eu abandonei você no altar, lembra?

— Jamais vou me esquecer disso.

Ela o havia magoado. Não podia esquecer isso. Nem tudo girava em torno dela.

— O que eu quero dizer é que vamos retomar a partir daqui. Estava tudo acabado entre nós, então passar uns dias juntos já é uma vitória. Preciso de um tempo para assimilar isso tudo, Caleb.

— Tudo bem. Estou de acordo — respondeu ele.

— Mas, antes, preciso fazer uma coisa. Sozinha.

Ele arqueou as sobrancelhas, mas não perguntou o que era. Aquela não era a melhor forma de recomeçar. Se estavam mesmo dispostos a tentar, ela não podia mentir para ele, nem omitir certas coisas.

— Preciso conversar com o Nate, o homem que estava comigo ontem à noite. E preciso te contar que nós... ficamos juntos nos últimos dias. O que pode fazer você mudar de ideia em relação à gente.

Briony havia acabado de magoá-lo mais uma vez. Ela percebeu isso ao ver a mandíbula dele se contrair.

— As pessoas fazem coisas estranhas quando se encontram em situações estressantes. Você estava planejando voltar para Wisconsin quando sua prima retornasse de viagem, não é? — perguntou Caleb, e Briony assentiu. — Então não foi nada sério. Vamos dizer que foi uma... aventura. Uma distração.

Uma aventura. Algo rápido e intenso. Talvez tenha sido isso mesmo. Algo passageiro.

Briony sentiu uma onda de alívio atingir seu corpo. Ela precisava contar a verdade a ele.

— Fiquei muito mal pelo que aconteceu na igreja. E pelo que aconteceu ontem à noite. Me desculpa por ter te magoado. Sinto muito, muito mesmo. Devia ter falado isso assim que você chegou.

— Vamos esquecer isso tudo. Melhor você fazer o que tem que ser feito logo — disse Caleb. — Talvez eu leve o cachorro para passear.

Catioro entrou na sala galopando, deu meia-volta, saiu trotando e retornou com a guia presa entre os dentes.

— Bom, com certeza vou levar o cachorro para passear.

— Volto assim que der.

Ele fora bastante compreensivo. Caleb era mesmo o homem perfeito.

Bom, mas se você ama mesmo alguém, será que conseguiria ser tão compreensivo se essa pessoa dormisse com outra? Sem ficar nem mesmo um dia com ódio dela?

O som de *Coconut* tocando no celular de Nate o acordou. Ele se sentou e sentiu o estômago revirar. Pegou o celular e viu a hora: quase uma da tarde. Ele nunca dormia até esse horário. Não chegou nem a ouvir o despertador. E ele sempre ouvia o despertador. Também nunca havia tomado sete cervejas em uma noite. Sete? Ou será que tinha parado de contar depois da sétima? *Coconut* ainda tocava, então a mente adormecida de Nate conseguiu ligar os pontos. Aquele era o toque de Yesenia, uma das enfermeiras. E agora? O que será que aconteceu enquanto ele estava dormindo?

— Onde você estava? — indagou Yesenia antes que ele tivesse a chance de dizer alô. Alguma coisa muito séria deve ter acontecido, pois ela nunca falava naquele tom. — Acho que tivemos um surto de intoxicação alimentar. Oito pessoas me procuraram reclamando de dores abdominais, vômitos e diarreia na última hora. E todos tinham tomado o café da manhã no refeitório.

A língua de Nate parecia estar grudada no céu da boca.

— Estou a caminho — ele conseguiu dizer. Então encerrou a ligação e pressionou os dedos na testa, na esperança de botar a mente para funcionar.

Ele teria de conversar com todos os residentes e descobrir o que tinham comido para conseguir identificar o alimento responsável pelo surto de intoxicação. Nate precisaria de reforços. Mandou uma mensagem de texto aos funcionários convocando todos para uma reunião.

Vestiu as roupas do dia anterior e foi direto até o armário no qual guardava os remédios. Pegou dois comprimidos de aspirina e os engoliu com um pouco de água da torneira. Quando endireitou o corpo, sentiu algo parecido com alguém martelando um prego em seu cérebro. Tomou mais quatro aspirinas, passou desodorante e fez um bochecho com Listerine, na esperança de que isso fosse dar um jeito no bafo de cerveja.

Então penteou os cabelos com os dedos e correu até a porta, mas, quando foi pegar as chaves, viu que não estavam na fechadura. Onde será que ele havia colocado as chaves? Ele precisava sair dali rápido.

Procurou pela casa inteira duas vezes e só então se deu conta de que elas estavam dentro de seu bolso.

Também percebeu que não podia se apresentar para resolver uma emergência usando as roupas que havia jogado no chão na noite anterior. Ele precisava ir logo para o Jardins, mas, se queria mesmo dar um jeito naquela situação, tinha de se apresentar como um chefe competente e responsável. Então trocou de roupa e vestiu um terno o mais rápido que conseguiu.

Pelo menos ele morava perto do trabalho. Em vinte minutos, Nate já estava na sala de projeção, com quase todos os funcionários sentados à sua frente. Muitos dos colaboradores que haviam tirado folga no fim de semana estavam lá, e Nate recebera mensagens de texto dos outros avisando que estavam a caminho.

— Como adiantei na mensagem, pode ser que a gente esteja lidando com um surto de intoxicação alimentar — informou Nate. — Bom, um número expressivo de residentes declarou estar com sintomas. O que eu quero é...

— Ninguém nunca passou mal depois de comer a minha comida. Ninguém! — disparou LeeAnne.

Nate precisava acalmá-la. Ele se virou para Amelia, que havia se encontrado com ele no estacionamento para lhe passar os detalhes dos últimos acontecimentos e para que os dois, juntos, pudessem pensar em um plano de ação.

— Divida a equipe em duplas para irem de porta em porta, conforme combinamos. A gente se encontra aqui depois para compartilhar as informações.

Yesenia se levantou, e Nate seguiu na direção de LeeAnne.

— É importante vocês saberem que, especialmente para os residentes mais idosos, isso pode ser muito grave — disse Yesenia ao grupo. — Temos que ficar de olho para que ninguém fique desidratado.

— Tem bastante água mineral na cozinha. Vou trazer todas as garrafas para cá. Peguem algumas antes de sair — bradou LeeAnne, juntando-se ao grupo. — Vou pegar umas sacolas também.

— Tem mais alguma coisa que a gente precisa levar? — perguntou Nate à enfermeira.

A porta se abriu de novo, e Briony entrou. Era só o que faltava.

— Por enquanto, não. Quero examinar todos que estiverem com sintomas. Me passe todas as informações que descobrirem o mais rápido possível. E, no caso das pessoas que não conseguem reter muito líquido, é só dar raspas de gelo para elas.

— Certo, dividi o Jardins em quadrantes. Formem uma fila para que eu vá distribuindo as tarefas! — anunciou Amelia.

Nate foi até Briony.

— O que você está fazendo aqui?

— Quero conversar. Eu...

Ele a interrompeu.

— Não estou com tempo para falar com você.

CAPÍTULO 15

Briony avistou Hope perto do final da fila e foi até ela.

— Sabe me dizer o que está acontecendo? Passei aqui para falar com o Nate e dei de cara com essa confusão. — Ela agitou as mãos no ar como se indicasse todas aquelas pessoas. Quando chegou ao complexo, Briony estava tão focada em Nate que nem prestou atenção no que ele estava dizendo aos funcionários.

— Vários residentes passaram mal. Estamos tentando descobrir se foi algum tipo de intoxicação alimentar — respondeu Hope.

— Quero ajudar. Posso? — Provavelmente Nate não ia querer que ela estivesse ali, mas Briony precisava fazer alguma coisa. Queria pelo menos ver se Gib estava bem.

— Estamos nos dividindo em duplas e batendo de porta em porta. Quer ficar comigo? — perguntou Hope. — Nate ficou de falar com a Vigilância Sanitária e LeeAnne vai ficar aqui para acompanhar os fiscais na inspeção pela cozinha, mas ela não quer que eu fique lá. Acho que ela precisa descontar a raiva em alguma panela e não quer que eu veja. Ela está muito chateada... isso pode ter acontecido por causa da comida dela.

— Claro que quero ir com você.

Briony mandou uma mensagem de texto para Caleb avisando que ia demorar mais do que tinha imaginado, pois havia surgido uma emergência, e ela precisava ajudar.

Ele respondeu segundos depois pedindo mais detalhes sobre essa tal emergência. Briony explicou sobre a suspeita de surto de intoxicação alimentar na comunidade de aposentados. Ele com certeza entenderia a justificativa dela.

Mas, como se tratava de Caleb, ele logo quis saber como poderia colaborar. Ela respondeu dizendo que achava que já havia muita gente ajudando e que voltaria para casa assim que possível. "Estou indo conversar com os residentes para ver quem está doente", explicou ela, para ver se ele parava de enchê-la de mensagens. Caleb não iria atrapalhar Briony a ajudar as pessoas.

Ela e Hope tinham chegado ao começo da fila, e a jovem anotou os números das casas aonde teriam de ir. Ambas pegaram algumas sacolas com garrafas de água que estavam em cima de uma mesa ali do lado.

— Esperem — falou alguém.

Briony se virou e viu LeeAnne vindo na direção delas.

— Você está aqui — disse ela para Briony.

— Estou.

— Você deixou o meu garoto em péssimo estado.

— Eu sei. Eu sei — disse ela, procurando palavras para tentar se explicar. — Não tive a intenção.

LeeAnne então entregou a Briony uma relação com todos os alimentos que haviam sido servidos no café da manhã. Uma lista grande.

— Marquem o que cada residente comeu, mesmo que não tenha passado mal — instruiu ela e foi até outra dupla de voluntários.

Hope encarou Briony com ar curioso, mas apenas disse:

— Vamos começar pela Rua Jacarandá.

Briony ficou aliviada por não precisar explicar nada para Hope. Ela parecia ter uns dezenove ou vinte anos. A última coisa de que a jovem precisava era ouvir uma história triste e sórdida. E, para falar a verdade, Briony não queria ver a cara de Hope se descobrisse o que ela havia feito. Bom, mas LeeAnne não pareceu odiá-la. Quando a chef deu a entender que Briony havia magoado Nate, a intenção não fora de condená-la, e sim apenas alertá-la.

— Que bom. Vou poder ver o Gib — disse Briony, enquanto elas seguiam para a primeira casa. — Parece que o gato da minha prima fez amizade com ele. Toda hora vem visitá-lo.

— O Gib é ótimo — elogiou Hope. — Fico feliz por ele ter voltado a sair mais de casa. Ele ficou sumido do centro comunitário por um tempo. Nem fazia as refeições no refeitório. — Ela fez uma careta. — Acho que seria melhor se ele tivesse ficado em casa hoje. — O celular de Hope vibrou, e ela checou o telefone. — Nate quer que a gente mande uma mensagem para ele e para a Yesenia com o nome de todos que foram contaminados e pediu para avisar a todos que vamos trazer comida de fora para o jantar. E que vamos servir algo bem leve para quem estiver passando mal.

— Caramba! Ele pensa em tudo mesmo — comentou Briony. — Quando ele descobriu que isso estava acontecendo?

— Não tem nem uma hora. — Elas atravessaram o caminho que levava à primeira residência da rota. — Ele é incrível. — Hope bateu à porta. — A Samantha tira o aparelho auditivo quando está em casa sozinha. Ela diz que a incomoda.

Briony estava impressionada.

— Você sabe tudo sobre todo mundo que mora aqui?

Hope deu outra batida à porta.

— Não, não de todos os residentes. Passo por essa rua quando chego e quando vou embora, e, quando o tempo está bom, os residentes estão sempre na varanda. Aí acaba rolando um papo. — Ela ergueu a mão para dar mais uma batida, então alguém abriu a porta.

Uma senhora alta e magra fez um sinal para que as duas aguardassem um pouco enquanto colocava o aparelho auditivo com a mão livre.

— Hope! Que surpresa agradável. Quer entrar? Descobri um molde de crochê no formato de polvo. Vou fazer um para você. É só escolher a cor na cesta de novelos.

— Que coisa mais fofa! Pena que só vou poder ver isso depois. Viemos até aqui para ver como a senhora está se sentindo — explicou Hope. — Alguns residentes passaram mal depois do café da manhã, e estamos preocupados com a possibilidade de ser uma intoxicação alimentar. A senhora está bem?

— Sim, estou — respondeu Samantha, tocando a barriga. — Espero que não tenha ninguém em estado grave.

— A Yesenia está cuidando de todos, e o Jeremiah deve chegar daqui a pouco para ajudar — explicou Hope. — A senhora poderia nos dizer o que comeu no café da manhã? Isso vai nos ajudar a identificar o que pode ter feito mal às pessoas.

Briony pegou uma caneta na bolsa e começou a marcar os alimentos que Samantha mencionava.

— Deixa eu ler para a senhora o que mais foi servido — sugeriu Briony quando Samantha terminou. — Só para garantir que não deixamos nada de fora, nenhum condimento ou um molho. — Ela terminou de ler a lista e assinalou mais alguns itens. Depois, ela e Hope se despediram da senhora e seguiram para a casa seguinte. O casal que morava lá havia tomado o café em casa.

— Você se importa de ir à próxima casa sozinha? — perguntou Hope.

Briony ficou curiosa, mas como Hope não falara nada quando LeeAnne comentou da situação com Nate, ela decidiu ficar quieta.

— Claro.

— Obrigada! Muito, muito obrigada! — exclamou Hope. — Vou para a próxima casa sozinha, aí depois a gente se encontra.

— Até daqui a pouco. — Briony seguiu depressa pelo caminho que levava até a casa e bateu à porta. — Oi, Max. — O rapaz usava calças de pijama e camiseta. — Pelo visto, essa é a casa do seu avô.

— É! Acabei de chegar. Nem me preocupei em me vestir direito. — Ele estava vermelho de vergonha. — Fiquei preocupado. Meu avô me ligou e disse que achava que tinha pegado uma gripe — explicou Max.

— Não acho que seja uma gripe. Várias pessoas que tomaram o café da manhã no refeitório passaram mal. Provavelmente é uma intoxicação alimentar — revelou Briony.

Os olhos de Max se arregalaram.

— É-é muito grave? Ele vai precisar ir para o hospital?

— Vou pedir a Yesenia, uma das enfermeiras, que venha examiná-lo.

— Certo, sei quem ela é. Quanto te-tempo ela vai demorar para chegar?

— Não tenho certeza. Depende da quantidade de residentes com sintomas. Mas sei que tem um outro enfermeiro a caminho, então acho que não vai demorar muito para que o seu avô seja examinado — respondeu ela. — Posso falar com o Rich rapidinho? Ajudaria bastante se eu soubesse exatamente o que ele comeu.

— Sim, claro. — Ele escancarou a porta e, no mesmo instante, franziu a testa. Briony olhou para trás, querendo saber o que ele havia visto. Hope já esperava por ela na calçada. — O que a Ho-Ho... O que e-ela.... — Ele engoliu em seco. — O que ela está fazendo aqui?

— Hope e eu estamos batendo de porta em porta para ver como os residentes estão — explicou Briony.

— Mas por que e-ela... — Max murmurou alguma coisa e começou de novo. — Por que ela está parada ali?

— Estamos cruzando nossas anotações depois que saímos de cada casa. — Briony não ia dizer a ele que Hope não queria entrar na casa de seu avô. — Posso entrar?

— S-Sim, de-desculpa. — Max recuou para dar passagem a Briony.

Rich estava sentado no sofá, com um balde de plástico do lado. Mas com o caderninho e lápis de sempre à mão. O que significava que ele não devia estar tão mal assim, já que estava pronto para rascunhar algumas frases para seus poemas a qualquer minuto.

Briony repassou os alimentos da lista, e Rich lhe contou o que havia comido. Em seguida, ela deu a garrafa de água para ele e o encorajou a bebê-la devagar.

— Você consegue pensar em alguma palavra que rime com diarreia? — perguntou ele quando Briony já estava de saída.

Aiarreia, biarreia, ciarreia. Briony foi seguindo a ordem das letras do alfabeto, tentando pensar em alguma coisa.

— Não consigo pensar em nada agora de imediato — confessou ela. — Talvez seja mais fácil encontrar uma rima para "disenteria".

— Ou "piriri" — sugeriu Max.

— Rá! Boa ideia. — Rich começou a rascunhar, e Max sorriu.

— Você é um bom neto — disse Briony antes de se virar para Hope.

— Não tem ninguém na casa do Archie. É ele quem mora aqui do lado — disse Hope.

— Você pode mandar uma mensagem dizendo que o Rich não está bem? — pediu Briony. Ela não queria mandar a mensagem, pois achava que Nate não ia gostar de saber que ela ainda estava por ali. Além do mais, não sabia o número do celular de Yesenia.

— Ai, não! Ele está muito mal? — perguntou Hope enquanto seus polegares tocavam apressados a tela de seu celular.

— Quando saí, ele estava tentando compor um poema sobre diarreia. Max estava lá cuidando dele — respondeu Briony. — Ele é um bom garoto. — Ela olhou para Hope. — Bom, acho que não deveria dizer "garoto". Ele tem a sua idade. Aliás, vocês não fazem uma matéria juntos? — Ela se lembrava de Nate ter feito a mesma pergunta a Max na Noite da Família, que agora parecia ter acontecido semanas atrás.

— Sim. Embora eu duvide que ele saiba disso. Quando ele olha para mim, parece que nem me conhece. Ou pelo menos finge que não me conhece. Talvez ele não queira falar com uma funcionária qualquer do Jardins.

— Isso não me parece muito a cara do Max — disse Briony.

— Como você sabe disso? Você nem conhece ele direito — protestou Hope. — Você não viu o que ele fez naquela noite? Ele nem se deu ao trabalho de me responder quando perguntei se queria o que eu estava servindo e virou as costas dois segundos depois.

Briony tentou se lembrar exatamente do que havia acontecido, mas não conseguiu. Por outro lado, Hope parecia muito certa do que dizia.

— Pronto. Yesenia colocou o Rich na lista de pessoas a serem examinadas. Vamos continuar. — Hope seguiu na frente, e Briony a acompanhou, feliz porque a próxima casa era a de Gib. Ela se sentia ansiosa para saber como ele estava.

Quando bateu à porta, ele respondeu dizendo que já estava indo. Bastou ouvir a voz rouca e fraca de Gib para que Briony soubesse que ele era um dos residentes que tinha passado mal.

Briony teve a sensação de que Gib demorou uma eternidade para abrir a porta. Assim que o viu, notou que seu rosto estava pálido, quase acinzentado, e gotas de suor pontilhavam a linha de seus cabelos.

— Vamos entrar para você poder se sentar! — exclamou Briony. — Hope e eu viemos ver se você chegou a passar mal depois do café da manhã. Pelo visto, sim. — Eles entraram na casa, Briony enganchou o braço no dele e, juntos, foram andando devagar até a sala de estar.

— Quem mais passou mal? Sabe do Richard, da Regina, Janet? E a Peggy? — Gib mencionou o nome de Peggy por último, como se não fosse importante, mas, depois do que Nate contara a Briony, ela sabia que Gib devia estar mais preocupado com ela do que com qualquer outro residente.

— Ainda não sabemos — respondeu Hope, entregando-lhe uma garrafa de água. — Mas vamos passar em todas as casas.

— Onde está a fera? — perguntou Gib a Briony.

— Eu diria que em casa, mas, toda vez que acho que ele está lá, acabo descobrindo que ele está aqui — respondeu Briony.

— Ele gosta de me trazer presentes. Esse é o mais recente. — Ele apontou com a cabeça para a mesinha lateral. Ao lado da luminária, havia um... Ela não tinha certeza do que era, mas torcia para que não fosse algo morto que Gib não teve forças para jogar no lixo. Com todo cuidado, Briony pegou o objeto, evitando tocar nos poucos fios brancos que continha. Para seu alívio, percebeu que era composto de uma borracha tão fina que chegava a ser transparente.

— O que é isso? — perguntou ela, sacudindo de leve o objeto.

— Não tenho certeza. Ele deve ter brincado com isso por um tempo antes de trazer para cá, ou então o encontrou no lixo — respondeu Gib.

Briony achou ter visto marquinhas de unhas mesmo e talvez algumas marcas de dentes também.

— Quer que eu jogue fora?

— Não. Estou fazendo coleção. Esse gato é uma figura. — Gib pigarreou e Briony percebeu que a garganta dele estava seca.

— Quer um gole de água? — ofereceu ela. — Você pode me dizer o que comeu no café?

Briony repassou a listagem com ele e explicou que tinha outras casas para visitar.

— Posso voltar mais tarde? — perguntou ela. — Para ver se você melhorou? Aí já vou saber se a Peggy e os outros residentes estão bem.

Ele parecia agradecido.

— Se ninguém mais estiver precisando de você... E agora que já sei que você não é tão louca quanto parecia ser.

— Você contou para o Nate que o Archie não estava em casa? — perguntou Briony a Hope, enquanto elas seguiam para a próxima casa. — Ele deve estar ansioso para saber se o Archie passou mal. É capaz da neta dele querer voar no pescoço do Nate. Ela já queria tirar o avô daqui antes.

— Mandei uma mensagem para ele. — Hope olhou para Briony como se a avaliasse. — Ele te contou isso? Humm. O Nate não costuma falar dos problemas com os outros. A LeeAnne precisa arrancar as coisas dele. Vocês devem ter ficado íntimos mesmo.

Briony não pretendia discutir o assunto. Cerca de uma hora depois, elas tinham passado em todas as casas da lista. Quando estavam voltando para o centro comunitário, Briony sentiu seu estômago dar um nó quando se lembrou de que havia a possibilidade de dar de cara com Nate. Os dois ainda não tinham conversado, mas hoje não era um bom dia. Briony pretendia apenas entregar a relação do que os residentes comeram e, caso não houvesse mais nada que os voluntários pudessem fazer, iria embora.

Ela tinha combinado de passar um tempo com Caleb. Por quanto tempo será que ele planejava ficar na cidade. Até que chegasse o dia de ela voltar para casa? Onde quer que seja sua casa agora... Caleb havia encontrado um lugar para eles morarem em Portland, mas, só de pensar nisso, seu coração já acelerava.

— Você está bem? — perguntou Hope, assim que elas entraram no refeitório. Havia um monte de pessoas reunidas em várias mesas, enchendo sacolas de papel com bananas, iogurte, biscoitos e mais água. E elas pareciam dar conta do recado.

— Sim, estou bem. — Briony deu um suspiro, tentando controlar a respiração. — Já que estamos de volta, acho que vou tomar uma água. — Ela abriu uma garrafa e tomou um gole. Ela se recusava a ter um ataque de pânico. Não naquele momento.

— O iogurte está quase acabando!

Briony reconheceu aquela voz. Ela passou os olhos pela sala. Sim! Lá estava Caleb. De alguma forma, ele havia encontrado o Jardins e já estava ajudando. Por que será que Caleb era sempre tão... tão Caleb? Ela precisava tirá-lo dali. Já era ruim que ela tivesse aparecido justamente quando Nate estava lidando com uma emergência.

— Deixa comigo, Caleb! — respondeu uma moça de uns vinte e poucos anos, enquanto seguia na direção dele, carregando uma caixa de iogurte.

Caleb já tinha feito amigos, como era de se esperar. E essa amiga era espetacular: cabelos longos escuros, assim como seus olhos, que lembravam...

Briony agarrou o braço de Hope.

— Aquela não é a... não é a...

— É a Nathalie.

— A irmã do Nate — disseram as duas ao mesmo tempo.

Perfeito, pensou Briony. *Perfeito.*

Nate e LeeAnne jogaram fora o último lote de carne e peixe. A Vigilância Sanitária havia coletado amostras de tudo que tinha sido servido no café da manhã e exigido que todo o resto fosse jogado no lixo.

— Que desperdício. — LeeAnne balançou a cabeça. — Nada disso está estragado. Só de bater o olho, sei quando um ingrediente não está bom, e nada disso aí deveria ir para o lixo.

— Concordo. Alguém deve ter contaminado a comida do bufê do café da manhã. Primeiro foi o sistema de ventilação, depois, a esteira, e agora isso. E eu ainda não faço ideia de quem está por trás desses atos de sabotagem.

— Você nem se expõe tanto assim para ter inimigos — brincou LeeAnne sem parecer muito animada. — E você não tem inimigos dentro do Jardins. Eu saberia. Eu sei de tudo que é dito pelos funcionários.

— Devo estar deixando alguma coisa passar batido.

— Bom, agora a Vigilância Sanitária está cuidando disso. Talvez os fiscais encontrem algo que deixamos passar. O olhar deles é mais experiente. — LeeAnne e Nate então resolveram voltar para o centro comunitário.

— Está tudo certo para o jantar com o bufê externo. E teremos refeições mais leves para aqueles que não estão se sentindo muito bem. Vamos servir o café da manhã normalmente?

— Não sei. — Ele odiava dizer essa frase. — Não tenho certeza se os residentes vão querer voltar a comer no refeitório logo depois do que aconteceu. Mas pode ser que, se as coisas voltarem ao normal rápido, todo mundo fique tranquilo. Vou pensar melhor no assunto e te falo.

Quando voltaram para a cozinha, eles lavaram bem as mãos.

— Vou ver como está a organização dos kits para os residentes e se os voluntários acham que tem alguém que precisa de um atendimento de urgência. Eu mesmo vou falar com cada um assim que puder.

— Sorte a minha que só preciso limpar essa sujeira. — Ela indicou a bagunça deixada pelos fiscais da Vigilância Sanitária. — Se por acaso você vir a Hope, diga a ela que parei de dar chilique e que ela já pode voltar para me ajudar.

— Pode deixar. — Nate ajeitou a gravata, preparando-se para mostrar a todos que a situação estava sob controle, o que não era nada verdade. Ele entrou no refeitório. Os voluntários pareciam ter feito um bom progresso com os pacotes de comida e água a serem entregues aos residentes que estavam passando mal. Eles poderiam começar a preparar as quentinhas do jantar para os outros moradores assim que a comida que eles haviam encomendado chegasse, o que devia acontecer dentro de meia hora.

Seu olhar se fixou em uma das mesas, e ele congelou. Sua irmã estava amarrando laços nos pacotes. Como ela ficou sabendo do que estava acontecendo? Ele não tinha contado nada a ela nem à mãe. Nate teria de tranquilizar mais duas pessoas. Mas foi então que viu que Nathalie estava ajudando. Ele começou a seguir na direção da irmã, mas parou. Ela estava parada ao lado daquele cara de ontem à noite. O noivo de Briony. O ex-noivo. Mas o que diabos ele estava fazendo ali?

Se ele estava ali, significava que Briony não tinha ido embora. E não demorou um minuto para que ele a visse em um canto mais à frente, conversando com Archie, que estava sentado em sua cadeira de rodas, com um chapéu elegante cobrindo parte do rosto.

Regina e Janet o cercavam, e ele parecia estar gostando da atenção que recebia. Nate mudou de direção e foi até lá para ver como Archie estava.

Porém, antes de alcançar o pequeno grupo, ele foi interceptado por Eliza. Ele não tinha uma folga, não é? *Você já tinha que conversar com ela mesmo*, pensou ele. *Melhor fazer isso logo.*

— Eliza, o que o médico falou? O que ele achou do tornozelo do Archie?

— Tornozelo? Esse é o menor dos problemas do meu avô nesse momento. Tive que levá-lo para a emergência às pressas. Ele teve intoxicação alimentar, assim como a maioria das pessoas daqui.

— Não foi tanta gente assim — protestou Nate, que olhou para Archie. — Ele parece bem o suficiente para flertar, pelo menos.

Eliza não achou a brincadeira engraçada.

— Ele deveria estar na cama. Mas é teimoso e, por algum motivo, se tornou extremamente leal a esse lugar, mesmo morando aqui há menos de um mês. Ele insistiu em vir até aqui para ver se estava tudo bem com os outros residentes.

— Ele fez muitos amigos aqui — começou Nate. — Ele esteve...

Ela não o deixou terminar.

— Vou te mandar a conta com as despesas da emergência e do ortopedista, assim que formos à consulta.

Nate não discutiu. Seria perda de tempo insistir com ela que o Jardins contava com uma excelente equipe médica, que poderia ter cuidado do avô dela.

— O médico disse que o vovô deu sorte porque fui correndo com ele para a emergência. Ele estava muito desidratado. Teve que tomar soro com Toradol para dor e Zofran para náuseas. Ele estava péssimo.

— Sinto muito por isso.

— Você também disse que sentia muito quando ficou sabendo do tornozelo dele. Mas sentir muito não adianta nada.

O que mais ele poderia dizer? Ela estava certa. Ele tinha feito tudo o que estava ao seu alcance para cuidar dos residentes que estavam passando mal e para descobrir o que tinha acontecido com a esteira, mas seus esforços não foram suficientes. Novos atos de sabotagem poderiam acontecer, mesmo depois de ele ter instalado as câmeras de segurança. E, mesmo se encontrasse o responsável por tudo isso, nada seria capaz de apagar a dor que Archie e tantos outros residentes sentiram.

— Os fiscais da Vigilância Sanitária estiveram aqui. Eles estão investigando a suspeita de intoxicação alimentar. Até o momento, não encontraram nenhum traço de insalubridade. Eles coletaram amostras das comidas que servimos no café da manhã. Em breve teremos mais informações. Assim que tivermos qualquer atualização, todos vocês ficarão sabendo.

— Fique à vontade para falar na reunião que marquei amanhã à noite com as famílias dos residentes. Tinha pensado em usar a sala de projeção, se não tiver problema para você.

— Reunião? — repetiu Nate.

— Para discutir os problemas que têm acontecido aqui — explicou Eliza.

Nate avaliou rapidamente a situação. Fazer uma reunião não era uma má ideia. Ele precisava mesmo conversar com as famílias dos moradores do complexo. Mas não queria que Eliza estivesse no comando. Mas agora já era tarde demais. Se ele tentasse assumir o controle da reunião, ela poderia acusá-lo de não dar voz aos familiares dos residentes.

— Achei a ideia ótima! Fique à vontade para usar a sala de projeção — respondeu Nate. — Podemos oferecer bebidas. — Eliza bufou com desdém e Nate voltou atrás. — Ou não. Mas gostaria de conversar com todos e esclarecer as dúvidas.

Eliza assentiu.

— Tenho certeza de que serão muitas. Gostaria que você me passasse as informações de contato das famílias.

— Esses dados são confidenciais. Mas, se você quiser redigir um e-mail convocando as pessoas para a reunião, eu posso enviá-lo para você com o maior prazer. — Isso pelo menos daria a Nate uma noção prévia do que iria acontecer.

— Tudo bem. Mando o texto para você dentro de uma hora. Também vou falar diretamente com os residentes e gostaria de conversar com os funcionários, a menos que você tenha alguma objeção quanto a isso.

— De jeito nenhum. Vou comunicar a todos que você talvez tenha algumas perguntas para eles. — Nate não estava feliz com aquilo, mas, se ele não concordasse, poderia passar a impressão de que estava escondendo alguma coisa, e isso não seria nada bom. Ele precisava agendar outra reunião com a equipe. Seus funcionários também mereciam uma explicação, e ele queria agradecer a todos por terem dado tudo de si hoje. Nate olhou na direção da irmã mais uma vez. Ela ainda estava concentrada nos laços. Parecia que ele tinha ido parar numa realidade paralela. — Quer que eu arrume um espaço onde você possa escrever o e-mail? Também posso pegar um laptop se você não...

Ela o cortou.

— Tenho tudo de que preciso na casa do vovô. Acho que ele vai ficar bem aqui por enquanto.

— A gente leva o seu avô para casa quando ele quiser ir embora, assim ele não precisa manobrar a cadeira de rodas pelas ruas.

— Não precisa se preocupar. Apenas peça para ele me ligar. — Ela falou isso e foi embora.

Ele ficou ofendido porque ela não disse "obrigada", mas não deveria ficar, pois o erro tinha sido dele. Era o segundo incidente com o avô dela, e Archie estava sob a responsabilidade de Nate. Então ele se controlou para engolir a raiva.

Raiva que lhe subiu à cabeça quando foi andando até Archie. Briony estava empolgada, com os olhos brilhando, enquanto conversava com o grupo, como se já fosse de casa. Desta vez ele não tentou suprimir a raiva. Trocou algumas palavras educadas com Regina e Janet, perguntou a Archie como ele estava se sentindo, e depois se virou para Briony.

— Preciso falar com você. — Ele seguiu para o corredor, e ela foi logo atrás. — Eu disse para você ir embora — falou Nate assim que fechou a porta.

— Você disse que não tinha tempo para falar comigo — rebateu ela, sentindo as bochechas corarem. — Fiquei para ajudar.

— E você chamou o seu ex-noivo, ou sei lá o quê, para ajudar também?

— Não! Mandei uma mensagem para ele explicando que voltaria mais tarde que o previsto, pois tinha surgido uma emergência aqui e eu ia ficar para ajudar. Não contei que você era o dono daqui. E eu não o chamei para vir até aqui, mas ele descobriu que o Jardins ficava perto do condomínio Conto de Fadas e veio ajudar, claro. Ele é perfeito. É isso que um homem perfeito faz. Ajuda numa emergência.

— Se ele é tão perfeito, por que você o largou no altar? — perguntou Nate. — Porque foi isso que você fez, não foi?

Briony ergueu as mãos e deixou-as cair em sinal de derrota.

— Foi.

Foi?! Isso era tudo que ela ia dizer? Foi?

— O que você falou para ele sobre a gente? Ou você mentiu também? Disse que eu era só um vizinho ou algo assim?

— Contei para ele sem entrar em detalhes, mas disse que dormi com você.

— E...?

— E ele entendeu.

— Ele entendeu. Ele *entendeu*. Bom, eu com certeza não entendo.

Ela ergueu o queixo.

— Você sabia que eu estava aqui de férias. Você sabia que essa... o que havia entre nós era apenas diversão.

— É, estou me divertindo muito — disparou ele.

Ela respirou fundo.

— Nate, vim até aqui porque sei que te devo um pedido de desculpas. Tudo aconteceu muito rápido entre nós. Você sabe disso. Eu não ia chegar dizendo "Ah, estou aqui porque desmaiei quando estava indo para o altar e tive vergonha de ficar lá e encarar o meu noivo... meu ex-noivo, na verdade, meus convidados e meus pais" no dia que te conheci. Nós saímos como amigos, lembra? Não era um encontro romântico. Mas aí as coisas foram ficando... bem, você sabe como as coisas ficaram.

— E depois? Você não podia ter comentado essa história antes de transarmos encostados naquela parede ali? Ah, não. Não precisa explicar nada. Era só diversão. Pelo menos você se divertiu, já que é uma.... — Ele parou de falar, mas ambos sabiam o que ia dizer.

E quem se importava com isso? Era verdade. A pessoa só podia ser uma vadia para agir da maneira que ela agira. Por isso que Nate a queria bem longe dele.

— Você já pediu desculpas. Obrigado. Agora acho que seria melhor se você e o Caleb fossem embora. Se você ainda estiver interessada em fazer trabalho voluntário, há várias instituições em Los Angeles que precisam de ajuda.

Nate se virou e seguiu de volta para o refeitório sem nem olhar para trás para ver se ela o seguia. Nathalie ainda estava com Caleb, jogando o cabelo de um lado para o outro, trocando olhares com ele. Em cinco minutos, ela estaria chorando porque ele a rejeitara. Era só ela receber um pouco de atenção de um cara que já achava que ele era o amor da vida dela. Será que o casamento de seus pais não ensinara nada à irmã?

— Para sua informação, esse cara estava no altar esperando outra mulher uma semana atrás — revelou Nate à irmã, quando finalmente a alcançou.

— Estou sabendo — rebateu Nathalie.

Ela sabia? Bom, pelo menos Caleb havia sido sincero e contado tudo para ela logo de cara. Ao contrário de Briony.

— Dá para acreditar nisso? Ele ainda veio para cá tentar consertar as coisas. Se eu fosse o Caleb, nunca a perdoaria. Nunca. — Ela olhou para ele. — Eu sou bem ciumenta — confessou.

Ela estava se jogando para cima dele. Aquela era Nathalie. Só pensava em flertar. Pelo menos ela havia entendido a situação. Caleb só estava ali porque queria tentar salvar seu noivado.

— Vou ver como estão as coisas na cozinha.

— Espera. — Nathalie o segurou pelo cotovelo. — Acho que seria legal se levássemos o Caleb e a ex para jantar hoje à noite, para agradecer o que eles fizeram hoje.

— Não! — disparou Nate. Ele escutou outro "não!" igualmente horrorizado atrás de si. Era Briony.

— Obrigada, mas acho melhor não — disse ela, mais calma dessa vez. — Caleb veio para cá para que pudéssemos passar um tempo juntos. Sozinhos.

* * *

Mac saltou para a cama de Gib a fim de se aninhar a ele. O humano esticou o braço e fez carinho em sua cabeça. A pele do homem estava úmida, meio nojenta, mas o bichano não se afastou. Seu amigo precisava dele, então Mac ficaria por perto.

Um cheiro de doença emanava de todos os lados. Mais tarde, Mac veria o que poderia fazer pelos outros humanos. Ele podia ser apenas um gato, mas era MacGyver, e faria tudo que precisasse ser feito.

CAPÍTULO 16

— Nate, por que você não me contou sobre esse surto de intoxicação alimentar? — perguntou Nathalie, enquanto fazia laços nos últimos pacotes.

— Você já tem muita coisa na cabeça. O trabalho, as crianças. — Esses não eram os verdadeiros motivos, mas Nate não estava a fim de discutir a falta de interesse de Nathalie ali no Jardins, onde funcionários e residentes poderiam ouvir. — Por falar nisso, onde estão as crianças?

— Na casa da mamãe. Por isso passei aqui no complexo. Estava indo pegar o carro e dei de cara com o Caleb. Ele estava tentando descobrir onde era a emergência porque queria ajudar. Eu não fazia ideia do que estava acontecendo. Viemos juntos para o centro comunitário. Os voluntários estavam montando os pacotes de comida para os residentes, então nós dois nos oferecemos para ajudar. Se você tivesse me avisado, eu teria vindo mais cedo.

Claro! Mas será que você teria ajudado se não houvesse um rapaz envolvido?, Nate não pôde deixar de se questionar.

— Como a mamãe está? — perguntou ele, tanto porque queria notícias da mãe, como também para mudar de assunto.

— Mesma coisa de sempre — respondeu Natalie. — Ficou feliz em ver as crianças. Ela ama ser vovó. E aí? Você não vai me dizer por que não me ligou para contar o que estava acontecendo?

Ele conhecia a irmã muito bem para saber que ela não ia deixar o assunto para lá. Não agora que ela já tinha uma ideia do que estava acontecendo.

— Quer tomar um café?

Ela amarrou o último laço e deu um leve tapinha no pacote.

— Claro. Parece que não tem mais muita coisa para fazer aqui até que o bufê chegue com a comida.

LeeAnne e Hope estavam arrumando as coisas na cozinha quando Nate e Nathalie entraram. Nate deu uma olhada para LeeAnne, que entendeu a mensagem na hora. Ela sempre captava os olhares dele.

— Hope, preciso ver o que ainda temos na despensa. — Hope não falou nada, e as duas saíram apressadas.

Nate serviu café para ele e para Nathalie e se sentou à mesa com a irmã.

— Pronto, o que você não quis me dizer na frente das outras pessoas? — Sua irmã também o conhecia.

— Sem ofensas, Nathalie, mas...

— Sem ofensas. Essa é uma ótima forma de começar uma conversa. Agora já sei que nosso papo vai ser maravilhoso — ironizou ela.

Às vezes ela o fazia se sentir como se eles ainda tivessem treze anos. Nate se controlou para não revidar com sarcasmo.

— Não te liguei porque você não está por dentro do dia a dia da administração do Jardins. — A resposta dele havia sido bem diplomática.

— Mas não estamos falando de uma situação rotineira — discordou ela. — Tinha até gente que você nem conhece direito ajudando.

— Não exatamente. Briony... a Briony acabou virando uma amiga. — Ele não estava a fim de abrir sua situação com Briony para a irmã. Era Nathalie que costumava entrar em detalhes sobre seus relacionamentos, e não Nate. Ele não era disso. — Ela conhece alguns residentes. Acho que o Caleb quis ajudar por causa dela.

— Ela nem estava aqui quando viemos ajudar. — Nathalie correu os olhos pela mesa, e Nate se levantou para pegar o creme. — O Caleb atravessou o país por ela e a moça desapareceu — continuou ela. — Não é assim que ela vai reconquistá-lo.

Ela estava se distraindo, pensou ele ao colocar o creme em cima da mesa. Uma pena que ele também não quisesse falar sobre isso.

Nathalie colocou um pouco de creme no café, mas hesitou ao levar a xícara aos lábios.

— Isso é seguro?

Como ela tinha coragem de perguntar aquilo?

— Sim, é seguro. Tudo nesse lugar é seguro.

— Bem, é óbvio que não é — disse Nathalie ao apoiar a xícara na mesa.

— Pode beber, Nathalie. Para de bobeira. Se você não confia em mim, ao menos confie na Vigilância Sanitária. Os fiscais reviraram tudo o que temos aqui e não encontraram nada de errado.

— Então o que aconteceu? As pessoas passaram mal logo depois que comeram aqui. Pelo menos foi o que eu soube por outras pessoas, não por você.

— Alguém está tentando sabotar a gente, tá? Esse lance de intoxicação alimentar não foi a única coisa que aconteceu. O sistema de ventilação também foi danificado, aí eu tive que substituir os tapetes, as cortinas e talvez tenha que trocar os móveis da biblioteca e da sala de TV. E descartar todos os livros também, a menos que haja uma maneira de tirar o cheiro deles. E uma das esteiras acelerou sozinha, o que fez um dos residentes levar um tombo. Ele só torceu o tornozelo, mas eu não ficaria surpreso se a neta dele entrasse com um processo contra nós. E, depois do que aconteceu hoje, ela pode fazer com que outras famílias se unam a ela.

— Ah, Nate. Por que você não me contou isso?

Não havia censura em sua voz, apenas solidariedade. E talvez um pouco de mágoa.

— Sou o gerente daqui. Esse é o meu trabalho.

Ninguém quis assumir o cargo quando o pai deles foi embora, então Nate acabou decidindo que tocaria o complexo. E não era como se Nathalie e a mãe não soubessem de toda sua dificuldade para assistir às aulas on-line enquanto dedicava quase todo o seu tempo administrando o Jardins.

— Mas isso é muito sério. Você contou para a mamãe?

Ele balançou a cabeça.

— Ah, Nath. Você sabe como ela é. A mamãe mal dá conta de tricotar, cozinhar e assistir à TV. E, naquela noite...

— Desembucha.

— Ela disse que sentiu o cheiro do perfume do papai — admitiu Nate.

Nathalie respirou fundo.

— Ela falou do papai?

— Falou. Quando ela começou a falar sobre o cheiro, eu pensei logo na possibilidade de ser um tumor cerebral. Você sabe que essa doença pode fazer com que a pessoa ache que está sentindo cheiros, não sabe?

— Meu Deus, Nate. Você tem que me contar essas coisas. Ela é minha mãe também.

— Vou levar a mamãe no médico — garantiu ele. — Depois te conto da consulta. Mas cheguei a pensar que talvez ela esteja sentindo falta dele. Ele foi embora por essa época.

— Como se eu não soubesse disso.

— Eu não sabia que você ainda pensava nisso.

— Claro que penso. Só porque não falamos sobre o assunto não significa que isso não aconteceu.

— Ela me disse que tem um frasco da colônia e mais algumas coisas que ele deixou para trás guardado no porão da casa. — Já que eles estavam falando do assunto, achou melhor não deixar nada de fora.

— Achei que ela tivesse se livrado de tudo. Eu queria ter ficado com o relógio dele, sabia? Ele não tirava do pulso, mas ela não deixou.

Nate não sabia disso. Não havia pedido para ficar com nada, apenas ajudou a colocar tudo em sacos de lixo e então arrastou-os para a caçamba.

— Minha cabeça está explodindo — disse ela, fazendo um gesto que imitava uma explosão acima da cabeça. — Então, você vai levar a mamãe ao médico só por precaução. E o que a gente vai fazer em relação às sabotagens?

Ele se deu conta de que ela disse "a gente".

— Instalei novas câmeras de vigilância. A equipe de segurança sabe da situação. Talvez a Vigilância Sanitária descubra algo que deixamos passar — explicou Nate à irmã.

— E sobre processo, ou processos, na justiça?

— Por enquanto, só nos resta esperar para ver o que vai acontecer. Vou falar com todos os familiares e lidar com as questões que eles levantarem da melhor maneira possível.

Ele pensou em mencionar a reunião que Eliza queria marcar, mas já havia resolvido esse assunto. Nathalie pode até ter gostado de passar a tarde amarrando laços, mas Nate sabia que ela não queria se envolver na administração do complexo de verdade.

Caleb pegou a mão de Briony enquanto os dois andavam pelo Píer Santa Monica naquela noite. Ela ouvia a própria pulsação e sentia o coração disparar, mas não de um jeito agradável. Seu instinto foi desvencilhar a mão da dele, mas ela não ia fazer isso com Caleb. Ele viera de muito longe quando tinha todos os motivos para odiá-la.

Ela se esforçou para entrelaçar seus dedos aos deles, e o ex-noivo retribuiu o gesto com um sorriso.

— Que pôr do sol lindo.

— Maravilhoso — concordou ela.

Desde que saíram do Jardins, o diálogo entre os dois se resumia a poucas palavras. Nada além de trocas de amenidades. Mas o que ela queria? Briony dissera que não tinha a intenção de fazer com que as coisas voltassem a ser como eram antes. E também não queria ter uma conversa profunda a respeito de seus sentimentos no dia do casamento ou o que a levara a dormir com Nate.

Ela sabia o que não queria. Mas o que realmente *desejava*? Isso ela não sabia dizer. Essa era a questão. Como sempre havia sido.

Briony tentou manter o foco. Será que queria ficar com Caleb? Seu corpo continuava dizendo que não. Mas seu corpo nem sempre tomava as melhores decisões. Seu corpo tinha desejado se enroscar no de Nate. E ele não havia se provado uma ótima pessoa. Por pouco não a chamou de vadia, como se não estivesse fazendo safadezas junto com ela. Bom, mas ele não estava noivo apenas alguns dias antes.

Ela, sim, estava. Noiva de Caleb. Ela devia estar aproveitando esse tempo para tentar descobrir se os dois teriam um futuro juntos. Briony e Caleb haviam ficado juntos por mais de três anos. Será que só tinha ficado com ele porque cresceu sentindo que não era capaz de cuidar de si mesma? Ou porque seus pais achavam que ele era um bom partido e ela simplesmente aceitou a ideia? Briony notou que suas mãos começaram a suar.

— Desculpa — murmurou ela e desvencilhou a mão da dele para tentar secá-la na lateral da saia de um jeito discreto, mas não conseguiu evitar deixar uma mancha de suor no tecido verde-claro.

— Você está bem? — perguntou Caleb. — Você está se sentindo ansiosa agora?

— Um pouco — confessou ela.

Ele a conduziu até um banco.

— Vamos sentar aqui um pouco? Vou pegar alguma coisa para você beber.

Briony deixou a cabeça tombar para a frente e ficou ali prestando atenção no barulho do mar, na esperança de que o ritmo das ondas a tranquilizasse. No entanto, ela só conseguia pensar em Nate. Eles poderiam estar admirando essa mesma paisagem do terraço daquele restaurante no alto da cidade.

Hoje, Briony tinha esperanças de poder explicar as coisas de um jeito que Nate pudesse entender, pelo menos um pouco. Ela tentou explicar para ele que havia sido assustador sentir o chão desmoronar sob seus pés e ver a igreja toda saindo de foco. Mas ele não quis ouvir. Ele a queria bem longe o mais rápido possível, parecia que tinha nojo dela.

Briony ouviu alguém se aproximando e levantou a cabeça. Então esboçou um sorriso quando Caleb lhe entregou uma garrafa de água. Ele era um homem atencioso, e não era de julgar as pessoas por um erro específico. E olhe o que ela fez com ele. Mas, mesmo assim, Caleb estava ali, querendo dar outra chance a ela, dar outra chance a eles.

— Está se sentindo melhor? — perguntou Caleb, depois que Briony tomou um gole de água.

— Acho que sim. — Ela devia isso a ele, aos dois, na verdade. Eles estavam na praia, em um lugar espetacular e bem romântico, o local perfeito para descobrir se o relacionamento deles ainda valia a pena. — O que você... — *Não!*, pensou Briony. *Não faça isso. Não comece a titubear e pedir para Caleb decidir tudo só porque ele está aqui com você agora.* — Vamos ao parque de diversões, quero ir naquela torre que despenca, a Pacific Plunge.

Ótimo. Essa foi a melhor ideia que ela teve? Briony andara em carrosséis algumas poucas vezes na vida. Quando era mais nova, seus pais costumavam dizer que brinquedos de parque de diversões eram muito perigosos — ou será que essa opinião era apenas de sua mãe e seu pai só a apoiava? E aquele Pacific Plunge? Ele subia até o topo e depois despencava lá de cima, com as pessoas gritando. Ela não queria ir a brinquedo nenhum que fizesse as pessoas gritarem. Talvez devesse escolher algo um pouco menos doido. Por que não a roda-gigante?

— Isso não é muito a sua cara. O que você acha de eu ganhar um ursinho para você no lançamento de argolas? — sugeriu Caleb.

O sangue dela ferveu.

— Essa sou eu deixando de ser uma mosca-morta. Eu tomo uma decisão sem pedir a sua opinião e você já está querendo que tudo volte a ser como antes?

— Se você quer ir nessa torre, tudo bem — concordou Caleb. — Vamos comprar os ingressos.

No caminho até a bilheteria, Briony viu uma barraquinha com várias opções de comida.

— Vou comprar um salsichão. — Torradas com abacate faziam mais o estilo dela, que costumava ser adepta a uma alimentação saudável. Mas esta noite ela estava interessada em novas experiências. — Quer alguma coisa? — perguntou ela.

— Acabamos de comer uma refeição maravilhosa no jantar — protestou Caleb.

— Eu sei, mas isso não é jantar, é besteira. — Briony sorriu para Caleb, sentindo aquela emoção vacilante e assustadora ser substituída por uma atitude meio imprudente.

— As pessoas chamam isso de besteira por uma razão.

— Não pretendo me alimentar só disso, é que estamos de férias.

Briony comprou um salsichão, então viu uma carrocinha de raspadinha. Aquilo era açúcar puro, mas ela queria uma raspadinha. Ela fez uma mistura de sabores: maçã-verde, limonada, mirtilo e cereja, cada um deles brilhando devido aos corantes, que não pareciam lá muito saudáveis. Briony deu um gole. "De-li-ci-o-so." Por que aquilo tinha de ser tão gostoso?

Ela voltou para perto de Caleb e entrou na fila da bilheteria, analisando os preços.

— Vamos pegar as pulseirinhas. Vale mais a pena se a gente for a mais de um brinquedo.

— Nós vamos a mais de um brinquedo? — perguntou Caleb.

Briony sentiu a consciência pesar. Afinal de contas, eram as férias dele, então Caleb deveria opinar sobre os programas que fariam. Mas ninguém lhe pediu que viesse, e, convenhamos, Briony tivera um dia horrível. Ela só queria se divertir sem ser condenada por isso.

— Quero ir a todos! — Aquilo nem era verdade, mas ela não ia voltar atrás. Talvez a torre que despenca seja como a raspadinha, que parecia uma bebida radioativa, mas era deliciosa. A torre dava a impressão de ser um brinquedo aterrorizante, mas poderia dar apenas um medinho.

— Duas pulseirinhas — disse Caleb à adolescente atrás do balcão da bilheteria.

Briony deu uma mordida no salsichão.

— Devia existir mais opções de comida em palito. Acho que quero uma maçã caramelizada. — Ela tomou mais um gole da raspadinha. Estava se sentindo meio agitada. Será que o açúcar já estava agindo em seu organismo?

— Li recentemente que os homens devem limitar a quantidade de açúcar que ingerem para nove colheres de chá por dia, e as mulheres, a seis — comentou Caleb.

— Que estraga-prazeres! — Ela tomou outro gole da raspadinha. — Não é? — perguntou ela à moça da bilheteria, que a encarou como se Briony fosse maluca. — Pelo visto você também é — completou.

— O que deu em você? — perguntou Caleb, entregando-lhe uma das pulseiras.

— Nada. Estou só me divertindo. Diversão. Conhece essa palavra? Eu é que pergunto: o que deu em você? — Ela se dirigiu apressada para a torre. Caleb não disse nada, apenas a seguiu. — Não vão me deixar entrar com tudo isso. — Ela terminou de comer o salsichão, jogou o espeto no lixo e tirou a tampa de sua raspadinha de quase um litro, ainda praticamente cheia. Então levou a raspadinha à boca, inclinou a cabeça para trás, virou o copo e o jogou na lixeira. — Cesta de dois pontos! — gritou.

Dois segundos depois, era como se sua mente tivesse congelado. Tudo o que ela queria era se jogar no chão, mas continuou seguindo para a fila do brinquedo. Briony estava se divertindo, caramba! Uma dor de cabeça, por mais forte que fosse, não ia acabar com sua diversão. Daqui a pouco passava.

Lá do alto ouviam-se os gritos das pessoas que despencavam naquela torre. *Gritos de felicidade*, disse Briony para si mesma. *Pura felicidade*. Ela não olhou para cima.

Quando chegou a hora de ela e Caleb irem ao brinquedo, aquela vozinha idiota dentro de sua cabeça começou a entoar: *Isso foi um erro. Um erro. Um erro.* Três adolescentes se acomodaram nos assentos que restavam. Briony deu uma olhada na fila, que era composta basicamente por adolescentes. Adolescentes não tinham ideia do conceito de mortalidade. Talvez fosse por isso que estavam achando aquilo tudo divertido!

Ela quase desistiu, mas as travas de segurança a mantiveram no lugar. *Ótimo!* Ela se sentiria uma fracassada se desistisse naquele momento.

Um erro. Um erro. Um erro, gritou a vozinha assim que o brinquedo começou a subir. Briony se deu conta de que agarrava a barra de segurança à sua frente com todas as suas forças, com as duas mãos.

Caleb pôs a mão em cima da de Briony e a apertou.

— Não se preocupe. Esses brinquedos têm sistema de freio a ar comprimido ou frenagem magnética.

Ela sempre admirou Caleb por ser inteligente. Ele sempre sabia como tudo funcionava. Mas não queria uma aula durante sua primeira ida real a um parque de diversões. Briony afrouxou os dedos e observou a paisagem abaixo ir se afastando. O mar refletia a luz da lua. Ela...

O brinquedo parou de repente. Ela não se conteve e apertou mais ainda a barra de segurança. Então, ka-bum! O brinquedo despencou! Briony deixou escapar um grito. Era mesmo um grito de felicidade! Felicidade com uma pitada de medo.

— Que adrenalina! — exclamou ela ao saírem de seus assentos.

— Esse é um exemplo perfeito da ideia de entretenimento de Primeiro Mundo — disse Caleb. — Enganar o corpo para produzir adrenalina, uma vez que nossas vidas estão seguras.

— Estraga-prazeres! — murmurou Briony, baixinho, mas nem tanto. Ela não se lembrava de ter usado essa expressão antes desta noite.

— Briony, você consegue perceber que está tentando arrumar briga comigo, não? — perguntou Caleb, seus olhos verdes estavam sérios.

— Estou tentando me divertir. — *E tentando arrumar briga com ele*, comentou a vozinha em sua cabeça. — Já você está tentando fazer com que eu me sinta culpada por me fazer pensar em países em desenvolvimento e na quantidade de açúcar que a gente pode consumir — acrescentou ela.

— Eu só estava tentando puxar assunto — rebateu ele. — Tentando não falar... bom... tentando não lembrar que você transou com outro homem menos de uma semana depois do dia que seria nosso casamento.

— Você mesmo falou que isso não passava de uma aventura, de uma reação ao estresse.

As pessoas que passavam por eles olhavam para os dois, curiosas, mas Briony não estava nem aí.

— Eu estava tentando ser compreensivo e entendo você, de verdade. Não gostei do que você fez, mas entendo — rebateu Caleb em um tom extremamente calmo. — Mas, só para você saber, ser abandonado no altar não foi uma experiência tranquila, e nem por isso eu fui para a cama com outra mulher.

— Claro que *não* foi! Você é perfeito! Perfeito demais para tomar uma raspadinha numa noite, só por diversão. Perfeito demais para comer um salsichão.

— Você está inventando motivos para se afastar de mim. Não faz a menor diferença para você se eu estou a fim de comer besteira ou não.

— Agora vou andar naquele gira-gira — anunciou Briony enquanto entrava no brinquedo. — Você é bem-vindo para me acompanhar — acrescentou. — Viu? Não estou tentando afastar você de mim!

Mac andava pela rua. Já havia passado da hora do jantar, e ele estava pronto para receber sua comidinha.

Daqui a pouco ele voltaria para casa para comer alguma coisa, mas, antes, precisava ir a mais um lugar. Uma das mulheres que gostava de fazer carinho nele já estava esperando em frente à porta. Ali seria sua primeira parada.

— Oi, seu lindinho — falou ela, antes de se abaixar para lhe fazer um cafuné.

Quando a porta abriu, a mulher deu um passo para trás. Se Mac não tivesse sido rápido, ele teria acabado com um machucado no rabo. O salto dela era muito fino.

— Como você consegue dormir usando isso? — perguntou ela para o homem. — Seus moletons são péssimos, mas esse pijama é capaz de cegar um. Acho que vou ter que buscar meus óculos escuros.

Mac entrou furtivamente enquanto os humanos continuaram conversando. Eles não precisariam falar tanto se seus narizes funcionassem direito.

— Eu comprei no brechó — explicou o homem, ao dar passagem para a mulher.

— Só podia ser. Se esse pijama fosse meu, eu certamente o teria doado a um brechó — comentou ela.

Mac ficou surpreso ao ver tantos brinquedinhos espalhados pelo chão da sala. Ele saltou para pegar a bolinha de papel que estava mais perto dele e deu-lhe alguns golpes.

— Você tinha que ir a um desses brechós qualquer dia. Eles também vendem muitas roupas bege — comentou o homem. — Sei que essa é a única cor que você gosta.

— Pelo visto seus olhos já foram danificados. Meu cardigã é verde-acinzentado. Minha blusa é verde pistache. E minha calça é cinza. — Ela olhou para Mac. — Que bonitinho. Ver esse gatinho brincando é minha dose de alegria diária. Agora, me diga, como você está se sentindo?

— Tudo de ruim que entrou já saiu, junto com algumas coisas boas também — respondeu ele.

Mac notou que o cheiro desses humanos mudava quando eles estavam juntos. Não que eles exalassem um cheiro mais alegre, apenas melhor. Era como Jamie e David quando eles voltaram a ficar juntos depois de passarem um tempo separados. Parecia que havia algo prestes a explodir. Talvez fosse bom se eles brincassem um pouco. Ele jogou uma bolinha de papel para a mulher, que foi parar perto do sapato dela. A humana apenas ignorou.

Aquilo não era aceitável. Ele usou a pata para lançar mais três bolinhas, uma após a outra. *Pá! Pá! Pá!*

A mulher riu.

— Tudo bem, você venceu! — Ela chutou uma das bolinhas na direção de Mac, mas não foi longe. — Eu sou melhor arremessando. — Então a humana pegou a bolinha. — Rascunhos iniciais do que você chama de poemas, imagino — disse ela ao homem.

— Não leia isso! — exclamou ele.

— Eu não estava planejando ler, mas agora fiquei curiosa. — Ela começou a desenrolar a bolinha de papel. Era evidente que ela não sabia brincar. Mac fez uma demonstração atirando outra bola de papel na mulher. *Pá!*

Ela nem olhou para ele. Só tinha olhos para o pedaço de papel meio amassado que havia deixado de ser um brinquedo.

— Um soneto? Estou impressionada. Eu não sabia que você já tinha tentado... — Ela parou no meio da fala. — É sobre mim?

O cheiro do homem se intensificou tamanha ansiedade, tomado por uma outra emoção que Mac não conseguiu identificar. Lembrava as vezes que Catioro queria um pedaço de pizza mas não sabia se de fato ganharia um. Se Mac realmente quisesse um pedaço de pizza, ele aguardaria o momento certo e pularia na mesa.

— É? — perguntou ela mais uma vez.

Aquele homem geralmente falava muito. Mas, naquele momento, apenas assentiu.

CAPÍTULO 17

— Você! — exclamou Nate ao ver MacGyver aconchegado na poltrona reclinável de Gib. — Você é a causa de todos os meus problemas, sabia disso?

— Veja bem como você fala com o meu amigo. Ele passou o dia inteiro aqui comigo. — O gato foi para o braço da poltrona enquanto Gib se ajeitava no assento. Assim que o homem se acomodou, Mac se sentou em seu colo. — Ele deu umas saidinhas, mas voltou rápido. O que você tem contra ele?

— Nada. A culpa não é dele — murmurou Nate. — Como você está, Gib? Precisa de alguma coisa? Trouxe uma sopa para você. Posso esquentar, se quiser. — Nate apontou para a caixa térmica. Havia ido a cada casa para levar comida e visitar os moradores que tinham passado mal.

— Não, não estou com fome. A Hope trouxe o jantar mais cedo. — Ele olhou para Mac. — Espera aí. Sopa de quê?

— Tem de frango e caldo de legumes. Tudo levinho.

— Quero uma de frango. — Ele coçou o queixo de Mac. — Quer um pouquinho de sopa, gatinho?

— Não vou dar sopa para esse... — Nate parou de falar imediatamente, pois pensou melhor. Se ele esquentasse a sopa para Mac, talvez Gib se animasse a tomar um pouco. E isso faria muito bem a ele. — Deixa comigo.

— Tá bom, mas pode deixar para fazer isso quando estiver indo embora. Vamos conversar um pouco.

Nate se esparramou no sofá. Seu dia havia sido longo. Gib era o último morador que ele ficara de visitar antes de encerrar o dia. Embora fosse uma boa ideia voltar para o escritório, pois precisava preparar o que iria falar na reunião que Eliza estava planejando.

— Você está pior do que eu. Eu é que deveria servir uma sopa para você — comentou Gib.

— Eu estou bem. — Bom, tirando a dor de cabeça da ressaca, que ainda não passou totalmente, e o enjoo.

— Mentira! — retrucou Gib. — Você não vai ficar bem até descobrir quem está tentando sabotar esse lugar. Nós dois sabemos que essa intoxicação alimentar foi armada.

— É. Aconteceu logo depois do incidente no sistema de ventilação e do lance da esteira — admitiu Nate. — Você não viu nada fora do comum durante o café da manhã?

— Sempre fico atento quando vou ao centro comunitário, mas as coisas pareciam em ordem. Não tinha ninguém que eu já não tivesse visto antes. Os funcionários de sempre... Archie indo de mesa em mesa, querendo ser mimado pelas mulheres por ter se machucado. — Os lábios de Gib se contorceram em uma expressão de repulsa só de lembrar a cena, o que fez Nate ter certeza de que Peggy era uma dessas mulheres.

— Esbarrei com a Peggy enquanto fazia minha ronda — comentou Nate, pois sabia que Gib gostaria de ter notícias dela. — Ela já está bem melhor. Disse que não comeu muito durante o café, pois tinha comido uma tigelinha de aveia assim que se levantou. Ela só estava no refeitório porque queria companhia.

Gib bufou.

— Sei bem a companhia de quem ela queria.

— Ela também disse que seu amiguinho ali apareceu na casa dela. Isso me fez lembrar... — Nate tirou um chaveiro do bolso. — Ele levou isso para ela. E Peggy me pediu para te devolver. — Mac bufou quando Nate entregou o chaveiro a Gib.

— Como ela sabia que era meu?

— Pela foto.

O chaveiro tinha uma foto de seu neto e de sua neta fantasiados de M&M para o Halloween.

— Estou surpreso por ela ter reconhecido meus netos.

— Você mostra essa foto para todo mundo!

— Quer beber alguma coisa? Uma cerveja? Pode pegar o que quiser na geladeira.

Nate gemeu.

— Não fala essa palavra na minha presença.

Gib riu, em seguida levou a mão à testa e estremeceu.

— Quer que eu pegue uma aspirina? — perguntou Nate.

— Acho que nós dois estamos precisando. Está em cima da bancada da cozinha.

Nate foi até lá.

— Vai tomar com água mesmo? Tenho algumas garrafas de Ginger Ale na caixa térmica. É bom para acalmar o estômago.

— Pode ser água — respondeu Gib. — Você e a moça que está tomando conta do Mac saíram para beber ontem à noite? Ela esteve aqui hoje à tarde e também não parecia muito animada. Talvez por isso ela não tenha voltado.

Nate voltou da cozinha e entregou a água e os comprimidos para Gib, depois de tomar os seus.

— Você estava esperando por ela?

— Ela disse que passaria aqui mais tarde para ver como eu estava. Talvez tenha mandado o Mac no lugar dela.

— A Briony é o tipo de pessoa que faz o que quer na hora que quer — comentou Nate. — Ela deve ter encontrado algo mais interessante para fazer.

Gib arqueou as sobrancelhas.

— Você acha que ela não tinha nada melhor para fazer hoje e acabou vindo para cá checar se um monte de pessoas que ela mal conhece estava bem?

Nate deu de ombros.

— Não entendo essa mulher.

— O que aconteceu? — perguntou Gib. — E não venha me dizer que não foi nada, porque eu sou velho, não burro.

Seria bem inapropriado falar com um residente sobre sua vida pessoal. Bom, mas também era inapropriado falar com um residente sobre as tentativas de sabotagem no Jardins. E Nate precisava conversar com alguém. LeeAnne o escutaria, mas ela já tinha muita coisa na cabeça.

— Ela tem um noivo.

— Mas o que é isso?!

— Quer dizer, tinha. — Só que ele está aqui, e eles resolveram passar um "tempo juntos". Então talvez o "tinha" volte a ser "tem". Isso se já não voltou. Nate ainda não havia entendido como o cara podia ser tão compreensivo depois de descobrir que Briony havia transado com outro.

— Ela largou o noivo no altar um dia antes de vir para cá. Era para Briony estar casada no dia que apareceu aqui para buscar o Mac. Enfim... Nós, como posso dizer... nós nos envolvemos. E aí ele apareceu. E ela agiu comigo como se não tivesse razão nenhuma para mencionar o noivo, já que passaria só algumas semanas aqui e nós dois sabíamos que o que estava rolando entre a gente não era nada sério. — Nate passou as mãos pelo cabelo. — E eu não devia estar falando com você sobre isso. Não é nada profissional da minha parte.

— Ainda bem! Ser profissional é chato, eu tenho que me entreter com terceiros.

— Só porque você não convida a Peggy para sair — provocou Nate.

Gib ignorou o comentário.

— O que você achou que estava acontecendo entre você e essa garota? Vocês se conhecem tem muito pouco tempo.

— Eu sei. Estou parecendo a maluca da minha irmã. Toda vez que volta de um encontro, ela acha que já está namorando — bradou Nate. — Não que eu achasse que nós estávamos namorando, mas estava gostando dela. — Pronto! Ele havia desabafado! — Cheguei a pensar que poderíamos pelo menos manter contato quando ela voltasse para casa. Porque poderia ser algo mais que um romance passageiro... mas agora não importa.

— Deixa eu ver se entendi. Ela não está mais noiva. Você gosta dela, e olha que você não vem até aqui todos os dias para me contar sobre uma mulher nova. Então qual é o problema em manter contato? Se as coisas entre vocês esfriarem, esfriou. Se não esfriar, é porque tem coisa aí.

— Eu estava interessado na Briony antes de descobrir que ela largou o noivo no altar. Quem faz uma coisa dessas? E quem dorme com um desconhecido alguns dias depois disso?

Gib fez um gesto para Nate, indicando que o comentário dele não fazia o menor sentido.

— Tive um cachorro que eu amava, mas precisei sacrificá-lo. Achei que não ia conseguir ter outro cachorro por pelo menos alguns anos. Aí, um belo dia, o veterinário me ligou falando que estava cuidando de um filhotinho que precisava de um lar. Um mês depois... adivinha? Eu tinha outro cachorro. E estava muito feliz.

Nate encarou Gib.

— Isso não tem nada a ver com o que estamos falando. O noivo dela não morreu.

— O que estou dizendo é que ela provavelmente não estava procurando outra pessoa, mas acabou conhecendo você.

— E não comentou nada do que tinha acontecido.

— Talvez estivesse esperando o momento certo, mas aí o tal noivo apareceu antes.

— Você tem resposta para tudo. — Nate estava começando a se sentir um pouco culpado. Ele não concordava totalmente com Gib, mas sabia que tinha exagerado.

— Não! Agora já foi. Tivemos uma briga, e eu basicamente chamei ela de... — Ele hesitou, tentando pensar em uma palavra não tão vulgar. — Uma meretriz.

— Você acabou de dizer meretriz? Quem é você? O Archie Pendergast? — perguntou Gib, balançando a cabeça. — Você pode tentar pedir desculpas. Pode ser que funcione.

Nate se levantou.

— Vou esquentar a sopa para você e para o gato. Depois acho que vou para casa cortar minha cabeça fora. A aspirina não está ajudando.

O antiácido não estava ajudando. Briony se deitou na cama e ficou encarando o teto. *Não vomite, não vomite, não vomite*, desejou ela. Este seria um fim horrível para um dia pavoroso. Ela odiava vomitar. Bem, ninguém gostava, mas ela odiava com todas as suas forças. E, se Caleb ouvisse...

Ele provavelmente seguraria seu cabelo enquanto ela estivesse vomitando. Mas Briony saberia o que ele estaria pensando. Ele assumiria aquele ar de superioridade, dizendo que sabia que ela ia passar mal depois de comer uma maçã caramelizada, dois bolos de palito, um sorvete de banana com cobertura de chocolate, uma raspadinha enorme com algodão-doce por cima e um salsichão. O algodão-doce provavelmente foi um erro. Mas ela não se arrependeu de nenhuma mordida, nem de nenhum gole. *Non, je ne regrette rien*, sussurrou ela, porque, se você diz algo em francês, tem de ser verdade.

Briony pensou que talvez devesse tomar mais uma dose daquele antiácido. Mas o gosto era horrível. Só que ele era cor-de-rosa. Não fazia o menor sentido aquele líquido rosado ser ruim. Rosa era uma cor feliz. Os vestidos de suas madrinhas eram cor-de-rosa. Aquele pensamento fez seu estômago se revirar. *Não vomite, não vomite, não vo...*

Mac veio sabe-se lá de onde e pulou na barriga de Briony. *Como ele faz isso?* Ela se arrastou para fora da cama. *Não vomite no chão, não vomite no chão, não vomite no chão.* Ela achava melhor usar o banheiro do andar de baixo, mas isso seria impossível. Então voou para o banheiro do quarto mesmo, caiu de joelhos na frente do vaso sanitário e botou tudo para fora.

Torceu para que Caleb não ouvisse nada, pois não havia tido tempo de fechar a porta do banheiro. Pelo menos a do quarto estava trancada. *Por favor, por favor, por favor.*

Talvez Briony tenha tido sorte. Ela deu descarga e se levantou bem devagar. Deu um passo na direção da porta... Ainda não estava pronta para sair dali. Ela se ajoelhou mais uma vez e vomitou de novo — então ouviu uma batida fraca na porta do quarto.

— Briony? Você está bem? — perguntou Caleb.

Será que ele ia acreditar se ela dissesse que era o Mac que estava vomitando?, cogitou ela. Não. Ele nunca acreditaria nisso.

— Pode voltar para a cama. Eu vou ficar bem! — respondeu ela, pois sabia que não tinha a menor condição de ir até a porta.

— Você quer alguma coisa?

Por que ele tinha de ser sempre tão legal?

— Não, não, não. Estou bem. Obrigada.

— Então boa noite.

— Boa noite. — Chegou a hora da terceira rodada.

Ela tinha acabado de se deitar na cama, com Mac acomodado perto de sua cabeça, e não em cima de sua barriga — graças a tudo o que era mais sagrado —, quando seu celular vibrou. Não havia a menor chance de ela voltar a dormir tão cedo, então resolveu ver quem era. Havia uma mensagem de texto de sua amiga Vi. Ela era uma boa amiga, daquelas que mandam um milhão de mensagens, mesmo que você não responda a nenhuma.

Ai, meu deus! Acabei de descobrir que o Caleb está em Los Angeles.

Ele não só está em Los Angeles como está aqui, na casa da minha prima.

Vocês voltaram?

Não. Mas eu não podia mandar ele para um hotel. Ele está no quarto de hóspedes.

Preciso de mais detalhes.

Ele disse que queria passar um tempo comigo, que eu devia isso a ele, que devíamos isso um ao outro.

Posso dizer que ele é um santo?

Você realmente acha que ele é um santo?

Bom, acho. Não é isso o que todo mundo acha?

Então eu sou maluca. Quem não gostaria de estar com um santo?

Eu não gostaria.

Você não gosta do Caleb? Você nunca falou nada! Em anos.

Porque eu gosto dele. Só não gostaria de ser namorada dele. Eu me sentiria mal sempre que assistisse àquele programa que mostra a vida real das peruas. Eu ia achar que deveria estar alimentando os necessitados, reciclando alguma coisa ou fazendo algo de útil. Mas você também é basicamente uma santinha.

Não. Não sou mesmo.

Me diz alguma coisa ruim que você já tenha feito.

Não sou boazinha porque sou uma boa pessoa, eu sou boazinha porque sou medrosa.

????

Tenho medo de quebrar as regras. Tenho medo de decepcionar os meus pais. Tenho medo de cair de um trepa-trepa num parquinho e abrir a cabeça. Sou boazinha porque tenho medo de ser qualquer outra coisa. Mas ontem eu fiz uma loucura! Caleb e eu fomos ao Píer Santa Monica, e sugeri que fôssemos naquele brinquedo que despenca. Eu. Fui eu quem deu a ideia.

Por quê? Você nunca vai nesses brinquedos.

Eu queria fazer uma coisa diferente. Algo que minha mãe nunca me deixaria fazer. Você tem noção de que eu tenho vinte e sete anos e ainda falo do que minha mãe me deixa ou não fazer.

E como foi?

Maravilhoso. Queda livre, mas de um jeito divertido. Aí, quando saímos, o Caleb falou que aquele brinquedo era de Primeiro Mundo... porque a maior parte das pessoas não acha divertido sentir uma onda de adrenalina ao fingir que está à beira da morte.

Isso é a cara do Caleb.

Eu sei!

Você acha que tem chance de vocês voltarem a namorar?

Eu gosto dele. E, de certa forma, eu o amo. Ele é um cara muito legal.

E bonito também. E ainda tem os dentes lindos.

Tem isso também. Mas acho que não quero ser esposa dele.

Quem vai dar a notícia para a sua mãe? Foi ela que me contou do Caleb. Ela falou que ele foi para Los Angeles para trazer você de volta.

Você conta para ela.

Não.

Conta, por favor!

Não.

Acho que essa obrigação é da madrinha.

Não é mesmo.

Bom, antes de qualquer coisa, preciso conversar com o Caleb. Mas, depois do que aconteceu essa noite, acho que ele não vai ficar nem chateado.

O que você fez? Não consigo imaginar você fazendo nada que pudesse deixar qualquer pessoa minimamente irritada. Bom, tirando o fato de você ter abandonado o Caleb no altar. E ele foi até bem compreensivo quanto a isso.

Eu obriguei o Caleb a ir comigo naquele brinquedo maluco do parque de diversões. Nele e em mais alguns. Eu nem sequer me dei ao trabalho de perguntar o que ele queria fazer. E comi um monte de besteira. Disse que ele era um nazista do açúcar. E ele falou que eu não devia brincar com esse assunto.

Isso é a cara do Caleb.

E ele está certo. E sabe como eu reagi? Mostrei a língua para ele, como uma criança de três anos. Eu não devia ter feito isso. Além disso, ele ouviu quando vomitei todas as besteiras gordurosas e açucaradas que tinha comido. Humilhação total!

Ele segurou seu cabelo?

Tenho certeza de que teria segurado se eu tivesse aberto a porta.

Ele é um santo.

Ninguém quer ter um santo ao lado enquanto vomita.

É verdade. E pelo visto ele já te perdoou, né?

Droga. Você tem razão. E ele também me perdoou por ter ido para a cama com outro homem.

Você traiu o Caleb? Você traiu o Caleb!!!! E não me contou?

Eu não traí o Caleb. Foi com um cara que conheci aqui depois que abandonei o Caleb no altar. Então não é traição. Mas também não foi uma coisa muito legal da minha parte. Eu definitivamente não tenho o coração tão bom quanto o do Caleb.

Detalhes.

Agora não, está bem? Ainda não consigo falar sobre isso.

Tudo bem, mas estou fazendo biquinho, tá? Ei, quem vai me impedir de fazer as minhas burradas se você não parar de fazer burradas?

E se a gente revezar? Ou eu só sirvo para ser a motorista da rodada?

Você também segura a minha bolsa quando vou para a pista dançar.

Obrigada. Muito obrigada.

Brincadeirinha. Você sabe que estou brincando.

Eu sei. Acho que vou ter diabetes de tão melosas que estamos...

A gente se fala mais tarde então.

Amo você.

Amo você também.

MacGyver amassou pãozinho no cabelo de Briony. Isso diminuía um pouco a saudade que ele sentia de Jamie. Ele sentia falta de sua humana. No entanto, ela ficaria orgulhosa de ver como ele estava cuidando das coisas. Mac se permitiu fechar os olhos. Normalmente, a essa hora da noite, ele costumava sair em busca de aventura, mas hoje precisava de descanso. Só havia conseguido tirar duas sonecas durante o dia, pois a lista de pessoas que precisavam de sua ajuda só aumentava. Estava começando a desconfiar de que os outros gatos eram preguiçosos.

De repente, Mac abriu os olhos. Não havia ganhado sua comidinha naquela noite. Ele se levantou, abriu a boca e miou bem alto.

— Mac, pelo amor de Deus — implorou Briony.

Mac berrou de novo — mais alto e por mais tempo.

Briony se levantou da cama. Mac pulou para o chão e mostrou o caminho até a cozinha. Ele estava disposto a fazer várias coisas pelos humanos que viviam ao seu redor, mas ficar sem jantar não era uma delas.

CAPÍTULO 18

Briony deu uma olhada no celular. Já eram mais de nove horas. *Droga, Droga, Droga.* Ela pretendia se levantar antes de Caleb e preparar o café da manhã para ele. Não era o melhor pedido de desculpas, mas seria um começo.

A essa altura, ele já estaria acordado. Caleb nunca dormia até tarde. Ela esperava que Mac fosse seu despertador, pois ele nunca perdia a hora do café da manhã. Briony demorou alguns segundos escovando os dentes. Parecia que havia algo morto dentro de sua boca, que começava a apodrecer rapidamente. Em seguida, desceu as escadas correndo.

Encontrou Caleb lá embaixo, preparando rabanadas sob os olhares atentos de Mac e Catioro. Caleb provavelmente tinha dado comida para eles, senão os dois já estariam em pé de guerra.

— Bom dia. Preciso admitir que me comportei como uma pirralha mimada ontem à noite.

— Não vou discordar de você — falou Caleb, animado.

Outro detalhe a respeito de Caleb: ele estava sempre alegre pela manhã, o que era para ser considerada uma característica adorável, mas Briony achava aquilo irritante. Durante anos, ela teve de fingir que acordava feliz, porque parecia o certo.

— Sinto muito. E você estava certo. Eu estava afastando você de mim. Não foi algo planejado. Eu não estava tentando fazer com que você me odiasse. O que imagino que seja ainda pior. Fui uma idiota.

Caleb apagou o fogo, foi até Briony e a abraçou. Ela o abraçou com firmeza também, enterrando a cabeça em seu ombro. Uma parte dela não queria soltá-lo nem o deixar ir embora. Mas aquela era a parte hesitante que tinha medo de descobrir se seria capaz de viver sem ele. Caleb merecia alguém melhor.

Ela ficou nos braços dele por mais um tempo, depois se afastou.

— Eu não quero me casar com você — disse ela, segurando as lágrimas. — Isso não vai mudar. Eu gostaria de ter percebido isso antes, bem antes, mas não foi o que aconteceu, e por pouco quase não aconteceu a tempo.

— E isso teria sido muito pior — disse Caleb. — Vai ficar tudo bem, Briony. Nós dois vamos ficar bem.

— Você vai conhecer uma pessoa incrível, porque você é incrível. Você é tão atencioso, e meigo, e...

Caleb ergueu a espátula para interrompê-la.

— Por favor, não faça isso. Apenas pare.

Ele estava sempre tão disposto a perdoar, a fazer as escolhas certas, mas isso não significava que Briony não o havia magoado profundamente. Briony queria pedir mais um milhão de desculpas, mas aquilo seria apenas para que ela se sentisse melhor. Não podia fazer com que Caleb a tranquilizasse várias vezes dizendo que tudo ia ficar bem.

— Você quer uma ou duas torradas? — Caleb ligou o fogão outra vez.

— Acho que nunca mais vou conseguir comer de novo. Pode fazer só para você. — Briony afundou em uma das cadeiras da cozinha, depois deu um salto. — Eu falei com o Gib que daria um pulinho lá para vê-lo!

— Quem?

— O Gib. Um dos residentes do Jardins que passou mal. Fiquei de passar na casa dele ontem antes de voltar para cá, mas me esqueci completamente. Preciso ir lá. Não vou demorar muito.

— Fique o tempo que precisar.

— O que você vai fazer?

— Acho que vou para casa... Terminar de arrumar as malas, organizar a mudança e me preparar para o emprego novo.

— Você pode ficar... — ofereceu Briony. — Pode tirar mais uns dias de férias...

— Acho que não estou pronto para isso. É melhor eu procurar um voo.

Ela queria chorar outra vez. Aquilo parecia um término.

— Vou me arrumar. — Foi tudo o que Briony conseguiu dizer.

— Sei que a empresa de bufê Ao seu dispor é muito boa — disse LeeAnne a Nate. — Mas odeio o fato de que o meu pessoal está sendo alimentado por outras pessoas.

— Eu também. Mas, para voltarmos a servir as refeições, precisamos da autorização da Vigilância Sanitária — explicou Nate. — E, ao que tudo indica, parece que isso pode acontecer ainda hoje à tarde.

— Estarei preparada para isso — prometeu LeeAnne.

— Tive que me antecipar e contratar um bufê para o jantar, para não precisarmos correr com tudo, se a licença não sair.

LeeAnne suspirou.

— É, eu entendo.

Ela parecia desolada, assim como Nate, que se sentia sobrecarregado. A reunião que Eliza havia convocado seria naquela noite, e ele não tinha nenhuma atualização para apresentar. Bom, isso não era exatamente verdade. Ele podia compartilhar os excelentes resultados do teste da qualidade do ar. Podia anunciar que o novo aparelho da academia de ginástica já estava em funcionamento. E ele esperava poder anunciar que a Vigilância Sanitária havia liberado o funcionamento da cozinha. Mas Nate não podia garantir aos residentes e às suas famílias que o Jardins era um lugar seguro. Não podia dizer que a pessoa por trás dos atos de sabotagem tinha sido identificada.

— Por que você não tira o dia de folga — sugeriu ele. — A cozinha está em ordem, e não há nada a fazer no momento.

— Vou para casa então — concordou LeeAnne. — Mas nada vai me impedir de voltar hoje à noite. Vou estar na primeira fileira. E não serei a única. Os funcionários estão do seu lado, Nate. Espero que você saiba disso.

— Eu sei disso e agradeço muito.

LeeAnne pegou o capacete que usava para andar de bicicleta e sua mochila.

— Mas eu posso ficar — ofereceu-se ela.

— Não. Não pode. Se o seu chefe falou, está falado!

Ela bufou ao se dirigir para a porta.

— Primeira fileira — disse ela mais uma vez e o deixou sozinho naquela cozinha espaçosa.

Ele precisava se recompor. Independentemente de como se sentia, tinha de transmitir a postura de um chefe confiante para sua equipe, além de passar tranquilidade para os residentes e suas famílias. Nate poderia começar a fazer as rondas. Ontem havia visitado todos que haviam passado mal. Hoje, ele ia conversar com todo mundo. Sabia que provavelmente Eliza já estaria por aí, abordando o maior número de pessoas que conseguisse. Nate não ia permitir que ela fosse a única a se expressar.

Vou começar pelo Gib, decidiu. Ele precisava de um tempo para incorporar a postura confiante que desejava, e, com Gib, poderia praticá-la.

Mas, quando chegou à casa de Gib, deu de cara com Briony saindo de lá. Ela congelou assim que o viu, e Nate então se deu conta de que tinha mais uma coisa para resolver.

— Podemos conversar rapidinho?

— Sei que você não me quer aqui. Só vim porque ontem prometi ao Gib que voltaria para ver como ele estava, mas acabei me esquecendo. Por isso passei aqui hoje, mas já estou de saída — explicou ela.

— Tenho certeza de que ele ficou feliz em rever você — comentou Nate. — Bom, mas, mesmo assim, eu ainda gostaria de conversar com você. Pode ser agora? Não vai demorar.

— Tudo bem — concordou Briony, mas parecia que conversar com Nate era a última coisa que ela gostaria de fazer. E ele entendia por quê.

— Vamos para o jardim. — Ele não queria conversar ali, no meio da rua.

— Tudo bem — disse ela novamente.

— Vamos por aqui. — Nenhum dos dois abriu a boca enquanto seguiam até o gazebo. Quando chegaram, ele se sentou em um dos bancos brancos. Briony hesitou por um momento, mas acabou se sentando ao lado dele.

— Queria me desculpar por ontem. Pelo que eu disse.

— Está tudo bem — respondeu ela, apressada, mas Nate achou que ela o estava desculpando mais por estar ansiosa para se livrar dele do que por ter de fato aceitado o pedido de desculpas.

— Não está tudo bem, não. Eu estava irritado por conta de uma conversa que tinha acabado de ter com a Eliza e descontei em você. — Isso não deixava de ser verdade. Mas, pela expressão desconfiada de Briony, ela parecia saber que ele não estava sendo cem por cento sincero.

Ele não pretendia contar para ela o quanto havia ficado magoado quando o tal ex-noivo apareceu e que precisou tomar uma quantidade absurda de cerveja para lidar com aquela situação.

— Eu sabia que nós não tínhamos nada sério — acrescentou ele —, que você voltaria para sua casa em breve. Eu não devia ter agido daquela forma. Você não tinha a menor obrigação de me contar nada da sua vida.

— Se as coisas tivessem ficado sérias entre nós, o que não ia acontecer, porque eu não moro aqui, eu teria contado tudo. Talvez não logo no início, mas com certeza eu teria contado tudo.

— Como estão as coisas agora que ele está aqui? — Nate não tinha certeza se queria saber.

— Resolvemos algumas coisas ontem à noite. Bom, hoje de manhã, na verdade — respondeu ela.

Isso significava que eles haviam reatado? Que tinham dormido juntos? Nate lembrou a si mesmo que ele não tinha nada a ver com isso. Briony não era sua namorada. No entanto, uma onda de ciúme o dominou, e ele teve de se controlar para não deixar transparecer o que sentia.

— Eu disse ao Caleb que nós dois não daríamos certo. Ele me pediu mais uma chance, mas percebi que não queria me casar com ele.

Ele notou que ela estava com olheiras e que parecia exausta.

— Deve ter sido uma conversa difícil.

— Foi. Mas ele não dificultou as coisas. Pelo contrário, foi bem compreensivo, como sempre. — Nate ainda não entenderia como Caleb conseguiu aceitar o fato de que Briony havia transado com outro cara praticamente assim que o abandonou no altar. — Mas eu sei que o magoei, e foi difícil de encarar isso. — Briony engoliu em seco, o que fez Nate achar que ela estava lutando para conter as lágrimas. — E eu o tratei tão mal ontem — contou ela, falando mais rápido agora. — Fui muito covarde. Em vez de dizer a ele como eu me sentia e admitir para mim mesma o que estava se passando em meu coração, simplesmente agi como um monstro.

— Você tentou afastá-lo — disse Nate.

Ela soltou um suspiro tão profundo que parecia ter se originado em seu âmago.

— Exatamente. Pelo menos hoje de manhã eu consegui me comportar como uma adulta e conversar com ele, e não desmaiar a caminho altar.

— Você desmaiou mesmo?

— Aham! Fiquei estatelada no chão. E depois nem tive a coragem de encarar nada. Meus pais deram um jeito para que eu viesse para a casa da minha prima e me colocaram em um avião. No dia seguinte, conheci você. Sei que devo parecer uma pessoa insensível por estar disposta a ir para a cama com outro cara tão cedo. Ainda não consigo acreditar que fiz isso. Não é do meu feitio me comportar dessa forma. Pode acreditar, eu sou toda certinha. Provavelmente porque tenho muito medo de errar. Bom, independente dos meus motivos, essa sou eu. Nunca nem atravesso a rua fora da faixa. — Ela esfregou os dedos na testa como se tentasse apagar uma memória.

Será que ela desejava nunca o ter conhecido? Ou pelo menos não ter dormido com ele? Seria que ele mesmo não estava arrependido de ter ido para a cama com ela?

— Talvez o fato de eu me comportar tão mal seja mais eu do que eu mesma gostaria de admitir — prosseguiu ela. — Não tratei você como deveria. Ontem à noite, fui péssima com o Caleb, mesmo depois de ele ter se mostrado disposto a me perdoar por tudo. — Ela agarrou a mão de Nate. — Só quero que você saiba que sinto muito. Se eu pudesse voltar no tempo e fazer tudo diferente, eu faria.

Ela puxou a mão, mas ele a segurou.

— Ei! Era para ser o meu pedido de desculpas. Foi por isso que trouxe você para cá.

— Desculpas aceitas — disse Briony. Ela olhou ao redor. — Você escolheu um belo lugar para isso. Foi você que projetou o jardim?

— Foi. Eu queria ter organizado tudo aqui também, mas... — Nate deu de ombros.

Briony afastou a mão da dele com delicadeza. Desta vez, ele não tentou impedir. Não era como se ainda estivessem... tendo alguma coisa.

— Vi os cartazes sobre a reunião quando estava indo para a casa do Gib — disse ela.

— Foi a Eliza que organizou — contou Nate. — Acho que não vai ser coisa boa.

— Todo mundo aqui está do seu lado. Não se esqueça disso.

— Mas isso foi antes de um monte de gente passar mal, antes do acidente com a esteira e dos problemas no sistema de ventilação.

— Bom, eu visitei vários residentes ontem e não ouvi nenhum deles falando mal de você nem do Jardins — contou Briony. — Eu gostaria de... bom, posso aparecer na reunião hoje à noite? Como uma amiga. Sei que cheguei há pouco tempo, mas eu me importo com esse lugar.

Nate se deu conta de que seria bom ver Briony na reunião.

— Eu adoraria.

— Ótimo. Agora tenho uma pergunta um pouco constrangedora para você.

— E pensar que todas as nossas conversas foram tranquilas e adoráveis.

— Bom, eu me lembro de algumas que foram assim mesmo. — Briony encarou Nate. — O que você acharia se o Caleb fosse à reunião? — Ela ergueu uma das mãos para que Nate não respondesse logo de cara. — Ele é advogado. E dos bons. Pode ser útil ter um advogado ali para ouvir o que quer que Eliza tenha a dizer.

— Duvido que o Caleb vá querer me fazer algum favor — argumentou Nate. Sem contar que ele não tinha certeza se ficaria confortável em ter ajuda do ex de Briony, mesmo que Caleb estivesse disposto a cooperar.

— Se você o conhecesse, não diria isso. Então tudo bem se ele for?

Ele preferia fingir que o cara não existia. Mas isso seria impossível, mesmo que Nate nunca mais o visse. E ter um advogado presente não era uma má ideia. Sem contar que ele não precisaria anunciar que havia um advogado presente. Poderia simplesmente apresentá-lo como um amigo de Briony.

— Se ele estiver disposto a fazer isso, vai ser ótimo.

CAPÍTULO 19

O café de Nate estava tão quente que ele queimou a língua, mas, depois de alguns segundos, ele tomou outro gole e murmurou um palavrão por ser tão burro. Ele não precisava de café, seus nervos já estavam à flor da pele, e ele se sentia tão tenso que sua pressão devia estar alta a ponto de seu nariz começar a sangrar. Em pouco mais de duas horas, começaria a reunião no Jardins, e, mesmo que tivesse se preparado para os mais variados tipos de pergunta, não conseguia deixar de imaginar um fim de noite catastrófico para ele e para o complexo.

Nate tomou outro gole de café. Ainda estava muito quente. Porque ele só tinha esperado mais três segundos. Ele era um idiota. Precisava se controlar. Se estivesse sendo sincero, admitiria que uma parcela de sua ansiedade derivava do fato de que Briony e seu ex chegariam a qualquer momento para uma reunião estratégica. Ele não estava muito ansioso para passar um tempo com Caleb, muito embora estivesse agradecido por ele estar disposto a ajudar. Nate tinha a sensação de que Caleb havia dormido com sua namorada, mesmo que: um, Briony não fosse sua namorada, e, dois, Caleb ter sido noivo de Briony antes mesmo de Nate a conhecer.

Ele pegou seu café mais uma vez, pois não conseguia ficar parado, mas, agora, se deteve antes de levá-lo à boca.

A porta abriu e, quando Nate levantou o olhar, viu Briony, Caleb e Nathalie entrarem. O que sua irmã estava fazendo ali? Ele já estava mais do que estressado, a última coisa de que precisava era de um drama familiar.

— Por que você não me contou sobre essa reunião? — questionou Nathalie, assim que os três se sentaram à mesa de Nate.

— Acho que essa não é a questão mais importante agora — respondeu Caleb antes que Nate pudesse dizer qualquer coisa.

— É importante para mim — rebateu Nathalie.

— Não chamei você porque tenho tudo sob controle.

— É mesmo? Então por que esses dois estão aqui? — Nathalie apontou com o queixo para Briony e Caleb.

— Porque preciso de aconselhamento legal. E você não é advogada — respondeu Nate.

Nathalie cruzou os braços.

— Estarei lá hoje à noite. Você não pode me impedir.

— Nathalie, você consegue perceber que faz com que tudo gire ao seu redor? — perguntou Nate. — Tudo. Estou tentando controlar uma crise e você está aí, dando chilique porque está se sentindo excluída. E aí vou ter que fazer o que sempre faço: te acalmar. Sendo que eu realmente não tenho tempo para isso agora.

— Não estou dando chilique. Só estava dizendo que estarei na reunião. Não consigo acreditar que você ficou bravo comigo porque quero te ajudar.

— Tudo bem, obrigado. Estou feliz por você estar aqui. — Ele fez o possível para parecer sincero, mas suas palavras acabaram soando um pouco ríspidas.

— Eu estou vendo.

— Bebidas! — exclamou Briony. — Precisamos beber alguma coisa. Nate já está bebendo. O que vocês vão querer?

— Vou querer um macchiato de caramelo — respondeu Nathalie. Nate sabia que ainda haveria mais por vir e tentou se controlar para não ficar irritado. Ele precisava estar tranquilo para a reunião. — Grande, com leite desnatado, uma dose extra de café, bem quente, bem cremoso e sem açúcar.

— Acho que você vai ter que repetir — disse Briony.

— Pode só pedir um macchiato de caramelo. Ela pode...

— Não tem problema. Guardei tudo. — Caleb repetiu tudo na ordem em que Nathalie falou. — Leite desnatado, dose extra de café, bem quente, bem cremoso e sem açúcar.

— Obrigada. — Nathalie conseguiu sorrir para Caleb e fazer uma careta para Nate quase que ao mesmo tempo.

— E você, Briony? Um café espresso com leite? — perguntou Caleb.

Briony mordeu o lábio inferior.

— Acho que vou querer um chai latte.

— Você sabe que o pó que eles usam... — começou Caleb, então, na mesma hora, balançou a cabeça. — Entendi. — Ele se levantou e foi até a bancada.

— Vou ajudar o Caleb a trazer as coisas. — Briony correu para alcançá-lo.

Era óbvio que os dois estavam tentando dar um pouco de privacidade aos irmãos, provavelmente porque não queriam assistir de camarote à briga deles.

— Se você quiser ir, pode ir. — Nate não conseguiu se conter e continuou: — Mas você nunca quis participar de nada antes. E olha que já me viu arrancando os cabelos para manter esse lugar funcionando, depois que o papai foi embora. Você nem se deu ao trabalho de aparecer na festa de fim de ano.

— Isso não é justo. Eu só tinha dezenove anos.

— Eu também, né? Somos gêmeos, lembra? — Ela realmente fez com que ele virasse uma criança detestável.

— Você me falou que tudo bem se eu fosse para a escola no dia da festa.

— E estava tudo bem. Estava mesmo, Nathalie. Eu sempre tive mais interesse no Jardins...

— Você não está sendo justo comigo.

— Não estou fazendo uma crítica. Só estou dizendo que, quando eu era criança, gostava de ficar no Jardins com o vovô. Isso quando não estava fumando um por aí, ouvindo Black Butterfly direto.

Nathalie riu.

— Quase me esqueci que você teve uma fase metaleiro chapado. Parecia outra pessoa.

— Eu era outra pessoa. Mas ainda escuto as músicas da banda de vez em quando — confessou ele.

Briony e Caleb voltaram para a mesa. Nathalie tomou um gole de sua bebida.

— Perfeito — decretou ela.

— Nate, eu convidei a Nathalie para encontrar a gente hoje à tarde e disse que seria uma boa ideia se ela aparecesse na reunião. É importante mostrar a todos que o Jardins é um negócio familiar, e que você tem o apoio da sua família — explicou Caleb assim que se sentou.

— Ela é muito bem-vinda. — Nate olhou para Nathalie, mostrando à irmã que estava falando sério.

— Ótimo. É muito importante que nenhum de vocês demonstre estar incomodado quando Eliza ou qualquer outra pessoa fizer algum comentário negativo. Não quero que fiquem na defensiva. Agora, Nate, sei que você deixou a Eliza ficar à frente da reunião, e não vejo o menor problema nisso. Mas acho que você devia apresentá-la, deixar bem claro que está no comando e que permitiu que ela tivesse seu momento de fala porque você considera importante ouvir as preocupações de todos.

Bom conselho, pensou Nate. Ele estava começando a ficar um pouco mais calmo. Ter tarefas nas quais pudesse se concentrar ajudava bastante. Ele pegou o celular para anotar algumas coisas. Caleb já falava fazia uns dez minutos, quando seu celular começou a tocar a música de *Os caça-fantasmas*.

— É a minha mãe — disse ele. — Prometo que vai ser rápido.

— Sem problemas — falou Caleb.

Ele estava sendo tão educado, tão prestativo. Como se não tivesse problema nenhum com o fato de Nate ter dormido com Briony. Sua atitude deixava Nate intrigado, e ao mesmo tempo agradecido.

— Tem alguém aqui em casa — disse sua mãe assim que Nate atendeu.

— Onde você está? — perguntou Nate, conseguindo manter a voz calma. Ele não queria deixá-la apavorada.

— Acabei de voltar da lojinha. Fui até a porta da cozinha e vi que estava destrancada. Mas eu tenho certeza de que tranquei. Tenho certeza, Nate — afirmou ela, com a voz trêmula.

— Onde você está agora?

— Estou na garagem. Não quero ser encontrada por seja lá quem for essa pessoa.

— Tem certeza de que trancou a porta? Se você tiver saído pela porta da frente, pode ser que...

— Tenho certeza. E tenho certeza de que tem alguém na minha casa.

— Aguenta firme, estou indo aí — prometeu Nate.

— O que aconteceu? — perguntou Briony, assim que ele desligou.

— Aconteceu alguma coisa com a mamãe? — exclamou Nathalie.

— Ela falou que tem alguém na casa dela. Preciso ir até lá. Eu já sabia que tinha alguém rondando, mas nunca imaginei que entrariam na casa.

Quando ele se levantou, os outros três também ficaram em pé.

— Nós vamos com você — decretou Nathalie.

Ele não discutiu.

A cafeteria The Coffee Bean & Tea Leaf ficava perto. Eles conseguiriam chegar à casa da mãe de Nate em menos de dez minutos. Nate foi direto para a garagem.

— Mãe? — chamou ele ao entrar.

— Você chegou a dar uma olhada na casa? — indagou ela.

— Achei melhor ver se você estava bem primeiro. Nathalie, você pode ficar com ela enquanto dou uma olhada em tudo?

— Claro — respondeu sua irmã.

— Quer que eu vá com você? — perguntou Caleb.

— Não. Pode deixar. — Tudo bem aceitar a ajuda de Caleb na reunião, mas deixá-lo participar disso? Seu ego não aguentaria.

Nate correu até a porta da cozinha. Ele tentou girar a maçaneta. Não havia dúvida de que a porta estava destrancada. Mas, se alguém tivesse entrado para roubar a casa enquanto sua mãe estava fora, já não estaria mais ali. Ele abriu a porta.

Não podia ser. Não podia ser. Não podia ser.

— Pai?

O pai de Nate estava sentado à mesa da cozinha, no lugar que costumava ocupar quando morava ali. Nate tinha se apossado do lugar depois que o pai foi embora, pois sua mãe não reagia bem ao ver o assento vazio.

— O que você está fazendo aqui? Você não pode simplesmente ir entrando nessa casa como se ainda morasse aqui!

— Sua mãe saiu e eu não consegui resistir. Precisava dar uma olhada — respondeu ele. — A chave reserva estava no lugar de sempre, na boca do sapinho de pedra. — Nate não conseguia desviar os olhos do pai. Ele não havia mudado praticamente nada. Tinha alguns fios grisalhos nas têmporas e talvez as rugas na testa estivessem um pouco mais profundas, mas não passava disso.

— Você já esteve aqui antes, né? A mamãe achou que estava sentindo o cheiro do seu perfume. — Nate conseguia senti-lo naquele momento. Ele pensou que tivesse se esquecido do cheiro, mas era um aroma muito familiar. — É melhor você ir embora. Você deixou a mamãe apavorada. Ela me ligou desesperada porque pensou que alguém tivesse invadido a casa.

— Quero vê-la — disse seu pai, tomando um gole do café que ele mesmo havia preparado. — Quero ver todos vocês. Estava só tentando encontrar o melhor momento. — Ele balançou a cabeça. — Você quase me pegou na outra noite.

— Era você?

— Era.

— Você não pode simplesmente chegar aqui e dizer que quer nos ver. Você foi embora. Você foi embora há anos. Não pode... — Nate vacilou, incapaz de pensar em outras palavras. — Você simplesmente não pode — repetiu ele.

Então, a porta da cozinha se abriu, e Nathalie entrou.

— A mamãe está tendo um ataque lá fora. Eu disse que provavelmente ela só deixou a porta... — Ela levou uma das mãos à boca e, por um momento, ficou apenas encarando o pai.

— Já falei que ele tem que ir embora — disse Nate.

Nathalie abaixou a mão e deu um passo para dentro do cômodo. Depois mais outro.

— Papai?

Ele se levantou, abriu os braços, e Nathalie foi correndo em sua direção.

* * *

— Acho melhor eu voltar para lá. — Nate retirou uma farpa da mesa de piquenique no quintal de sua mãe.

— Espera mais um pouco. Eu sei que parece que já tem um tempão, mas ainda não tem nem quinze minutos. — A própria Briony não sabia o que pensar daquela situação. Ela não podia nem imaginar como ele devia estar se sentindo.

— Você devia ter visto a Nathalie. Ela correu para abraçá-lo, como se ele tivesse sido preso injustamente pelos últimos dez anos.

Briony assentiu. Era a quinta vez que Nate dizia algo parecido com aquilo. Ela não tinha certeza do que responder, nem de como ajudar.

— Aí a minha mãe falou que queria conversar com ele sozinha. Ela mal consegue fazer as coisas sozinha desde que ele foi embora, porque isso acabou com ela. Mas, ainda assim, ela insiste em querer falar com ele sem a gente. — Nate passou as mãos pelo cabelo. Ele tinha repetido o gesto tantas vezes que os fios estavam quase todos arrepiados. — É sério. Acho que eu devia entrar.

— Por que você não dá só mais alguns minutos para eles? — Nate e Nathalie eram adultos, mas Briony sabia que havia coisas que a mãe deles queria dizer ao pai de seus filhos a sós. — Eles estão aqui do lado. Se a sua mãe precisar de você, ela vai chamar. Ela não precisa nem abrir a porta.

Ele se levantou.

— Nathalie devia estar aqui.

— Ela já vai voltar. — Nathalie estava tremendo de emoção quando saiu da casa com Nate. Caleb havia sugerido que eles dessem uma caminhada rápida, pois recentemente havia lido um artigo que dizia que uma caminhada ou uma corrida lenta era capaz de ativar o que os cientistas chamavam de neurônios calmantes.

Ele tinha chamado Nate para ir junto, mas o gerente do complexo se recusou a ficar longe da casa da mãe, e Briony acabou ficando com ele.

Nate se sentou.

— Nunca me passou pela cabeça que o homem que vi espiando a casa podia ser o meu pai.

Briony assentiu com a cabeça. Nate também havia repetido isso várias vezes.

— O que ele está fazendo aqui? Por que resolveu aparecer agora?

— Não sei, Nate. Talvez ele esteja conversando com a sua mãe sobre isso agora.

— Aquele filho da mãe! — Nate se levantou novamente. — Ele deve ter ouvido sobre as propostas que recebi para vender o Jardins e voltou porque quer o dinheiro! É ele que está sabotando o complexo!

— Calma! Você está se precipitando. Por que ele ia sabotar o negócio da própria família? — questionou Briony.

— Você não percebe? — Nate parecia exaltado, os olhos brilhando. — Eu sempre disse que não queria vender. Ele está sabotando o lugar para me obrigar a fazer isso. Se as pessoas começarem a ir embora, o Jardins não será mais capaz de gerar lucro. Ele acha que isso vai me fazer aceitar a oferta. Ele está aqui para pegar a parte dele... No instante que eu não tiver outra escolha e tiver que vender o complexo.

— É uma possibilidade...

— É mais que uma possibilidade. Foi exatamente o que aconteceu. Não tem outra explicação. — Nate foi em direção a casa. Briony hesitou por um segundo e depois o seguiu. Ele irrompeu na cozinha. Seus pais se viraram para ele.

— Nate, seu pai e eu não...

— Saia daqui agora! — ordenou Nate ao pai. — Se você não for embora, vou prestar queixa na polícia.

O pai dele se levantou lentamente, as duas mãos erguidas em um gesto apaziguador. Será que ele fez isso mesmo? Será que ele tinha mesmo sabotado o negócio? Nate havia trabalhado tanto para que o complexo desse certo. Na verdade, ele tinha feito mais do que isso. Nate havia transformado o complexo em um lar para várias pessoas.

— Eu só queria ver vocês, ver vocês todos — disse seu pai. — Sei que não posso voltar como se nada tivesse acontecido. O que eu fiz não foi correto. Eu devia ter ligado, mandado uma carta, pedido permissão. Acho que eu estava com medo de vocês dizerem não. Quase desisti. Tentei vir algumas vezes antes. Na verdade...

Nate o interrompeu.

— Pode parar de mentir! Você não veio até aqui por mim nem pela mamãe nem pela Nathalie. Não depois de todos esses anos. Você voltou por causa do dinheiro.

Briony viu a culpa tomar conta do rosto do homem, mas também percebeu nele um ar de quem não estava entendendo direito. Ela pôs a mão no braço de Nate para expressar que estava do lado dele.

— Que dinheiro? Do que você está falando, Nate? — perguntou sua mãe.

— Pergunte para ele! Ele sabe.

— Eu não sei de nada — respondeu o pai. — Sinceramente, não sei o que você está querendo dizer com isso. — A julgar pela expressão do pai de Nate, Briony ficou tentada a acreditar no que ele dizia, mas ela não o conhecia. Caramba, a semelhança entre pai e filho era impressionante.

Quando Nate tornou a falar, não desgrudou os olhos de sua mãe.

— Recebi algumas propostas de uma imobiliária para o Jardins. Recusei todas. O Jardins é nosso. É da nossa família. Mas ele... — Nate apontou para o pai, ainda sem olhar para ele. — Ele nunca se importou muito. E de alguma forma acabou descobrindo sobre essas propostas e está sabotando o Jardins para que eu não tenha outra escolha a não ser vender o complexo e dar a parte dele. Teoricamente, ele ainda é dono de metade do negócio.

— Tem alguém sabotando o Jardins? — perguntou o pai de Nate. — O que aconteceu?

Nate finalmente olhou para ele.

— Você sabe. Você sabe tudo o que aconteceu. — Ele foi andando na direção do pai, até ficar a apenas uns trinta centímetros de distância dele. Briony permaneceu onde estava, desejando poder fazer alguma coisa, mas sentindo-se completamente inútil.

— Agora você vai embora, ou vou fazer questão de te colocar na cadeia. Você poderia ter matado alguém, sabia? Sabia disso? Intoxicação alimentar é coisa séria. Muita gente de mais idade já morreu por causa disso.

— Nate! Para com isso! — exclamou Nathalie. Briony não tinha nem visto que ela e Caleb haviam entrado. — O papai não teria feito isso. Ele não seria capaz de uma coisa dessas.

— Ah, tá! O papai é uma pessoa maravilhosa. Nunca fez mal a uma mosca, né? — debochou Nate. — Ele só fez mal à mamãe. E a você. E você ainda fica aí agindo como se ele fosse um herói que voltou para casa quando, na verdade, é o cara que abandonou todos nós.

— Não estou entendendo nada — disse a mãe de Nate. Briony percebeu que ela esfregava o dedo anelar, o dedo da aliança de casamento.

— Várias pessoas passaram mal depois do café da manhã de sábado — explicou Nathalie. — Nate acha que alguém contaminou a comida de propósito.

— E os fiscais da Vigilância Sanitária já estão investigando. Se você tiver deixado algum rastro, eles vão achar — disse Nate ao pai. — É melhor você voltar para o México, ou para qualquer lugar por onde tenha andado.

— Eu não fiz nada disso. — O pai de Nate olhou para a ex-esposa. — April, eu juro que não fiz nada para prejudicar ninguém do Jardins. Eu nem sabia que vocês tinham recebido propostas para vender o complexo.

— Acho que vamos ter que adiar um pouco essa conversa — disse Caleb. — Temos uma reunião agora com os residentes e seus familiares. Nate, você precisa focar nisso por ora.

— Quem é ele? — A mãe de Nate começou a esfregar o dedo mais rápido. — E quem é ela?

— Ele é meu advogado, Caleb Weber. E essa é minha amiga, Briony. Ela quis participar da reunião para me dar apoio — respondeu Nate.

— Não entendi por que você não me contou nada disso antes. Eu não deveria participar dessa reunião também? — perguntou a mãe de Nate.

— Se estiver disposta, acho que seria de grande ajuda — respondeu Caleb. — Será uma maneira de mostrar que Nate tem o apoio da família.

— Eu também quero ir — disse o pai de Nate.

— Não — decretou Nate. — Você não é da família. Não mais. Você escolheu não fazer mais parte da nossa família quando foi embora.

— Nate! — exclamou a mãe dele.

— Isso não é verdade. Ele ainda é meu pai — insistiu Nathalie. — E seu também.

Briony sentia muito por todos ali, até mesmo pelo pai de Nate, mas ela sabia que, por pouco, ele não havia destruído aquela família, mesmo a mãe e a irmã de Nate parecendo dispostas a conversar com ele, depois de todos esses anos.

— Bem, eu não quero você lá hoje. Eu teria que dar muitas explicações. Os residentes não conhecem você. Sua presença só deixaria as coisas mais confusas — decretou Nate.

— Faço o que você achar melhor — disse o pai. — Se não querem que eu vá, eu não vou. Mas gostaria de conversar com você, quando tiver um tempo para mim.

— Certo, só não sei quando isso será possível. — Nate olhou para o relógio da cozinha. — Preciso ir para o centro comunitário para me certificar de que está tudo organizado.

— Vou passar em casa para buscar as crianças. Caleb acha que vai ser bom elas estarem lá. Tem algum problema para você, Nate? — indagou Nathalie.

— Claro que não. Se as crianças quiserem ir, acho ótimo. — Nate se virou para Briony. — Você vem comigo?

— Claro.

Se ele a queria por perto, lá estaria ela, ao seu lado.

CAPÍTULO 20

Nate estava parado nos fundos da sala de projeção, com Briony ao seu lado. Se dois dias antes alguém lhe dissesse que ele se sentiria agradecido por tê-la por perto, ele teria dito que isso seria impossível. Mas era exatamente assim que ele se sentia.

— Sua torcida já está lá na frente — disse ela baixinho.

Ele assentiu. LeeAnne estava sentada no meio da primeira fileira, conforme prometido, e Hope encontrava-se ao seu lado. Gib também estava lá, ao lado da mãe de Nate, além de Nathalie, as crianças e Caleb.

— Mas a Eliza também está lá — observou Nate. Como sempre, estava vestida de uma forma bem simples: uma blusa clarinha num tom de cor-de-rosa com uma saia midi. O cabelo estava penteado para trás, e ela completava o visual com um arco. Dava a impressão de uma pessoa bem recatada e confiável. Nate achava que seria difícil confrontá-la.

— Acho que ela já vai começar a reunião — disse Briony.

— Me deseje sorte — pediu ele, e ela apertou sua mão por um breve momento, depois Nate foi lá para a frente.

Ele olhou de relance para Eliza e reparou na expressão amargurada em seu rosto, que contrastava com sua roupa. Ele sorriu para ela e depois se virou para os presentes, esperando que todos ficassem em silêncio. Não tinha mais nenhum assento vago, e algumas pessoas estavam até em pé no fundo da sala.

Peggy fez um sinal positivo para ele, erguendo os polegares, de seu lugar ao lado da filha. Rich, Regina e Max, que estavam sentados na segunda fileira, sorriram para ele. LeeAnne não sorriu, mas parecia pronta para enfrentar qualquer pessoa que estivesse contra Nate, e parecia que Hope seria sua aliada.

— Sejam todos bem-vindos — disse Nate. — Muito obrigado pela presença de vocês. Temos alguns assuntos importantes para discutir. Então convido Eliza Pendergast, neta do Archie, para abrir os trabalhos. A reunião foi ideia dela e gostaria de manifestar aqui meu agradecimento pela iniciativa.

As pessoas começaram a aplaudir, e Nate foi para perto de Briony.

— Obrigada a todos por terem vindo — disse Eliza. — Queria fazer essa reunião porque estou muito preocupada com as condições do Jardins. Acredito que esse lugar seja perigoso para nossos entes queridos. Meu avô... — Sua voz vacilou, e ela precisou fazer uma pausa no meio da frase.

Nate se perguntou se aquilo era uma tentativa de manipular a plateia, mas se lembrou de que ela amava o avô e que as razões para estar preocupada com a estada dele no Jardins eram legítimas.

— Meu avô caiu de uma esteira na academia daqui. O aparelho estava com defeito — continuou Eliza. — Por sorte, ele só torceu o tornozelo, mas poderia ter acontecido algo muito pior. Ele poderia facilmente ter fraturado o quadril, por exemplo. Vocês sabiam... — Ela olhou para o cartão que tinha em mãos. — Vocês sabiam que, segundo o Centro de Controle e Prevenção de Doenças, um em cada cinco pacientes com fratura no quadril vem a óbito no primeiro ano após o acidente? Um em cada cinco. E, mesmo assim, está evidente que a manutenção do aparelho não é prioridade aqui no complexo.

Ouviu-se um burburinho vindo da multidão. Nate se segurou para não ir até lá e apresentar toda a documentação que mostrava a frequência com que ele mandava checar o funcionamento dos aparelhos da academia. Ele teria de esperar. Todos ali precisavam ver que ele levava a sério as preocupações de Eliza e dos demais familiares. Isso significava que devia deixá-la falar.

— O meu avô também foi um dos que teve intoxicação alimentar no sábado. Ele e oitenta por cento dos residentes tomaram o café da manhã no refeitório. Mais de cinquenta residentes passaram mal. — Eliza checou suas anotações mais uma vez. — Os idosos costumam ter uma imunidade mais baixa, o que significa que podem não se recuperar de uma intoxicação alimentar com tanta facilidade. Eles também apresentam maior risco de desidratação. Vocês sabiam que a desidratação é ainda mais perigosa para os membros mais velhos da nossa família do que para o restante de nós? E isso pode levar a uma queda da pressão arterial, o que reduz a circulação de sangue até os órgãos vitais. Se os rins não recebem sangue suficiente, por exemplo, isso pode levar a um quadro de insuficiência renal, o que pode levar uma pessoa à morte.

Eliza soltou um suspiro longo e trêmulo, o que, mais uma vez, fez Nate se perguntar se ela não estava fingindo toda aquela tristeza para conquistar empatia. Por outro lado, ele sabia que ela havia passado por situações bem estressantes e preocupantes nos últimos dias.

— Duas vezes em menos de uma semana, meu avô poderia ter morrido — anunciou ela. — Duas vezes! Sendo assim, por mais que ele adore esse lugar e que tenha feito bons amigos aqui, sinto que devo procurar outro local para ele morar. Eu realmente acredito que deixá-lo no Jardins pode colocar a vida dele em risco.

Já chega, decidiu Nate. Ele se aproximou de Eliza.

— Obrigado, Eliza, por levantar essas questões.

Ele segurou o braço dela e a acompanhou de volta ao seu lugar, ao lado do avô.

— Mas eu ainda não terminei! — sibilou ela.

— Quero dar a todos a oportunidade de falar — argumentou Nate em voz alta, abrindo os braços. — Alguém tem alguma dúvida ou gostaria de compartilhar suas preocupações ou tem algum comentário a fazer? Terei o maior prazer em responder. — O olhar dele encontrou o de Briony por um breve instante, depois percorreu a sala.

— Tamara? — chamou ele. A filha de Peggy parecia ter algo a dizer.

Tamara se levantou.

— O que realmente me incomoda é que, até receber o e-mail da Eliza, eu não estava sabendo de nada do que andava acontecendo por aqui, nem sobre o episódio da intoxicação alimentar. Você costuma nos manter atualizados, Nate. Por que eu não fiquei sabendo de nada disso?

— Tem razão. Eu devia ter entrado em contato com todos vocês, e isso está na minha lista de afazeres — respondeu Nate. — Sendo bem sincero, eu estava focado em garantir que todos recebessem os cuidados necessários e precisava descobrir o que tinha feito com que os residentes passassem mal.

Nate evitou usar as palavras "intoxicação alimentar".

— Não tenho certeza se me sentirei tranquila sabendo que minha mãe está aqui — confessou Tamara. — Essa história toda é... assustadora. Acho que vou precisar pesquisar outras opções.

Ao ouvir aquilo, Peggy se levantou.

— Tamara, você sabe que sou muito grata por você se preocupar com o meu bem-estar, mas sou eu que decido onde vou morar. E eu adoro o Jardins. Moro aqui há três anos e essa é a minha casa. Até essa semana, nunca tinha acontecido nada que me causasse a menor preocupação. — Os olhos de Peggy encontraram os de Nate. — E não estou preocupada agora, porque sei que o Nate vai resolver tudo. Confio nele de olhos fechados.

Ela se sentou e puxou o braço da filha até que Tamara se sentasse também.

— Obrigado, Peggy. E obrigado a você também, Tamara, por compartilhar seus pensamentos. Mais alguém? — perguntou Nate.

Ele continuou respondendo a perguntas por mais de uma hora, fazendo questão de passar para todo mundo os detalhes do relatório de qualidade do ar e deixando claro que, não só a esteira em que Archie se machucou, como todos os outros aparelhos da academia, haviam sido substituídos. Ele também garantiu ao grupo que todos os residentes que tiveram intoxicação alimentar já estavam recuperados.

— Mais alguém? — perguntou ele, querendo ter certeza de que ninguém havia ficado sem explicações.

Ele também ficaria ali até mais tarde para falar com as pessoas individualmente. Nem todos se sentiam à vontade para compartilhar suas preocupações.

A mãe de Nate ergueu a mão. Ele sorriu para ela.

— Sim, mãe? — disse ele. — Todos vocês conhecem a minha mãe, não conhecem?

Ela recebeu uma salva de palmas ao se levantar.

— Eu só queria dizer que o Nate tem administrado o Jardins desde que tinha dezenove anos e, a cada ano que passa, tenho mais orgulho dele e de tudo o que ele conquistou. — Isso gerou mais aplausos, mas Nate percebeu que Eliza e algumas outras pessoas não aplaudiram.

— Obrigado, mãe. Isso é muito importante para mim — disse ele. E era verdade, pois ela nunca havia comentado sobre o desempenho dele no trabalho. Ela apenas confiava que o filho tinha tudo sob controle, o que era uma espécie de elogio.

Assim que a mãe de Nate se sentou, LeeAnne se levantou.

— A Vigilância Sanitária liberou a cozinha hoje. Vamos voltar a servir as refeições — anunciou ela. — Eu e minha equipe ficamos ocupados cozinhando. Se alguém aqui tiver uma torta favorita, aposto que vai encontrá-la. Então, sugiro que a gente vá para o refeitório comer.

— Tem certeza de que é seguro? — perguntou Eliza. — Não sei se o meu avô aguentaria outra intoxicação alimentar.

— Não estou disposto a arriscar — concordou uma pessoa sentada mais ao fundo.

— Nunca recuso uma torta da LeeAnne — disse Gib.

— Posso garantir a todos vocês que ela utiliza ingredientes frescos. Vocês vão achar que estão comendo uma torta digna de um prêmio — disse Nathalie, olhando para Lyle e Lyla. — E vocês, crianças? Querem torta?

— Sim! — Lyle deu um soco no ar.

— Tem torta de amora?

— Claro que tem.

Lyla sorriu para ela.

— E tem chantili?

— Só bato o chantili quando vou servi-lo e nunca sirvo torta sem chantili — revelou LeeAnne, em um tom de voz alto o suficiente para que todos os presentes pudessem ouvir.

— Acho que eu comeria uma torta inteira! — declarou Amelia. — Sozinha.

— O que tem exatamente nessas tortas? — Tamara parecia assustada.

— É brincadeira. A Amelia estava brincando — disse Briony a todos.

— Bem, vamos organizar uma fila. — Nathalie se levantou e seguiu em direção à porta, com as crianças, sua mãe e Caleb logo atrás. Nate ficou aliviado ao ver que mais da metade das pessoas na sala a seguiu.

Sua irmã gêmea costumava levá-lo à loucura. Sua mãe também. Mas, naquele momento, Nate só conseguia pensar no quanto as amava.

* * *

Mac passeava de mesa em mesa, vendo como estavam seus humanos. Nate e Briony cheiravam bem melhor do que antes. Eles não se encontravam no auge da alegria, mas estavam bem melhor do que antes. Gib também exalava um cheiro mais agradável, havia apenas um leve vestígio de um odor forte de doença que Mac sentira quando o visitou no dia anterior. Ele não tinha o mesmo cheiro de quando estava perto da mulher de que Mac gostava, Peggy. Mac precisava trabalhar nisso.

O homem e a mulher que exalavam o aroma de uma bomba prestes a explodir quando estavam juntos agora exalavam um cheiro mais feliz também, e eles não pareciam querer causar uma explosão estrondosa o suficiente para fazer os ouvidos de Mac zumbirem.

Caleb, o homem que estava morando na casa de Mac, tinha um cheiro razoável. Ele não estava no auge da felicidade, mas cheirava melhor do que na noite anterior.

Mac estava satisfeito. Havia feito progressos, mas precisava ser paciente. Os humanos costumavam demorar um tempo para entender o que tinham de fazer. Não havia como evitar. Eles não eram tão inteligentes quanto deveriam ser para gerir a própria vida. Eram mais inteligentes que cachorros, disso não havia dúvida, mas não tão espertos como o esperado. Todos eles deviam ser obrigados a viver com um gato.

Mac foi andando até o homem que não gostava dele. O idoso estava sentado em uma cadeira de rodas. O gato esfregou a cabeça no tornozelo do homem, que exalou um odor que comprovava que, naquele momento, gostava ainda menos de Mac. Missão cumprida!

Os bigodes de Mac formigaram. O cheiro da bomba prestes a explodir havia voltado. Mac respirou fundo, saboreando o ar com a língua. Não, não era exatamente o mesmo perfume e vinha de outros humanos, e quem exalava aquele cheiro eram os humanos mais jovens. Será que algum dia ele deixaria de se deparar com pessoas que precisavam de ajuda?

Ele encolheu as patas traseiras, depois pulou em cima da mesa para investigar. A jovem fêmea caiu para trás, soltando um grito e derramando o café que segurava.

— Ho-Hope! Você está bem? Vo-você se queimou? — tagarelou o jovem macho, em um tom de voz alto.

— Você sabe o meu nome? — perguntou a jovem fêmea enquanto tentava limpar a saia com um guardanapo.

— Cla-claro que sei. Tive-vemos três aulas juntos. E co-conheço você da-daqui também — respondeu o jovem macho.

— Mas você age como se... Como se eu fosse invisível. Pensei que você não considerasse os serviçais dignos da sua atenção — disse a jovem fêmea. — Você nunca me deu sequer um oi.

— É di-difícil falar pe-perto de vo-você. — O jovem macho fez uma careta. — Eu ga-gaguejo quando fi-fico ne-nervoso. Isso a-acontecia sempre. — Ele balançou a cabeça com firmeza e murmurou um som. — De-desculpe. Não ti-tive a intenção de te o-ofender.

— Eu te deixo nervoso? Por que eu deixaria você nervoso? — perguntou ela. Mac, que estava em cima da mesa, começou a lamber o chantili do prato mais próximo.

— Vo-você é tã-tão bonita. — Mac podia sentir o cheiro do sangue subindo para o rosto do jovem — e in-inteligente. — Ele deu de ombros — Vo-você também nunca fa-falou co-comigo.

— Porque eu sou uma idiota. Achei que você não falava comigo porque eu estava muito abaixo de você. Quer dizer, eu ando de ônibus, e você dirige uma BMW 335i conversível. Eu trabalho servindo comida para você.

— Você trabalha fazendo pessoas como o meu avô felizes. Ele acha você incrível. — O jovem macho falava com mais calma. — E e-eu ta-também.

— Você também o faz feliz. É muito legal ver que você vem sempre visitar o seu avô, Max.

— Vo-você também sabe o meu no-nome!

Ela sorriu.

— Tivemos três aulas juntos. E conheço você daqui também.

Ele sorriu para ela.

— Oi, Ho-Hope.

— Oi, Max.

Briony se jogou na cama. Aquele dia parecia ter valido por três. Tanta coisa havia acontecido. Ela não conseguia nem imaginar como Nate devia estar se sentindo após a reunião, principalmente depois do reaparecimento do pai. Ela apagou a luz do abajur da mesa de cabeceira e se aconchegou à montanha de travesseiros. Segundos depois, Mac saltou para o lado dela e começou a ronronar.

— Aí está o meu gatinho — murmurou Briony, já caindo no sono.

Então seu celular tocou. Devia ser a Vi. Ou seus pais. Ela foi ver quem era. Tinha uma mensagem de Ruby.

Estou com saudade da minha novela coreana favorita, agora que estava ficando boa. Você está bem?

Desculpa, desculpa, desculpa! Aconteceu tanta coisa.

Então você falou com o Caleb e com o Nate?

Falei. Tive uma briga feia com o Nate, e só faltou ele me chamar de puta.

Mentira!

Pois é. Mas ele pediu desculpas depois. E acho que as coisas estão melhores. Boas, até. Pelo menos entre a gente. Nate está tentando dar um jeito nas coisas lá no Jardins. Tem alguém tentando sabotado o lugar. Nate acha que o pai dele, que abandonou a família tem dez anos e reapareceu agora, está por trás de tudo.

Que novela boa! A não ser pelo fato de que estamos falando de pessoas reais, com sentimentos reais. O que faz com que tudo seja menos divertido. E péssimo. E o Caleb? Você percebeu que começou falando sobre o Nate de novo?

Agora é oficial. Caleb e eu não estamos mais juntos. Ele queria ficar um tempo comigo para ver se a gente conseguia resolver as coisas. Mas percebi logo de cara que não ia dar certo.

Ele levou numa boa?

Você precisa conhecer o Caleb. Ele é praticamente perfeito (para alguma outra mulher). Ele tem sido incrível. Sei que está magoado, mas, quando o Nate precisou de um advogado, ele logo se mostrou à disposição.

Nate precisou de um advogado?

Parece que algumas pessoas no Jardins querem processá-lo. Alguns residentes passaram muito mal devido a uma intoxicação alimentar — parte da sabotagem. E um homem se machucou na esteira — também parte da sabotagem.

Caramba. Se eu puder ajudar de alguma maneira, é só falar. Seria uma oportunidade para conhecer todas essas pessoas das quais tanto ouço falar.

Pode deixar. Estou exausta. Nos falamos depois, tá? Desculpa por ter desaparecido.

Pelo visto você teve bons motivos para isso. Boa noite, querida.

Boa noite.

CAPÍTULO 21

Nate fez questão de chegar ao refeitório no dia seguinte assim que o café da manhã fosse servido. Era a primeira vez que uma refeição completa seria oferecida desde o episódio que causou a intoxicação alimentar. Ele queria que todos o vissem comendo lá. Se fosse preciso, ele repetiria três vezes para que todos os residentes o vissem saboreando o café da manhã. Talvez Briony gostasse de desfrutar uma dessas refeições com ele. Foi bom ter contado com ela ao seu lado na noite anterior.

E pensar que, alguns dias antes, ele dizia que nunca mais queria vê-la. Mas, depois do choque de ver o ex-noivo de Briony batendo à porta da casa dela, e após ter escutado o que ela tinha a dizer, Nate percebeu que a raiva havia sumido. E a atração que sentia logo ocupou seu lugar. Na verdade, era mais do que uma simples atração, havia admiração pela pessoa incrível que Briony era, apesar do que ela fizera. Ela havia convivido pouquíssimos dias com os residentes do Jardins, mas já se preocupava com eles e estava sempre disponível para o que quer que fosse. E para ajudar Nate também. Então ele enviou uma breve mensagem para Briony, esperando que ela aceitasse o convite para o café da manhã.

— Nate! — exclamou Rich.

O gerente do complexo se virou e viu Rich e Regina vindo em sua direção. Eles costumavam tomar o café da manhã um pouco mais tarde. Havia algo errado, ele percebeu assim que os dois se aproximaram. A expressão de Rich era séria e preocupada, e Regina parecia ter se vestido às pressas, o cabelo escovado, mas não perfeito como de costume.

— Bom dia. O que aconteceu? — perguntou Nate, tentando manter a voz controlada e calma.

— O Max acabou de me ligar. Ele resolveu dar uma olhada nas redes sociais para ver se havia alguma menção ao Jardins depois da reunião de ontem à noite — respondeu Rich. — E surgiram algumas coisas. Alguns sites agora têm novas classificações de uma e de duas estrelas, com os sites Vida Sênior, o Tudo sobre Idosos e o Guia de Casas de Repouso. — Ele se virou para Regina. — Qual era o outro mesmo?

— Comparativo de Casas de Repouso — respondeu ela.

— Max falou que quer ajudar a reverter a situação. Ele tem falado por mensagens com a Hope. Os dois estão estudando marketing e vão bolar algumas estratégias para as mídias sociais. Você está livre para uma reunião com eles hoje à tarde? — perguntou Rich.

— Com certeza.

— Quero ajudar também — disse Regina. — Posso não estar por dentro de todas as mídias sociais, mas sei mexer num computador. Deve haver algo que eu possa fazer.

— Nunca se sabe quando precisaremos de um poeta. Posso escrever limeriques exaltando as qualidades do Jardins. — Ele pegou o caderno de anotações e o lápis. — "Havia um lugar chamado Jardins..."

— Talvez algo sobre como estar aqui acalma os corações mais selvagens? — sugeriu Regina.

— Pode ser, pode ser — concordou Rich. — Que tal marcarmos de nos encontrarmos às três horas?

Nate assentiu.

— Vamos nos reunir no bangalô ao lado da casa da Gertie. Precisamos de privacidade, e o lugar está vazio até a próxima semana. A não ser que a mulher que reservou essa casa entre em algum desses sites que você mencionou. Pelo visto, as críticas vão afastar todo mundo.

— Vamos cuidar disso — prometeu Rich. — Agora preciso de café para terminar esse poema. E tenho certeza de que você vai querer o seu chá de hortelã — disse ele a Regina. Ele enlaçou o braço no dela e, juntos, seguiram para a mesa de sempre.

Nate ficou observando os dois. Estava tão hipnotizado pelo comportamento deles que quase não se deu conta do que aquilo significava. Regina tinha sugerido um verso para um limerique. Ela costumava fazer críticas ao estilo, alegando que, para ela, não deveria nem ser considerado poesia. Rich se lembrava do sabor do chá que ela costumava beber e até enganchou o braço no dela. Nate achava que nunca tinha visto os dois se tocarem antes. Será que estava rolando alguma coisa entre eles? Não seria algo absurdo, pois, na verdade, eles tinham vários interesses em comum: palavras cruzadas, artes, literatura...

Ele se concentrou em suas prioridades: precisava dar uma olhada naqueles sites. Então escolheu uma mesa perto de uma das janelas e pegou o celular. Quando o garçom apareceu, pediu uma salada de frutas. Se fosse comer três vezes, pelas próximas horas, precisava ir com calma.

Quando a comida chegou, não tinha mais apetite. As críticas pareciam um ataque pessoal. E por que não seriam? Nate passava a maior parte do tempo trabalhando para fazer com que o Jardins fosse o melhor lugar possível para os residentes. Antes de conhecer Briony, ele só fazia isso. Isso e resolver os problemas da mãe e da irmã.

De repente, seus pensamentos se desviaram para o pai, e isso estava acontecendo com bastante frequência, apesar de todos os problemas com os quais tinha de lidar. Era como se uma parede que ele havia erguido dentro de si para manter os pensamentos sobre o pai bem longe tivesse desmoronado. *Mantenha o foco*, disse Nate a si mesmo. *Ele não merece nem um segundo do seu tempo. Você tem coisas mais importantes para fazer.* O pai não representava mais nada para Nate, não depois de ter abandonado a família há tantos anos.

— Nate. Olá.

Ele estava com os olhos vidrados em sua salada de frutas, então ergueu a cabeça e deu de cara com Briony sentada à sua frente.

— Oi. Você veio.

— Você me convidou. — Ela sorriu. — Está tudo bem? Você estava tão concentrado que estou me sentindo mal por ter incomodado.

— Fico feliz por ter me despertado dos meus pensamentos. Eu estava pensando no meu pai, e não tenho tempo para ele nesse momento. Acabei de descobrir que há uma campanha de difamação contra o Jardins na internet — contou ele. — Se é que pode ser considerada uma campanha de difamação, quando se está dizendo a verdade.

— Ah, Nate, não! — Briony foi logo pegando a mão dele, mas a recolheu assim que se deu conta do que estava fazendo.

Ele compreendia a hesitação dela. Nate não fazia ideia do que havia se tornado o relacionamento deles. Estava tudo bem entre eles, os dois eram amigos... e o que mais? Bom, aquele não era o momento de descobrir.

— Pois é. A minha classificação média... quero dizer, a classificação média do Jardins está despencando. Algumas avaliações de apenas uma estrela podem acelerar isso. — Ele se forçou a comer um pouco da salada de frutas. Estava incrível, assim como tudo que LeeAnne fazia. Ela havia colocado um pouco de iogurte por cima. Nate percebeu que seu apetite tinha voltado, então deu outra garfada. — Come um pouco da minha salada de frutas até que alguém venha anotar o seu pedido. — Ele avistou um garçom vindo na direção deles.

— Obrigada. — Ela pegou o garfo e espetou uma carambola. — Quais são os seus planos? Tem alguma ideia em mente?

— Vou me encontrar com a Hope e o Max às três. Eles elaboraram algumas sugestões juntos. Os dois estudam marketing.

— Acho que a Hope estava errada. Acho que ela pensava que o Max não falava com ela porque ele se considerava superior por ser de uma família rica... enquanto ela é só uma funcionária daqui.

— Nada disso. Tenho certeza de que o Max não fala com ela porque a acha muito bonita. A ponto de ficar nervoso e começar a gaguejar, como acontecia quando ele era criança. Ele gaguejou um pouco quando estava falando com você na Noite da Família.

— E a Hope estava sendo ríspida com o Max, porque ele não falava com ela. Parece aquela história do marido que vendeu o relógio para comprar um pente de cabelo para a esposa, sendo que ela vendeu o cabelo para comprar uma corrente para o relógio do marido — disse Briony. — Na verdade, não. Isso não faz sentido. Deve ser o contrário. Não, também não é isso. — Ela franziu a testa e balançou a cabeça. — Os dois estavam errados, porque estavam fazendo suposições a respeito de como o outro se sentia. Esquece a história do cabelo e do relógio.

Nate riu.

— Adoro ouvir você divagar.

— Eu não fico divagando. Não muito. Só às vezes. — Ela pressionou os dedos contra os lábios. — Já parei — murmurou ela, e Nate riu de novo. — Posso ir à reunião? Quero fazer alguma coisa para ajudar. Você devia chamar a sua irmã também. O Caleb me falou que ela se sente mal de verdade por não ter se envolvido nos assuntos daqui antes e quer colaborar mais.

— Ela vai estar no trabalho essa tarde. E, quando estiver livre, provavelmente vai ficar paparicando o nosso pai. — Nate conseguia escutar a amargura na própria voz e tentou explicar a Briony o que de fato pensava. — Ela pode fazer o que quiser, mas *eu* não entendo como ela pode perdoar o nosso pai. Ela nem pediu uma explicação por ele ter ido embora.

— Eles eram muito próximos antes de ele partir? — perguntou Briony.

— Eram. Mais próximos do que eu e ele éramos. Meu avô esperava que ele fosse demonstrar mais interesse pelo Jardins, e eu achava que isso ia acontecer mesmo. Você não acha que, por isso, minha irmã teria que ser mais rígida com ele? Eu esperava que ela fosse se sentir traída quando ele foi embora, por serem tão próximos...

— Eu não sou a melhor pessoa para dizer quais sentimentos são apropriados ou não — respondeu Briony, com um sorriso irônico. Em seguida, seus olhos se arregalaram. — Ele está aqui. O seu pai.

— Aqui?

Nate achava que poderia escolher o momento em que lidaria com o pai, se realmente quisesse fazer isso. Ele não conseguia acreditar que o pai tivera a audácia de aparecer no refeitório. Mas não era para Nate estar surpreso, afinal seu pai tivera coragem de voltar para casa depois de todos aqueles anos. E de entrar na casa de sua mãe sem que ninguém soubesse, como se ainda morasse ali.

— O que você vai fazer? Vai falar com ele? — perguntou Briony.

— Ele está vindo para cá? — Nate não queria se virar para ver.

— Não, está parado perto da porta. Mas está olhando para cá.

Nate se levantou.

— Acho melhor acabar logo com isso.

— Você acha melhor eu ir para casa? — perguntou Briony.

— Toma o seu café. Falo com você assim que resolver isso.

— Ótimo. Vou querer saber como foi.

Pelo menos havia isso de bom. Briony estaria esperando por ele assim que terminasse a conversa com o pai. Nate se virou e foi andando até a entrada do refeitório.

— Eu sei que falei que ia esperar para a gente conversar. Mas não posso deixar que você continue pensando que eu poderia estar por trás dessa história de sabotagem. Esse lugar significa muito para mim, Nate — disparou ele, assim que o filho se aproximou.

Nate deu uma gargalhada debochada.

— Aham. Deu para perceber.

— Foi o meu avô que fundou isso aqui, o Jardins foi administrado pelo meu pai e agora é comandado pelo meu filho. Eu nunca faria nada para prejudicar esse lugar — insistiu ele.

— Você abandonou esse lugar, exatamente como fez com a sua família — disse Nate.

O pai ficou em silêncio por um bom tempo.

— Você está certo — admitiu ele.

— Eu não quero ter essa conversa aqui. Vamos lá para fora. — Nate não esperou nem o pai concordar e já foi logo saindo pela porta do centro comunitário.

— Você acredita em mim? — perguntou seu pai quando estavam do lado de fora.

— Não. Pode ser que você esteja dizendo a verdade, ou talvez não. Mas eu não consigo acreditar em nem uma palavra que você diz. O que você fala não significa nada para mim. — Nate começou a andar, incapaz de ficar parado. Seu pai o seguiu.

— Justo. É justo — repetiu o pai. — Deixa eu te perguntar uma coisa. Antes de saber que eu tinha voltado, de quem você desconfiava?

— Eu não fazia ideia de quem poderia estar por trás disso — respondeu Nate. — Eu não conseguia e ainda não consigo pensar em uma pessoa que poderia querer acabar com esse lugar. Você teria um motivo para isso: dinheiro.

— O que eu preciso fazer para convencer você de que...

— Nada — respondeu Nate. — Eu teria que confiar em você, mas não confio. — Ele parou de falar de repente e encarou o pai. — Você tem alguma ideia do que fez com a mamãe? Você acabou com ela. Ela tem cinquenta e poucos anos e vive como se tivesse noventa. Ela não confia em si mesma. Você acabou com ela. É como se ela tivesse medo de fazer qualquer coisa. Raramente sai, não tem amigos. Só tem a mim, a Nath e aos netos.

— Isso já é muita coisa — comentou seu pai.

— E a Nathalie não toma jeito. Ela só fica com canalha. Parece que ela escolhe a dedo aqueles que vão decepcioná-la. Exatamente como você fez.

— E quanto a você, Nate? O que eu fiz para você?

— Nada. Eu estava muito ocupado cuidando de tudo para sequer sentir a sua falta. O que eu quero saber é o que você está planejando agora. Se você está dizendo a verdade e não voltou na esperança de me forçar a vender o Jardins, então por que está aqui? Você está pensando em voltar com a minha mãe? O que exatamente você está fazendo aqui?

— Eu queria ver vocês. Não tenho nenhuma outra intenção. Espero que você me permita te conhecer novamente. Você, a Nathalie e os meus netos.

— Você não tem direito de chamá-los de netos. Até onde sabem, eles não têm avô. — O ex da Nathalie nunca foi uma figura presente na vida das crianças, nem os pais dele.

— Então agora eu tenho um plano, que é ficar por aqui por tempo suficiente para dar um jeito nisso. Aluguei um quarto em uma casa não muito longe daqui e estou procurando emprego. Pode ser qualquer coisa. Só quero estar por perto.

— E a mamãe? Você não disse o que pretende com ela.

Ele balançou a cabeça.

— Isso é com ela. Se ela concordar, eu gostaria de me aproximar dela de novo também. Mas nenhuma dessas escolhas é minha. Eu sei disso.

— Eu já tenho muita coisa com que me preocupar. Se ela quiser falar com você, pode deixar que entro em contato.

O pai de Nate assentiu lentamente.

— Tudo bem — concordou ele, por fim. — Sua mãe sabe onde me encontrar. — Ele estava se virando para ir embora, mas parou. — O complexo está incrível, Nate. De verdade. Seu avô ficaria orgulhoso.

Nate ficou ali por uns instantes, observando o pai ir embora, e depois foi se encontrar com Briony.

— O que aconteceu? — perguntou ela.

— Suas divagações cairiam bem agora. Pode ser? Preciso ficar sentado aqui por pelo menos alguns minutos sem pensar na minha família nem no Jardins.

— Claro!

Mac observava Gib pegar o presente que ele trouxera. O humano não o levou ao nariz. Isso não era um bom sinal. Mac conseguia sentir o cheiro do presente a pelo menos um quarteirão de distância, mas duvidava que Gib fosse capaz de compreender o que havia de especial naquilo a menos que desse uma boa cheirada no presente. Bom, talvez nem assim.

— Bem, sei que você deve achar que isso é muito especial — começou Gib. — E, por esse motivo, eu te agradeço. Mas eu não posso imaginar o que você achou que eu faria com um pé de meia cor-de-rosa com estampas de margaridas. Mesmo se tivesse me trazido o par, elas não iam servir em mim, nem fazem o meu estilo. Mas, de qualquer forma, você merece uma sardinha pelo esforço.

Sardinha. Aquela palavra era capaz de prender a atenção de Mac. Ele correu para a cozinha e se enroscou nas pernas de Gib enquanto o humano pegava uma lata linda nas cores vermelha e azul e então *plop!* Que som maravilhoso. Mac deu um miado impaciente enquanto Gib retirava a tampa bem, bem devagar. Em seguida, ele serviu três sardinhas em um prato na frente de Mac. Ai, minha deusa dos gatos! Como elas eram gostosas. Salgadinhas, oleosas e cheirosas.

Gib deve ter amado o presente para dar a Mac um prêmio como esse. Mas Peggy... ela era quase tão ruim quanto Jamie. Na verdade, sua humana era um pouco pior. Às vezes ela jogava fora os presentes que ele lhe dava. Peggy havia apenas devolvido o dela.

No entanto, ela tinha gostado muito do brilhinho que ele trouxera. Mac a viu usando o presente em volta do pescoço. Mas aí a outra humana o pegou de volta.

Bem, Mac sabia onde a outra humana estava. Ele só precisava ir até lá e recuperar o brilhinho. Isso depois de comer mais algumas sardinhas. Ele deu um miado longo para avisar a Gib que queria uma segunda rodada.

Enquanto aguardava a chegada de todos para a reunião, Nate disse a si mesmo que precisava parar de ler as críticas que estavam sendo postadas. Não era produtivo. Ele também achava que essa reunião não seria muito produtiva. Nate estava agradecido à Hope e ao Max por estarem tentando ajudar a limpar a imagem do complexo. Mas isso seria apenas uma solução provisória. O que Nate precisava fazer mesmo era descobrir quem estava por trás de todos aqueles atos de sabotagem.

Seu pai continuava sendo o principal suspeito. Era muita coincidência ele ter aparecido na mesma época das sabotagens, e parecia que estava precisando de dinheiro, já que havia alugado um quarto e estava procurando emprego. Mas será que ele estaria mesmo disposto a matar alguém para conseguir o que queria? Nathalie diria que não. Sua mãe também. Nate queria acreditar nisso, mas não tinha certeza de nada quando se tratava do pai.

Uma batida na porta despertou Nate de seus pensamentos. Ele esboçou um semblante decidido, pois queria que todos sentissem confiança ao olhar para ele. Quando abriu a porta, Nate deu de cara com Briony, Caleb e uma mulher de uns cinquenta anos com botas de caubói azul-turquesa na varanda.

— Essa é a Ruby, a primeira amiga que fiz em Los Angeles — anunciou Briony. — Ela acha que pode ajudar. Ruby trabalha com cinema e acha que alguns vídeos do local com depoimentos dos residentes que te adoram, o que é o caso da maioria, seria uma boa ideia. As pessoas preferem assistir a vídeos a ler críticas.

— Gostei disso. Entrem.

Antes que Nate pudesse fechar a porta, Max, Hope, Regina e Rich apareceram.

— LeeAnne já está chegando. Ela está trazendo as tortas que sobraram — disse Hope ao entrar.

— Espero que ainda tenha torta de caramelo com chocolate — disse Max.

Nate notou que o rapaz não travou em nenhuma palavra. Provavelmente estava mais à vontade perto de Hope, depois que começaram a conversar. O que não era nenhuma surpresa para Nate, pois Hope era um amor de pessoa.

— Se tiver acabado, eu faço uma para você — disse a jovem. — A LeeAnne tem me passado algumas das suas receitas secretas, e essa é uma das que eu sei.

— Isso seria maravilhoso.

Max sorriu para Hope. Os olhos de Nate e Briony se encontraram, e ela sorriu para ele. Nate achou que, só pela cena, a reunião já tinha valido a pena, mesmo que eles só chegassem a uma solução provisória. Aquele encontro havia possibilitado que Hope e Max, que também era um amor de pessoa, passassem mais tempo juntos. E ele também havia aproveitado mais um pouco ao lado de Briony, que iria embora em poucos dias. Nem se incomodava mais que Caleb estivesse ali.

— Todos podem se sentar, por favor. — A sala de TV e a biblioteca já haviam sido abertas aos residentes, mas os móveis ainda não tinham sido levados de volta para o depósito.

— Precisamos fazer algum aperto de mão secreto? A situação parece pedir um aperto de mão secreto — perguntou Gib, que havia chegado quando Nate estava fechando a porta. — Não sei se serei de muita ajuda, mas faço questão de participar.

— Obrigado.

Nate nem havia comentado com Gib sobre a reunião, mas ali estava o amigo. Ele ficou impressionado com a amizade que os dois haviam desenvolvido ao longo dos anos, desde que Gib se mudara para o Jardins. Na verdade, Gib era o amigo mais próximo de Nate. Se ele não tivesse se recuperado da intoxicação alimentar... Nate não queria nem pensar nisso.

— Segurem a porta! — gritou LeeAnne. Ela empurrava um carrinho de mão cheio de tortas. Amelia vinha logo atrás dela, carregando uma das máquinas Nespresso.

Amelia deu uma piscadinha para Nate ao passar por ele.

— Para o caso de precisarmos de uma ajuda para nexpressar nossos pensamentos. — Ela caiu na gargalhada. Amelia vivia rindo das próprias piadas.

— Já estão todos aqui? — perguntou Nate com a mão na maçaneta da porta.

— Sua irmã saiu mais cedo do trabalho para vir — respondeu Caleb. — Sua mãe queria estar aqui também, mas acabou ficando com as crianças.

Será que isso significava que seu pai também estaria com as crianças? Nate não gostou nada disso. Não aprovava a ideia de seu pai estar perto da família até que ele tirasse a história da sabotagem a limpo.

— Nós falamos... — começou Regina.

— Com a Peggy e a Janet — completou Nate. — Estou vendo as duas vindo para cá.

— Estou surpreso que elas tenham topado vir, já que o Archie não estará aqui — murmurou Gib. — Ele não vem, né?

— Eu acho que o Archie ficaria do nosso lado — disse Regina, e Rich bufou ao lado dela, ao ouvir o comentário. — Mas não queremos que a neta dele saiba o que estamos planejando. Ela pode querer contra-atacar.

LeeAnne e Amelia começaram a anotar os pedidos de café, e Hope foi ajudar. Max também se levantou na mesma hora.

Peggy deu um abraço rápido em Nate assim que entrou no bangalô.

— Me desculpa pela minha filha — disse ela.

— Entendo perfeitamente a preocupação dela — respondeu Nate. — Se você fosse minha mãe e eu ficasse sabendo de tudo o que aconteceu por aqui, também estaria preocupado. Não sei se ia querer deixar você morando aqui.

— Mas essa decisão não seria sua — disse Peggy. — Nem é da minha filha.

— Então você vai ficar? — perguntou Gib.

— É claro que vou ficar. Meus amigos estão aqui, e eles são a coisa mais importante do mundo para mim. — Peggy e Janet se sentaram nas cadeiras que Nate havia pegado no refeitório e levado para a sala de jantar.

— Minha irmã está estacionando. Vamos começar em um minuto.

Nate reparou que o carro dela não estava mais engasgando como da última vez que a viu dirigindo. Ele tinha ficado de verificar os filtros do carro e dar uma olhada na mangueira de vácuo para ver se estava solta ou com algum problema. Ela deve ter conseguido levar o carro na oficina.

— O carro parece ótimo agora — comentou Nate, enquanto Nathalie subia as escadas da varanda.

— Papai deu uma olhada nele para mim quando fui deixar as crianças. Era só um filtro entupido.

— Eu ia fazer isso.

Nate encheu o saco de Nathalie para que levasse o carro a uma oficina, mas, no fundo, ele sabia que ela não ia fazer isso. Dar uma olhada no carro da irmã estava em sua lista de afazeres. Talvez ele devesse estar agradecido por seu pai ter resolvido uma de suas tarefas, mas se sentia magoado. Achava que a mãe e a irmã haviam perdoado o pai dele com muita facilidade.

Quando Nate finalmente fechou a porta, viu que havia um assento vazio ao lado de Briony, o que o deixou feliz da vida.

— Em primeiro lugar, gostaria que todos soubessem o quanto sou grato pela presença de vocês aqui — disse Nate ao se sentar.

— Vamos ao que interessa — interrompeu-o Gib.

Bom, isso pelo menos indica que ele já voltou ao normal, pensou Nate. E *Rich e Peggy também*. Ele queria ter feito mais uma ronda para dar uma olhada nos que haviam ficado doentes, mas, se os residentes que estavam presentes ali pudessem ser vistos como parâmetro, todos deviam estar muito bem.

— Acho que isso significa que está na nossa vez. — Max entregou uma xícara de café para Nate. Hope ou LeeAnne devem ter dito a ele para fazer isso. — A Hope e eu montamos um plano que engloba todas as principais mídias sociais.

— Montamos uma página num gerenciador de mídias e, assim, podemos organizar tudo da forma mais eficiente possível — explicou Hope.

— Tenho trabalhado em alguns limeriques sobre o Jardins — anunciou Rich.

— Eu gostaria de gravar isso. Você se sentiria confortável em recitá-los para uma câmera? — perguntou Ruby, provocando uma risada geral.

— O difícil é fazer com que se cale — respondeu Regina, em um tom carinhoso.

— Seria ótimo se a gente pudesse gravar vídeos de todos os residentes que estiverem dispostos a dar seu depoimento — sugeriu Max. — Queremos registrar atividades como a liga de boliche no Wii e a aula de arte.

— E gravar alguns grupos de residentes batendo papo, interagindo. Ah, e, claro, o pessoal passeando pelos jardins, que são maravilhosos. — Hope sorriu para Nate.

— Eles são especiais mesmo — concordou Briony.

— Precisamos produzir críticas positivas o mais rápido possível — disse Max. — Se você estiver de acordo, Nate, a Hope e eu gostaríamos de ir de porta em porta com um notebook e ajudar os residentes a escrever suas resenhas, caso estejam dispostos a ajudar.

— Não sei... Não quero que ninguém se sinta pressionado — respondeu Nate.

— Podemos elaborar uma lista de pessoas que sabemos que topariam fazer isso — sugeriu Janet. — Podemos falar com eles e, se concordarem participar, aí chamamos os jovens para ajudar.

— Posso ajudar as pessoas a entrar nos sites e escrever as resenhas também — ofereceu-se Regina.

— A neta do Archie está sempre rondando por aqui. Ela vai acabar descobrindo tudo — disse Gib.

— É mais difícil se livrar dela do que de um carrapato — concordou Amelia.

— E ela ainda é meio louca — comentou Rich.

— Eu não a chamaria de louca — discordou Nate.

— Ela olhou para mim furiosa quando me viu usando aquele cordão — contou Peggy. — Parecia que ela ia arrancá-lo do meu pescoço. Tentei explicar que ele tinha simplesmente aparecido no meu quarto, mas ela não quis nem me escutar.

— E ela se comporta de uma forma muito estranha quando está perto do avô. Ela é tão grudenta. Gosta de ficar acariciando ele. — Janet comeu um pedaço de sua torta de amora.

— Como assim? — perguntou Nathalie.

— Se você tivesse vindo aqui alguma vez, entenderia. — Havia um tom de crítica na voz de Gib, mas Nathalie não percebeu ou decidiu apenas ignorar.

— Ela só não se comporta como a maioria das netas, só isso — explicou Janet. — E ele a chama de minha gostosinha.

— Garotinha — corrigiu-a Janet.

— Isso foi o que ele falou, mas eu o ouvi dizendo de novo. Com certeza foi bombom. E isso não é normal — insistiu Janet.

— Tem certeza de que não está falando isso só porque você queria que ele te chamasse de gostosinha? — perguntou Rich.

— Vocês, homens, não suportam a atenção que o Archie recebe. Todos nós sabemos disso. Mas isso tudo é porque ele é muito charmoso. Se você tivesse metade do charme que ele tem, talvez recebesse metade da atenção — retrucou Janet.

— Ah, eu já vi o Rich ser charmoso uma vez — disse Regina.

Os olhos arregalados de Janet iam de Regina para Rich.

— Acho que estamos desviando um pouco do assunto — disse Nate.

— Não sei bem se isso é verdade — falou Rich para Regina e continuou: — Eliza é a cabeça de tudo. Não duvido que ela tenha sugerido às pessoas que escrevessem essas críticas negativas que você recebeu.

— Será que conseguiríamos convencer o Archie a dar um depoimento para o Jardins? — perguntou Hope. — Ele vive falando que é muito feliz aqui. Isso pode fazer com que algumas pessoas pensem duas vezes antes de comprarem as ideias da Eliza.

Mac abriu os olhos e se alongou. Sua barriga estava tão cheia de sardinhas que ele precisou tirar uma soneca. Ele vinha pulando muitas sonecas nos últimos tempos, mas agora era hora de voltar ao trabalho. Primeiro, queria recuperar aquela coisinha brilhante para Peggy.

Não foi difícil encontrar o rastro da mulher que estava de posse do objeto. Ela estava ali perto. Em instantes, Mac chegou à casa que procurava e entrou pelo rasgo que fizera na tela que cercava a varanda. Ele seguiu o som do falatório. Era o homem que não gostava de Mac.

O homem que a maioria dos humanos chamava de Archie andava de um lado para o outro da sala. Se ele tivesse um rabo, estaria balançando. Mas ele não merecia ter um rabo. A mulher, Eliza era o nome dela, estava deitada no sofá, observando o homem. Mac podia ver o brilhinho ao redor de seu pescoço. Ele nunca entenderia por que tantas humanas gostavam de usar coleiras. Bom, os humanos não eram sensatos. Ele havia percebido isso quando ainda tinha sua pelagem de filhote.

— Dá para você se sentar? Estou ficando louca com você andando de um lado para o outro.

— Você também estaria andando de um lado para o outro, se tivesse que ficar sentada numa cadeira de rodas toda vez que sai de casa. Quando vou poder ir embora desse lugar? — Archie parecia inquieto.

— Não esperava que tantas pessoas fossem defender o Nate na reunião, não depois do episódio da intoxicação alimentar. Mas estamos fazendo progresso. Pensa no lucro que vamos ter.

Mac estreitou os olhos, o que lhe permitiu calcular a distância perfeita para uma manobra na qual ele pudesse saltar e agarrar o pingente. Ele deu três passos à frente e depois saltou até o braço do sofá. Os olhos da mulher se arregalaram de surpresa quando ela o viu acima dela. Então não deu tempo para que ela pudesse se mexer. Girou uma pata por baixo da corrente cintilante e depois, com um puxão, passou a corrente pela cabeça dela.

Ele soltou um miado irritado quando viu que seu prêmio havia ficado preso no cabelo de Eliza, mas aquilo não era nada de mais. Ele pegou o brilhinho com os dentes e deu um puxão bem forte. Eliza gritou quando o colar se desprendeu do cabelo, levando junto alguns fios.

— Pega esse gato! Ele pegou meu medalhão. Não podemos deixar que ninguém veja o que tem dentro!

— Por que você continua usando essa porcaria depois do que aconteceu da última vez? — gritou Archie, indo atrás Mac.

Pura perda de tempo. Mac era rápido demais. Ele escapou pelo rasgo na tela. Archie não chegou nem perto de encostar um dedo nele. Mac se concentrou no cheiro de Peggy e correu na direção dela com o presente.

Mac ouviu Archie e Eliza indo atrás dele. Ótimo! Um pouco de diversão. Ele seguiu em direção a uma árvore florida perto de uma casa e saltou para o galho mais baixo, sem diminuir a velocidade. Depois pulou da árvore para o telhado. Ele ouvia Archie e Eliza gritando, enquanto saltava do telhado para a árvore e da árvore para o telhado, brincando de deixar que as patinhas mal tocassem o chão. Quando chegou à casa onde detectou o cheiro de Peggy, desceu pela chaminé. Quando Mac apareceu na sala, encontrou muitos de seus humanos, como havia previsto. Ele havia sentido o cheiro deles também.

— Mac! Como você sabia que devia vir... Ah, não importa — disse Briony, aos berros.

Ruby, uma das primeiras humanas de quem ele havia tomado conta, riu a ponto de Mac poder sentir o cheiro das lágrimas que começavam a escorrer pelos olhos dela.

— Seu pestinha! Vem aqui. — Gib estalou a língua, chamando Mac.

Mac ignorou todos eles. Ele precisava concluir sua missão. Então foi desfilando até Peggy, se levantou, apoiado apenas sobre as patas traseiras, e botou o brilhinho no colo dela. Então, lambeu as patas e começou a limpar a fuligem do rosto.

— Não acredito! — exclamou Max.

— Esse gato é realmente excepcional — disse Briony enquanto pegava um lencinho de papel na bolsa e entregava-o à Ruby.

— Não estou falando do gato, e sim do Archie e da Eliza! Eles estão vindo correndo! — disse Max.

Nate deu um salto da cadeira e correu para a janela. Briony e o restante do grupo se juntaram ao gerente, agrupando-se em torno dele.

— Como ele consegue correr com o tornozelo machucado? — perguntou Gib.

Só podia ser mais alguma sabotagem. Essa foi a única explicação na qual Nate conseguiu pensar para os dois estarem correndo, em pânico, até onde o grupo se encontrava.

— Vocês acham que eles ficaram sabendo da reunião? — perguntou Regina.

— Vou descobrir. Esperem aqui.

Nate não queria uma plateia, não até descobrir o que de fato estava acontecendo e decidir o que fazer. Ele correu lá para fora, mas, antes de chegar à metade do pequeno gramado na frente da casa, os joelhos de Archie cederam. Eliza tentou segurá-lo, mas ele caiu no asfalto. Ela soltou um grito estridente que pareceu durar uma eternidade.

Nate correu a distância que restava e se agachou ao lado do senhor, procurando sinais de algum ferimento na cabeça, de uma fratura, de um derrame.

— Quer que a gente chame uma ambulância? — perguntou Briony.

— Quero! Rápido.

Normalmente ele chamaria um dos médicos do Jardins para fazer uma avaliação, a menos que houvesse uma razão óbvia para pedir uma ambulância imediatamente. Mas, como se tratava de Archie, Nate não queria correr nenhum risco.

— Não é necessário — disse Eliza, ofegante. — Não é necessário — repetiu ela, mais alto desta vez, para que Briony ouvisse.

Nate encarou Eliza. Ela era tão cuidadosa com o avô. Ele ficou surpreso por ela mesma ainda não ter tomado a iniciativa de chamar uma ambulância. Talvez o choque a impedisse de pensar com clareza.

— Forcei muito o tornozelo. Não precisa chamar ninguém — protestou Archie.

A voz dele era forte. Isso era um bom sinal, mas Nate queria ter certeza de que Archie estava bem. Ele virou a cabeça para trás, encontrou o olhar de Briony e falou:

— Pode chamar a ambulância!

Ela assentiu, com o celular já em mãos.

Nate sentiu que Archie se esforçava para ficar em pé.

— Archie, não. É melhor ficar sentado até os paramédicos chegarem. — Nate agarrou Archie pelos ombros, mas ele era surpreendentemente forte e conseguiu se desvencilhar e ficar de pé.

— Caramba, Archie. Eu falei para você não levantar. — O medo fez com que a voz de Nate saísse mais ríspida do que ele pretendia.

— Eu estou bem — insistiu Archie.

— Vamos lá para dentro, onde você pode se sentar. — Nate passou um dos braços de Archie ao redor de seu pescoço e seguiu com o residente até a casa. — O que aconteceu? — perguntou Nate a Eliza, que estava escorando Archie.

— Você viu. Ele caiu. Se ele não tivesse machucado o tornozelo naquele seu aparelho, isso não teria acontecido — respondeu ela, encarando Nate.

— Mas, antes de qualquer coisa, por que vocês dois estavam correndo? — perguntou Nate.

— Isso não importa agora. Quero que meu avô fique confortável — exigiu Eliza. — Não que isso seja possível depois do que ele passou.

Juntos, ela e Nate entraram na casa com Archie e o acomodaram no sofá.

Todos ali presentes formaram um círculo desajeitado ao redor de Archie. Nate não precisou pedir que dessem espaço para ele respirar. Todos foram bastante cuidadosos.

— O que podemos fazer por você? — perguntou Janet, dando um passo à frente.

— Quer um copo de água? — ofereceu Nathalie, já se dirigindo para a cozinha.

— Vou buscar — disparou Janet, então Nathalie voltou para o grupo.

Nate captou um movimento rápido em sua visão periférica e, um segundo depois, Mac pousou sem fazer barulho nenhum no encosto do sofá.

— Esse gato! — gritou Eliza. — Esse gato horrível! — Ela avançou em direção a Mac. Ele chiou, e suas orelhas se levantaram.

Briony rapidamente se posicionou entre Eliza e MacGyver.

— Sei que você está chateada, mas não desconte no Mac.

— Esse gato roubou o meu colar! Foi um presente do vovô. Ele correu atrás desse bicho horrível para tentar recuperá-lo, mesmo eu tendo implorado que não fizesse isso. — Eliza juntou as mãos, os nós de seus dedos estavam ficando brancos. — Ele podia ter tido um ataque cardíaco. Podia ter fraturado o quadril. Ou sabe-se lá o que essa queda fez com o tornozelo dele. — Seu tom de voz ia aumentando a cada segundo.

— Eliza, não é melhor você se sentar? — sugeriu Nate. — Você teve...

O grito de Briony o interrompeu.

— Mac! Não! Não faça isso!

Tarde demais. Mac já havia saltado para o peito de Archie.

— Mac não vai machucá-lo. Ele gosta... — começou Gib.

— Tire esse gato de cima dele! — gritou Eliza.

Briony e Nate tentaram pegar Mac, mas ele escapou dos dois. Uma de suas patas avançou e arranhou Archie, machucando sua pele. Archie deu um grito de dor.

— Ai, meu Deus. Mac! O que você fez? — Nate ouviu Briony exclamar, horrorizada.

Ele não olhou para ela. Pois só tinha olhos para Archie, enquanto seu cérebro tentava processar o que ele via. Não havia sangue na cabeça de Archie. Ela estava coberta por... cabelos loiros e grossos.

— O quê? O quê? — exclamou Nathalie. Ela engoliu em seco algumas vezes, mas conseguiu pronunciar outro "o quê?".

Nate entendia como ela se sentia. Ele olhou para Mac. O gato estava no chão, batendo em algo que espalhava pelos brancos e manchados para todo lado.

— Vovô? — Eliza pressionou as mãos contra o peito de uma maneira que pareceu bastante teatral para Nate.

O que estava acontecendo? Parecia que ele estava em um filme.

Briony respirou fundo e, então, com todo o cuidado, pegou a coisa com que Mac brincava. Ela a segurou entre dois dedos e deu uma leve sacudida.

— É uma... acho que é uma espécie de peruca.

— É uma touca de látex. Bom, na verdade, é um pedaço de uma — disse Ruby. — E de ótima qualidade. Você usou um molde? — perguntou ela a Archie. Ele piscou rapidamente, mas não respondeu. Parecia que ele estava pensando no que responder. — Deve ter sido isso. As bordas estão impecáveis — continuou Ruby. — E a maquiagem? Coisa de especialista. Acho que consigo colocar você numa equipe de filmagem amanhã. O problema é que obviamente você é um pilantra.

Archie pestanejou mais algumas vezes. Era perceptível que ele também estava tendo dificuldade para avaliar a situação em que havia se metido. Do nada, ele se levantou de um salto, deu dois passos longos em direção à porta, mas não passou daí, porque Caleb a bloqueava.

Nate tinha de admitir que estava começando a gostar de Caleb. Quem sabe o cara poderia até lhe perdoar por ter dormido com Briony.

— Quanta agilidade, Archie — comentou Rich. — Não sei quanto a você, mas faz anos que não consigo me mover tão depressa — disse ele para Gib.

— Meus joelhos estalariam igual a uma espingarda dando tiro, se eu tentasse fazer isso — rebateu Gib.

— Você é uma farsa! — O rosto de Janet estava vermelho.

— E ele é jovem demais para você, querida — disse Eliza.

— Mas você não, né, *gostosinha*? — falou Peggy. — Você é a namorada dele.

Como aquilo podia fazer sentido? O que Archie ganharia fingindo ser um idoso? Será que ele estava se escondendo de alguém? Da polícia, talvez?

Não, Nate então entendeu tudo. A aparência de idoso tinha dado a Archie acesso total ao Jardins. Era ele que arquitetava as sabotagens. Ele tinha conseguido correr com o tornozelo ferido porque não estava realmente machucado. Aquilo era uma farsa, e ele colocara a culpa no aparelho do complexo. Mas por quê? Quem era esse cara?

— Acho que está na hora de analisar com mais atenção o presente que Mac te deu — disse Nate a Peggy. Ao escutar seu nome, Mac começou a ronronar.

— Acho que não consigo abri-lo. — Peggy revirou o medalhão em seus dedos. — Minha artrite não combina com esses fechos minúsculos.

— Deixa eu ver. — Briony estendeu a mão, e Peggy lhe passou o colar.

Nate olhou para Archie. Ele não estava com cara de que ia lutar com Caleb para passar pela porta. Por fim, acabou se sentando meio de lado no sofá, a cabeça apoiada nas mãos, a imagem de um homem derrotado. Eliza se sentou ao lado dele naquele instante, os olhos ardendo de raiva enquanto observava Briony abrir o medalhão. Ela estava furiosa.

— O que temos aí? — perguntou Gib, inclinando-se para a frente.

— Uma foto da Eliza e do Archie sem a fantasia de idoso — respondeu Briony.

— Ei, eu conheço ele — exclamou Ruby, olhando por cima do ombro de Briony. — É o Kenneth Archer, o negociador.

Archie gemeu, mas não ergueu a cabeça.

— Do anúncio do ponto de ônibus — exclamou LeeAnne, encarando o homem. — É o corretor imobiliário que diz "tudo em que eu toco vira ouro". Não acredito que não o reconheci. Vejo essa cara dissimulada sempre que vou à Casa das Tortas.

O corpo de Nate começou a formigar, parecia que ele tinha levado um choque. Ele foi até Archie e esperou que o homem levantasse a cabeça.

— Você é o agente imobiliário que vem tentando comprar esse terreno.

— O quê? Você não está pensando em vender o complexo, não é, Nate?

— Não. Ele não parava de me mandar e-mails, cartas e mensagens. Recusei todas as propostas, aí ele resolveu tentar me forçar a vender, e, para isso, precisava acabar com a reputação do Jardins.

Archie se endireitou.

— Fiz uma oferta generosa em nome de um cliente que ama essa propriedade — revelou ele ao grupo, como se tivesse alguma chance de que aquelas pessoas passassem para o lado dele. — Qualquer pessoa em sã consciência teria aceitado na hora!

— Ele sempre se esquece de dizer que fui eu quem trouxe o cliente — disse Eliza com amargura. — Fui eu que consegui convencê-lo de que nós éramos as pessoas certas para fechar o negócio. Com a comissão que a gente ia ganhar, nós teríamos dinheiro pelo resto da vida. — Ela se virou para Nate. — E você nunca mais precisaria trabalhar na vida.

— Ainda bem que o Nate é louco o suficiente para se importar com outras coisas que não sejam dinheiro — disse Rich. — Vou escrever um poema para ele. — Rich pegou seu caderno. — Não vai ser um limerique, e sim uma ode.

Regina deu uns tapinhas no joelho de Nate.

— Perfeito. Um poema de enaltecimento que muitas vezes expressa sentimentos profundos. Você merece um, Nate.

Caleb saiu de frente da porta e se uniu a Nate diante de Archie, ou Archer, e Eliza.

— Você sabe que será acusado de tentativa de homicídio, não sabe?

— Aquelas substâncias não matariam ninguém — rebateu Archie. — O máximo que poderiam causar seria um enjoo. Eliza pesquisou tudo.

— Cala a boca! — Eliza deu-lhe uma cotovelada nas costelas com tanta força que o fez gemer.

— Como você ressaltou na reunião do outro dia, intoxicação alimentar pode ser muito grave para os idosos — disse Caleb a Eliza.

— Seu FDP! Você podia ter matado a Peggy. — Nate notou que Gib só mencionou a Peggy, mesmo ele próprio tendo sido envenenado.

— Eu não usei na... — Archie parou no meio da palavra, e virou a cabeça na direção da janela.

Nate viu o que tinha chamado a atenção de Archie. O som de uma sirene.

— Acho que devia ter chamado a polícia em vez de uma ambulância — disse Briony.

Mais de três horas depois, a situação estava resolvida. O grupo assistia a tudo pela janela enquanto dois policiais escoltavam Eliza até uma viatura. Ela e Archie seriam interrogados.

Nate e os demais voltaram aos seus lugares, abalados e exaustos. O único som na sala era o ronronar de Mac. Nate achava que o gato não havia parado de ronronar uma única vez desde que arrancara a peruca de Archie.

Gib finalmente quebrou o silêncio:

— Como Archie diria, boa noite, enfermeira! — falou ele, balançando a cabeça.

— Quer dizer, Archer — disse Briony.

— Boa noite, enfermeira? — repetiu Ruby.

— Archie falava de um jeito meio diferente, igual a você e a Riley quando estão brincando de caubói — comentou Briony.

— Mas o que isso significa? — perguntou Ruby.

— É uma exclamação, algo que indica surpresa, geralmente usada no lugar de um xingamento — respondeu Regina, alisando o cabelo, embora já estivesse perfeito. — Não acho que a origem seja de fato conhecida, embora alguns acreditem que tenha começado com um filme mudo em que o Fatty Arbuckle se vestia de enfermeiro e flertava com o Buster Keaton. Mas algumas pessoas acreditam que a expressão surgiu durante a Primeira Guerra Mundial e que era apenas uma saudação para a enfermeira de um hospital militar.

— Ela está certa. É claro. — Rich levantou seu celular. — Está numa lista de expressões dos anos 1920. Foi a primeira coisa que apareceu quando pesquisei no Google. Eu devia saber que não precisava ter me dado ao trabalho de pesquisar nada, já que a Regina está aqui. Archer usou quase todas as expressões dessa lista enquanto interpretava o papel de idoso. Ele retrocedeu algumas décadas.

— Eu achava essas frases encantadoras — confessou Janet. — Me sinto uma idiota.

— Todos nós achamos que ele era incrível — disse Peggy. — Não foi só você.

— Eu não achava que ele era tão maravilhoso assim, não, mas também não fazia ideia do que ele estava aprontando — admitiu Gib. — Mas sabe quem percebeu tudo? — Ele apontou para Mac.

— Esse gatinho é encantador — elogiou Peggy. — Mas isso é impossível.

Gib se levantou.

— Vou provar para vocês. Só preciso ir em casa buscar uma coisa.

— Eu acompanho você. — Hope se ofereceu.

— Eu vou também — disse Max.

Nate esticou os braços sobre a cabeça, tentando aliviar a tensão dos ombros.

— Que dia...

— Longo, bom, ruim, duro, estranho — disse Briony ao lado dele com uma voz bem suave, fazendo uma onda de calor invadir seu corpo só de pensar naquela noite.

Ele queria muito ser capaz de fazer com que todas as outras pessoas na sala desaparecessem. O que ele mais queria, o que ele precisava, era estar sozinho com Briony. Não só para que pudesse tocá-la, embora Nate quisesse muito fazer isso, mas para conversar com ela. Naquela noite na cozinha, enquanto tomavam vinho, ele havia revelado a ela coisas que nunca tinha imaginado que compartilharia com alguém que não fosse da família.

Mas ainda teria de esperar para ficar sozinho com ela. Nate percebeu que as pessoas que estavam ali sentiam necessidade de permanecer juntas, pelo menos por mais um tempo. Talvez devesse pedir umas pizzas, mas sabia que LeeAnne daria um chilique se ele sugerisse isso. Ela ia querer cozinhar.

Nate se virou para a irmã e viu que ela o encarava, como havia imaginado. Coisa de irmãos gêmeos.

— Você deve um pedido de desculpas ao papai — disse Nathalie — E dos bons.

— Claro... o papai nunca fez nada para prejudicar o complexo — disparou ele para a irmã, mas se arrependeu na mesma hora. Apesar de tudo que o pai havia feito, Nate precisava lhe contar a verdade e lhe pedir desculpas. Ele tinha se equivocado quando acusou o pai de sabotagem. — Vou falar com ele. Prometo.

Nathalie assentiu, satisfeita.

— Tem alguém com fome? — perguntou LeeAnne. — Podemos ir para a cozinha. Faço o que vocês quiserem comer.

Nate sorriu. Ele a conhecia como a palma de sua mão.

— Isso inclui... — começou Rich, mas foi interrompido quando Gib, Max e Hope voltaram.

Gib trazia um saco de compras de papel e virou tudo sobre a mesa de centro. Ele pegou um pedaço de látex fino e esfarrapado, com tufos de cabelo branco, e pôs na cabeça.

— Vocês já viram isso antes? — perguntou ele. — Tenham em mente que isso vem sendo usado como brinquedo de gato pelo nosso amigo. — Gib apontou para Mac, que estava aconchegado no colo de Peggy. — Isso vai ajudar. — Gib colou o que parecia uma lagarta cinzenta felpuda sobre uma das sobrancelhas.

— Ele deve ter precisado fazer outra peruca depois que o Mac pegou essa daí. — Rich soltou uma risada.

— Ele também fez sobrancelhas novas — observou Janet. — Pensei que tivesse feito a sobrancelha, mas ele deve ter feito o novo par mais fino sem querer.

Ruby pegou um pedaço de espuma em cima da mesa e a cheirou. Mac ronronou mais alto, e Nate quase não acreditou quando ouviu.

— Espuma de látex Schram, talco e maquiagem. Ele sabia o que estava fazendo.

— O que são todas essas coisas, afinal de contas? — Peggy apontou para o amontoado de bugigangas em cima da mesa. — Essa meia parece a minha.

Ela pegou a meia cor-de-rosa com margaridas perto do final da pilha de coisas. Então ficou vermelha quando puxou um sutiã roxo escuro. Ela o amassou e o jogou dentro de sua bolsa. Nate fingiu que não viu. Assim como as outras pessoas. Até Rich disfarçou. Era perceptível a influência que Regina exercia sobre ele.

— Vocês precisam saber que o Mac é um cupido diabólico — avisou Ruby. — Ele juntou dois amigos meus roubando meias e alguns outros objetos, levando tudo de um para o outro. Também juntou dois adolescentes no condomínio Contos de Fadas fazendo praticamente a mesma coisa. Ah, e um homem muito irritante, que descobrimos que tinha um coração mole, acabou ficando com a carteira que era responsável pelas correspondências da nossa rua, tudo graças ao Mac. Não sei como ele faz isso, mas parece que consegue sentir quais pessoas devem ficar juntas. Pelo visto, ele pode acrescentar "habilidade de detetive" no currículo dele.

— Você falou comigo pela primeira vez depois que o Mac me fez derramar café na minha roupa! — disse Hope a Max. Ela corou. — Não que isso signifique que...

— Eu queria falar com você desde o nosso primeiro dia de aula — confessou Max. — Tenho que dar um presente de agradecimento para esse gato.

— Ele vai gostar de algumas latas de sardinha. — Gib olhou rapidamente para Peggy, depois virou a cabeça para o outro lado.

— Ele me trouxe o seu chaveiro, aquele que tem a foto dos seus netos — disse Peggy a Gib, então olhou para Mac enquanto lhe fazia cafuné.

— Vocês dois formam um casal lindo — elogiou Janet. Ela se virou para Richard e Regina. — E quanto a vocês dois? O Mac também tem alguma coisa a ver com o fato de que agora vocês parecem se tolerar?

Regina inclinou a cabeça para o lado, refletindo sobre a pergunta.

— Ele me induziu a ler um soneto que me fez ver que o Rich tinha uma alma sensível escondida por baixo dessas roupas horripilantes.

Rich riu.

— Talvez eu também deva ao felino algumas latas de sardinha.

— Se eu der as sardinhas antes, você acha que ele faz alguma mágica de gato para mim? — perguntou Janet. — Já que o Archie não está mais disponível?

— Você nunca teve chance com... — começou Regina, mas parou de falar. — Acho que vale a pena tentar. Ele é um gatinho muito intuitivo. Você não acha, Peggy?

Peggy olhou para Gib.

— Acho que ele entendeu errado o que há entre mim e o Michael.

— Michael? Quem é Michael? — perguntou Janet.

— Gib. Michael Gibson — explicou Peggy. — Estudamos no mesmo colégio durante o ensino médio, e ele nunca falou comigo.

— Não f-falar com uma pessoa não significa necessariamente que não haja interesse — disse Max.

— Sério? — Peggy olhou para Gib, e não para Max, ao fazer a pergunta.

— Sério — respondeu Gib. — Se você sair para jantar comigo qualquer dia desses, eu compro uma fábrica de sardinhas para esse gato.

Peggy riu.

— Bom, pode ir pegando a carteira então.

Gib estava explodindo de alegria. Não havia outra forma de descrevê-lo.

— Estou feliz por ele ter começado a aparecer aqui. — Nate se aproximou de Briony e pegou sua mão. — Quem sabe o que teria acontecido se ele não estivesse por perto.

UM ANO DEPOIS

Nate conduzia o Cadillac conversível cor-de-rosa pelo Túnel do Amor da capela de casamentos Little White Chapel.

— Como você está se sentindo? — perguntou a Briony.

— Ótima! — respondeu ela, sorrindo ao olhar para as estrelas e os querubins pintados no teto da capela. — Eu poderia andar uns vinte quilômetros até o altar sem nenhum problema. Poderia ir dançando até o altar, ou até patinando!

— Talvez a gente devesse renovar nossos votos aqui — sugeriu Jamie, que estava sentada no banco detrás.

— A gente acabou de comemorar nosso primeiro aniversário de casamento — protestou David, achando graça.

— E daí? Acho que a gente devia renovar os votos todo ano. Todo mês! Quero comemorar o tempo todo. Não é mesmo, Mac? — Ela fez carinho no gatinho, que estava em seu colo e usava uma gravatinha preta.

Nate estava de terno, e Briony usava um vestido acinturado com uma saia rodada e uma camada de tule sobreposta, coisa que ele só sabia porque tinha escutado a conversa infinita dela com Jamie e Ruby sobre o assunto. Para falar a verdade, ele só pensava na hora que ia tirar aquele vestido dela. Briony o havia convencido a ficar sem fazer sexo no mês anterior ao casamento, para que a lua de mel fosse ainda mais especial.

Ele parou o carro em frente à janela onde o padre os aguardava. Eles tinham considerado a possibilidade de que o casamento fosse celebrado por um cara fantasiado de Elvis, mas Briony decidiu que queria manter o mínimo de tradição e perguntou se poderia trazer o pastor de sua cidade. Nate havia deixado todas as decisões por conta dela. Ele queria se casar com ela e não estava nem aí para os detalhes. E havia gostado de ver a felicidade de Briony ao tomar todas aquelas decisões, incluindo contar com David e Jamie, além de Mac, como suas testemunhas.

Os votos levaram menos de dois minutos, depois ele pôde beijar Briony. Sempre que Nate a beijava, achava que não tinha como ser melhor, mas, de alguma forma, acabava sendo. Aquele beijo de recém-casados provavelmente era o melhor de suas vidas. Ou talvez todos os beijos a partir de agora conseguissem se superar até que a morte os separasse.

Ele manobrou o Cadillac de volta para a entrada do túnel. Um Elvis bem no estilo Las Vegas tomou o lugar de Nate atrás do volante. Briony ajudou Peggy a acomodar a saia longa e cor de champanhe de seu vestido, que tinha apliques florais, de acordo com o que Nate escutara, no banco detrás do carro.

— Sua vez — disse Nate a Gib, que entrou no carro e se sentou ao lado de Peggy.

Então Jamie passou Mac para ele, pois o casal queria que o gatinho estivesse presente também, já que ele havia sido fundamental para que os dois ficassem juntos. Peggy, inclusive, estava usando sua meia cor-de-rosa de margaridas, para dar sorte.

Elvis avançou com o Cadillac cor-de-rosa pelo túnel, enquanto Briony, Nate, Jamie e David voltavam para o estacionamento. A maioria dos residentes do Jardins tinha ido a Vegas em ônibus de festa para participar das cerimônias. Alguns jogaram pétalas de flores em Nate e Briony, e outros assopraram bolhas de sabão.

Nathalie correu na direção deles e envolveu os dois em um abraço. Lyle e Lyla se juntaram ao grupo logo depois.

— Estou tão feliz por vocês! — exclamou ela. — Apesar de eu ser a gêmea mais velha, o que quer dizer que eu deveria ter me casado primeiro.

Nate balançou a cabeça. No último ano, sua irmã havia se envolvido muito mais nas decisões do Jardins e estava assumindo o controle da própria vida, mas ele suspeitava de que ela sempre teria um lado um pouco egocêntrico.

— Você vai se casar com o Caleb, então não pode reclamar — disse Lyla para a mãe.

— Lyla! Caleb e eu não conversamos sobre casamento! — Nathalie olhou para Caleb, que estava ajudando LeeAnne e sua equipe a organizar o bufê da recepção no porta-malas do carro.

— Mas vocês conversam sobre tudo — rebateu Lyla. — Ela manda mensagem para ele quase o tempo todo, e eles ficam pendurados no telefone várias noites na semana.

— Quando você já está dormindo, ou pelo menos era o que eu achava — disse Nathalie.

— Olhem! Eles estão saindo! — gritou LeeAnne quando Elvis estacionou o Cadillac na entrada do túnel mais uma vez.

— Nossa vez — avisou Rich a Regina.

— Ela está tão bonita — elogiou Briony. — Tão elegante.

Regina usava um terninho creme que ia até a altura dos joelhos, com detalhes cor-de-rosa e um grande chapéu na mesma cor.

— Está mesmo, mas não tão bonita quanto você — rebateu Nate ao ver Max assumir o volante para conduzir o avô e Regina pelo drive-thru da capela. Hope estava sentada ao seu lado, segurando Mac.

— Ele deve amá-la de verdade — afirmou Briony. — Aquele terno é digno do James Bond. A não ser pela gravata. — A peça era de um cor-de-rosa claro cheia de patinhas pretas.

— Aquilo não é nada para ele, e é tudo para agradar Regina — comentou Nate. — E olha que eu vi o pijama dele para a noite de núpcias. Espero que ela tenha trazido os óculos de sol.

— Lá vêm os meus pais — anunciou Briony. — Pelo menos agora minha mãe vai parar de me mandar artigos que mostram como Las Vegas é perigosa.

Nate sabia que manter a decisão de fazer o casamento em Las Vegas tinha sido difícil para Briony. Ele estava orgulhoso dela por ter se mantido firme, mesmo que isso contrariasse os desejos de sua mãe. No entanto, por mais que parecesse meio nervosa, a mãe de Briony estava radiante quando abraçou a filha e depois Nate.

— Excelente lugar, Briony — elogiou seu pai, dando um beijo na noiva. — Amei tudo. E amo você.

— Eu também te amo, pai — respondeu ela.

Então foi a vez de os pais de Nate aparecerem. Sua mãe lhe deu um abraço bem, bem apertado. Seu pai hesitou, mas acabou lhe dando um abraçou também. Eles ainda não tinham chegado ao ponto de se abraçar normalmente, mas estavam fazendo progressos. O pai de Nate teve certa dificuldade em arrumar um emprego, então ele o chamou para trabalhar no Jardins. Nate lhe dera o cargo de garçom, o que ele sabia que tinha sido uma atitude idiota, mas o gerente do Jardins precisava ter certeza de que o pai continuaria por perto. Quando viu que ele não tinha a intenção de ir embora, promoveu-o a subgerente. As senhoras pareciam adorá-lo, mais do que gostavam de Archie — o Archie criado por Kenneth Archer. Nate se perguntava se ele era capaz de encantar seus amigos de cela com tanta facilidade também.

— Mais alguém quer fazer um passeio pelo túnel? É por minha conta! — perguntou Rich ao sair do Cadillac. Nate viu seu pai olhando para sua mãe.

Ela levantou um dedo para ele.

— Ah, não. Você ainda está na fase de pessoa que divide a casa comigo — disse ela. Na teoria, os dois ainda eram casados, mas sua mãe não o tratava como marido. — Se você continuar se comportando, talvez a gente faça uma visitinha à capela algum dia.

Nate percebeu que não odiava mais a ideia de seus pais reatarem em algum momento. Cerca de uns seis meses antes, seu pai havia se mudado para a casa da família, e Nate viu que sua mãe estava muito mais feliz com ele por perto. Ela passou a sair mais, participava dos eventos que seu pai organizava no Jardins. Eles começaram até a fazer aulas de salsa juntos. Mas sua mãe, assim como o próprio Nate, precisou de um tempo até confiar totalmente no pai de seus filhos de novo.

— Acabei de me dar conta de que não te perguntei o que sempre pergunto para as pessoas assim que as conheço — disse Ruby a Briony, quando se juntou ao grupo.

— E o que é? — perguntou Briony.

— Se a sua vida fosse um filme, qual seria o título? — perguntou Ruby.

Briony arqueou as sobrancelhas.

— Minha resposta hoje vai ser muito diferente do que teria sido naquela época. — Ela segurou a mão de Nate. — O que você acha? Nossas vidas vão ficar ainda mais entrelaçadas agora.

Nate tinha contratado Briony para trabalhar no Jardins também. A principal motivação era o fato de ele querer que ela ficasse em Los Angeles quando estivesse livre de suas obrigações com o gato e também porque, com Briony responsável pela contabilidade, Nate tinha tempo para cuidar das plantas e fazer algumas aquisições para o jardim do complexo.

Nate pensou em sua resposta.

— Acho que precisa ter a palavra "gato". Nós nunca teríamos nos conhecido se não fosse pelo MacGyver.

— Concordo — afirmou Briony. — Se todos seguissem as ordens do Mac, o mundo seria um lugar melhor.

— E são ordens mesmo. — Jamie se juntou a eles, com Mac no colo. — Ele não pede, ele manda. Mac é muito mandão.

— Eu percebi. — Nate fez carinho na cabeça do gato, que respondeu piscando os olhos bem devagar, como costumava fazer. — O nome do filme deveria ser *Obedeçam ao gato.*

— Amei! — exclamou Jamie.

Briony esticou a mão e coçou embaixo do queixo de Mac.

— Eu também. Não quero imaginar como seria a minha vida se o Mac não tivesse cuidado de mim como se *ele* fosse a minha babá.

Este livro foi composto na tipografia ITC Souvenir Std,
em corpo 11/16, e impresso em
papel off-white no Sistema Cameron da
Divisão Gráfica da Distribuidora Record.